U0865020

在一起

Be Together

黄忠／著

作家出版社

图书在版编目（CIP）数据

在一起/黄忠著. －北京：作家出版社，2016. 6
ISBN 978－7－5063－8961－7

Ⅰ. ①在… Ⅱ. ①黄… Ⅲ. ①长篇小说－中国－当代
Ⅳ. ①I247.5

中国版本图书馆CIP数据核字（2016）第130063号

在 一 起

作　　者：黄　忠
责任编辑：省登宇
装帧设计：夏　冬
封面绘图：刘　俏
出版发行：作家出版社
社　　址：北京农展馆南里10号　**邮编**：100125
电话传真：86－10－65930756（出版发行部）
86－10－65004079（总编室）
86－10－65015116（邮购部）
E－mail：**zuojia@zuojia.net.cn**
http://www.haozuojia.com（作家在线）
印　　刷：三河市华业印务有限公司
成品尺寸：142×210
字　　数：210千
印　　张：9.25
版　　次：2016年6月第1版
印　　次：2016年6月第1次印刷
ISBN　978－7－5063－8961－7
定　　价：32.00元

作家版图书，版权所有，侵权必究。
作家版图书，印装错误可随时退换。

我以为，爱真的能包容一切，能原谅一切。很多年后，苏杉坐在窗前如是说。哪知是因为不再爱了，才包容了一切、原谅了一切。而不是因为爱。

灵山上的风灌进窗棂，有些冷。

你当真要隐居在这儿了？凄风苦雨的，怎么受得住？欣桐站在苏杉身后，几分担忧。

苏杉像是没有听到她的话。

其实，一句“我爱你”，真的不如在一起。

一

夜深了，苏杉还是睡不着。同居的密友欣桐跟男朋友李华出去玩了，这会儿，房间里只有她一个人，她忽然感到很寂寞。

苏杉是个文青，从小喜欢写文章，成绩倒很一般。温城这个地方，这么多年也没听过有什么大作家，也很少有书店，算得上是文化沙漠。以前她写文章的时候，总是受人嘲笑。后来高一的时候，她遇到一个很喜欢文学的语文老师，老师很欣赏她，鼓励她多创作。她算是遇到了伯乐，开始发表一些文章，在中学里也算小有名气了。后来考上了本地一所专科学校，学中文师范，仍继续写文章。虽然学校还是没有什么文学创作的氛围，倒是没有人嘲笑她了。她乐得自在，闲暇时去图书馆看看书，回来继续写自己的文章，日子倒是过得挺惬意的。

苏杉常常被人说道的地方，就是没有男朋友。倒也不是她不想找，只是像班里的同学那样，聚在一起没一年就分了，她觉得没多大意思。她不是个保守的人，但还是向往那种“愿得一心人，白首不相离”的爱情。以前有一个学长追她，但学长跟其他女生的关系都很好，她觉得不可靠，就在 QQ 的说说里写道：“若要爱，请深爱；若放弃，请彻底。谢绝暧昧。”从此以后学长就了无信息了。苏杉倒觉得自己做对了一件事，省了一个麻烦。

欣桐是苏杉的死党，两人从大一开始就粘在一起，先是住同一个寝室，六个室友中就她们两个走得最近。一同上课，一同逛街，有什么八卦都拿出来说。后来干脆搬出了学校，两个人拼了个小房间住起来。苏杉有欣桐陪着，倒也不觉寂寞。

只是大三了，欣桐也谈恋爱了，经常外出，有时还不回来。

苏杉终于感到寂寞了。

就这样寂寞着过了一年。

凌晨一点了，欣桐蹑手蹑脚地打开房门，却见苏杉正在台灯下看书。那是个夏天的夜晚，阳台的玻璃门敞开着，有风吹来。屋子里一片黑暗，只有台灯的银光被圆圆的灯罩笼着，像极了一个月亮。银光融入了苏杉的眼神里，清冷、朦胧。

欣桐说：干吗呢，扮鬼吓人。

苏杉笑笑，没有啦。而后又故作委屈道，就是寂寞了，没有你睡不着。

欣桐笑笑，我说让你找一个吧，你不找。这会儿在这儿说寂寞。

苏杉不问也知道她指的是找什么，苏杉捻着书的页边，故作落寞地说，没有合适的，我有什么办法。

欣桐神秘地一笑，凑近苏杉说：我有一个办法，可以驱赶寂寞，说不定还能帮你找个好的。

苏杉很感兴趣的样子，也把脸凑了过去。

欣桐拿出手机，打开微信，说：我们在这儿摇一摇，看看附近还有没有哪个男的这会儿也很寂寞，约他出来吃个夜宵。你说这是不是天赐良缘？

苏杉看着欣桐一脸抑制不住兴奋的样子，翻个白眼，切，我还以为什么好主意，这主意馊的……

哎，你别不信。欣桐说，有时候天赐良缘都是这么来的。

苏杉这会儿是真寂寞了，倒有点心动。好吧，那用我的微信试试，我不信你的。

欣桐不屑地撞了下她的肩膀，不都是微信嘛，说得好像你的手机就比我的手机高端很多的样子。

苏杉拿起手机摇一摇，居然真的出现一个名字：矿主，1000米之内。

还真有这么个人。

苏杉忽然来兴趣了，嘴角不禁噙上一抹笑。真是光看名字，隔着屏幕仿佛也能感觉到对方不拘一格的幽默感。

欣桐见苏杉迟迟没有下一步动作，就伸手抓过她的手机。这肯定是一男的。来，我来跟他说。

我们肚子饿了，想吃夜宵，你愿意请客吗?

苏杉看着欣桐笑。不一会儿，微信居然真的振动了一下。

好，我们去清远巷的大排档吃饭吧。

两人出了房子，上了街，绕过桥头，就是江边的大排档。夜风吹着，客人稀稀落落的，几只飞蛾绕着大棚伞下的白炽灯飞舞。她们站在那里，望向那一张张桌椅，哪个是约了她们吃饭的人呢?

过了一会儿，苏杉注意到，一张白色的塑料椅后面，远远的有对目光投来了。她也不知道自己是怎样察觉到那目光的。总之就是突然间感觉到了，说不上来的感觉。她拉着欣桐的手，缓缓地走过去。那人便站起来。

衬衫，碎发，温润。

后来苏杉知道，这男人叫范斌。

说起来，范斌和苏杉、欣桐吃饭的时候，还真的像是一场梦。

他也就是做完了矿业资料报告，想着吃夜宵，又觉得没朋友，一个人吃太寂寞，就随便摇了下微信，没想到真有人想一起吃夜宵。

这算是缘分吧。

范斌，男，24 岁，中国矿业大学研究生，喜爬山、找矿，目前在家待业，未婚，如有需要，欢迎被邀，全程三陪。

听着范斌的自我介绍，苏杉和欣桐都笑了。

欣桐说：周欣桐，中文师范，今年毕业，在找工作。

苏杉说：苏杉，文青，鱼女，流于坊间的幺蛾子。

现在轮到范斌笑了，写文章的?

苏杉点点头。

范斌说：巧了，我有个铁哥们儿，也很喜欢写文章。我也爱看，不过不写，有缘的话介绍你们认识认识。

欣桐在一旁打趣，就你们自我介绍花样多，倒显得我是个俗人了。

范斌忙摆手，这话让我这个“全程三陪”颜面何存啊。

又是一阵笑声，映着排档的白炽灯更添一分热烈。

范斌点了菜，三个人就有一句没一句地随便闲聊。范斌是学石油地质勘探的，以后的职业应该就是个工程师。不过他倒不忙于找工作，因为家里条件比较好，就打算着以后自己去什么穷乡僻壤找找矿，万一找着了，就是身价翻倍，也算是圆梦了。

巧的是，苏杉也是个有文学梦的女子，她自己在梦想的道路上走得不够果敢，偏就很欣赏范斌这股冲劲儿，仿佛看到了理想中的自己。于是，两个人自然而然就很合得来。

范斌很有工程师的气质，也有理想有抱负，谈吐温文尔雅，看上去也很豪爽。苏杉觉得自己真是误打误撞，随便一摇居然摇出条件这么好的一个人来。

两人不顾形象地吃着大龙虾，谈得很开心，欣桐也醉心于香辣爽口的龙虾，搭不上话倒也不怎么介意。

苏杉想，会不会，真的就是天赐良缘呢？

接下来的几天，两人在微信里聊得很投机，似乎真有相见恨晚的感觉。

你知道吗？我这些天和你聊的话都快顶我一个月说的话了。苏杉嘴角的弧度一直没有下来，飞快地点着手机屏幕。

因为你平时把心里想的都写在纸上，所以话少。我就不一样了，我不写，就都跟你说了。你看，我是不是很坦诚。范斌回信息总是飞快，没有一次会让苏杉等到手机屏幕暗下去。

我在文章里也是，什么想法都一览无余，也很坦诚，不是吗？苏杉说。

那你写文章有写过梦想吗？不是空的，就是接地气的那种。范斌问。

苏杉拿着手机想了一会儿，低头打了一串：我不喜欢把未来规划得工工整整的，时间变了，人就跟着变了，想法也就变了。但她的指腹在“发送”上犹豫了一下，然后又把整句话删了。

也许写过吧，我比较随性，没有太多考虑过这些。过了许久范斌才收到苏杉的回复。

果真是文青，风格洒脱得很，我就记得我大学的时候写过一次，长篇大论地谈梦想，写得热血沸腾，男人嘛，总该有点志向的，你说对吧。范斌的回复还是一如既往地快。对了，我之前说过的那个哥们儿，写文章的，下次就带你见见他。没等苏杉回复，他就补充道。

苏杉、欣桐和范斌再见面的时候，他果真就带了王伦一起来。

王伦是范斌从小到大的铁哥们儿，专科毕业，现在在街上开了一家音乐书吧，生意不错。在温城，着实是没什么人敢开音乐书吧的。在这样的文化沙漠经营这样的店，简直是自寻死路。可是王伦偏偏就开了，他能弄到别的地方买不到的唱片，放跟别人不同的音乐，书吧里里外外的布置也别具一格，所以在这文化沙漠里竟也出人意料地种活了一棵树苗。

范斌向苏杉介绍说，王伦的书吧就开在不远处那条街的街口，出去就是成片的梧桐树。

苏杉忽然想起来，说：我有路过那书吧，那时就挺想进去看看的，但是赶时间就没去成，还盘算着下回再去看看。这一来二去的竟给忘了。经你这么一说我倒是想起来了，那墙上好像还挂着很多摄影作品。

那都是王伦自己拍的。范斌有些小小的自豪，我这个哥们儿啊，多才多艺，尤其喜欢旅游、拍照。

王伦一直笑着，听大家讨论他的作品，笑得很开心。

说来也巧。范斌搭着王伦的肩，开心地跟苏杉说：我和王伦也是旅游的时候铁起来的，高中的时候我们尽管是同班但都没怎么讲过话，后来旅游报了同一个团，在路上才发现都是同班同学。那时候我对旅游刚开始狂热，很多细节都没有考虑到，倒是王伦，一副老手的样子，路上很照顾我，之后我们就成了铁哥们儿加驴友。范斌说完用肩膀轻撞了王伦一下，对吧，哥们儿。

王伦摆摆手，说：哪里，其实是范斌照顾我比较多，这兄弟绝对值得你拥有。

王伦话音刚落，大家竟都不约而同地看向了苏杉，随后哄堂大笑。

苏杉脸上有点热，暗嗔王伦这不显山不露水的话术，只好忙打住这个话题，说：你们俩今晚是出来秀手足情的吧。

怎么，你吃醋了？欣桐补了一句，笑得意味深长，这让苏杉更加窘迫了。

范斌也跟着大家一起笑，望着苏杉的眼神尽是似水柔情。

跟着嬉闹了一小会儿，范斌呷了一口酒，恢复正色道：不过我挺佩服王伦的，他跟我不一样，我对旅游也只是三分钟热度，高中那股子狂热劲儿过了就冷淡了，现在也只是偶尔爬爬山，但他是真的喜欢，王伦对于自己喜欢的事儿就特执着，比如旅游，连日志都是每天都写的，这可是个挺烦人的活儿，对吧。

王伦笑笑，也没有啦，就是没事随便写写。

聊了很久，大家去逛西子公园。玩到一半的时候，李华来电话了。于是范斌说要请客，叫了李华一起过来，大家一起去吃排档。

范斌很会说话，总是操控着话题。苏杉倒是很开心，她本来是比较闷的一个人，这会儿觉得有人能带自己，感觉很好。

饭桌上，范斌表现得相当得体，既照顾到苏杉的朋友，也不落下自己的兄弟，看出来天生是擅长应酬的那种，而且频频为苏杉夹菜挡酒，这些细节苏杉都看在眼里。

吃完排档，欣桐向苏杉使了个眼色便和李华走了，王伦见状，摆了摆手机，示意自己收到了短信说音乐书吧里有事要忙，结果就剩下了范斌和苏杉两个人。

两个人在河边闲逛，有一搭没一搭地闲聊。不知不觉逛到时代影城。范斌说：我们看看有什么电影吧。

好。苏杉说。

《在一起》。甄子丹演的那部。一起看吧。范斌说。

好。苏杉点头。

两人买了票，抱着一桶爆米花，笑得很开心。

电影散场的时候，人流从观影厅里四散出来，挤过那狭长的通道时，苏杉感到身后一直有个紧紧护着她的肩膀。两个人静静地出了影院，走了很久，都没有说话。等步行到灯火通明的大路上，小商店的彩灯还闪着光，晚风吹来，凉凉的。

范斌忽然问：刚才……哪个场景最打动你？

苏杉抱着没吃几口的爆米花，思索了下。场景倒是记不太清，但是有句台词说的着实好，一句“我爱你”，不如在一起。

那我们在一起吧。范斌突然说。

苏杉奇怪地看着范斌。

范斌问：不好吗？

苏杉摇摇头，我只是觉得太快了，有点不真实。

范斌说：那你愿意吗？

苏杉想了想，反问：为什么会想和我在一起？

范斌抬头看向影院闪烁的霓虹，笑着说：我想给那只流于坊间的幺蛾子筑个家，免得她被灯闪花了眼，找不到落脚的地儿。

苏杉心里一阵悸动，“我愿意”险些脱口而出，但还是深吸一口气沉了下心，异常坚定地说：好，但要爱就爱一辈子，我不喜欢哭哭啼啼玩分手的游戏。“愿得一心人，白首不相离。”

范斌握着苏杉的手，行，我答应你。

好像真是上天赐的姻缘一样。

二

苏杉原本是挺独立的一个人，没想到和范斌在一起之后整个人都变了，特别粘人。两个人做各自的工作时都会聚到一起，在欧典咖啡点上两杯，范斌拿几本地质勘测的相关书籍偶尔翻上几页，时不时看看手机回复信息，而苏杉则拎着笔记本坐在边上码字，安安静静，累了就靠在他的肩头小憩一会儿。

一坐就是一下午。

每天晚上九点半的时候，是固定的电话粥时间，苏杉就溜到寝室阳台，两人一煲就是一小时，然后看看手表，一个说“该睡了”，一个说“好，你好好休息”，然后两人都停顿着，过了一会儿又聊起来，然后又是“该睡了”，又是“好好休息”，如此反复好几次，最后在范斌的“你先挂吧”中结束当夜的电话粥时间。

或许就这么下去也挺好。苏杉常常想。

有一件事让苏杉特别感动。

那次，范斌因为地质勘探下乡，住在一个老农家里。苏杉写文章写到半夜，范斌照例打电话过来，又是煲电话粥时间。苏杉扯自己寝室阳台的风大，范斌扯农家的星空真亮，而且农家做的咸菜饼特别香。

范斌讲得很形象，口感和色香描绘得活灵活现，还自带下锅时“滋滋”的配音。好笑归好笑，但苏杉的肚子倒忽然应景地响了一下。她咽了咽口水说：你这个坏蛋，姑娘我现在肚子很饿，你快点带咸菜饼给我吃。

范斌笑着说：真的假的？村里今晚唱戏，我住的这户人家现在倒真的还在烙咸菜饼。

苏杉假装生气，当然是真的，你把人家的胃口给吊起来了，难道还不想办法救火？

范斌说：遵命。我这就送去。

又嬉闹了一会儿，才挂了电话。

苏杉也没真的在意，放下电话后就去洗洗睡了。十点多了，哪个白痴会真的跑上三十里地送咸菜饼过来？

睡到半夜的时候，苏杉被手机的震动惊醒了，她微睁开眼，看到是范斌的电话。她迷迷糊糊接起来：什么事？三更半夜的。

手机里响起范斌的声音，夹着夜间的寒气，快下来，我给你送咸菜饼来了。

什么。苏杉一下子清醒了，她跑到窗前朝外一看，范斌还真的站在阳台下。

夜再凉，也在这一瞬间暖化了。

苏杉赶紧穿了衣服，匆匆下了楼。

还是初春，半夜的风有点冷，范斌衣服单薄，有点瑟瑟发抖。

苏杉心疼地说：你傻呀，还真跑那么远，就为了送个咸菜饼。

范斌说：有点可惜，饼凉了，本来我放在怀里的，想着骑摩托车也就四十分钟，还可以有点温。没想到这一路折腾的，弄了两个多小时，唉，饼都凉了。

见他冻得双手冰冷还跟个傻子似的一直念叨着饼凉了，苏杉心疼得紧，就赶紧咬了一口，说：没事，还有点暖，不凉。

余光一扫，苏杉看到范斌背后斜着一辆没见过的摩托车，有些吃惊。摩托车，你哪来的摩托车？

范斌得意地一咧嘴，说：其实吧，本来我骑的是另一辆，是借我住的主人家的，只可惜那辆小摩的没有福气，没有机会见到你了。刚在路上遇到一个交警查照，那摩托车就被扣那儿了。三轮车又叫不到，我跑了半天才又借到一辆，这才赶过来迟了。

苏杉愣了一下，你费这么大劲，就为送一个咸菜饼？

范斌一本正经地说：这可不是一般的咸菜饼啊，这么好的咸菜饼，不送个给好姑娘，怎么可以？

苏杉心疼地笑了一下，少贫嘴，那你的摩托车怎么办？

范斌笑，没事的，我明天早上去把它领出来。你快吃，不然就更凉了。

范斌看着苏杉把饼吃完，眼睛都没眨一下，一边说着，慢点吃，谁敢跟你抢我揍他。

苏杉嚼着余温尚存的咸菜饼，忍不住笑出了声。

哎——范斌发着怪声伸出手，轻轻替苏杉揩去了嘴角的咸菜末。苏杉觉得脸上一阵冰，却又有滑滑的触感，不由得脸红了。

见苏杉脸红了，范斌调笑道：姑娘吃相再差，我也不嫌弃。

苏杉心里一暖，嘴上倔着，别再姑娘姑娘地叫啦，总感觉越叫越像村姑，之前我们在影院的时候你还收敛点，怎么现在越来越油嘴滑舌了呢，跟嘴上抹了蜜似的。

范斌大笑，那是我为了追好姑娘，雇了一个团队在背后作战啊。

两人正聊得开心的时候，宿管老伯起来上厕所，听到有人的声音，拿灯照着，呵斥了一声，什么人，三更半夜不睡觉。

苏杉赶忙牵起范斌冰冷的手，跑到花坛的另一边，两人捂着嘴蹲在花坛的阴影下，看着对方，憋笑憋到内伤。

手电光像战时的探视灯一样从花坛上方扫过，随后便跟着脚步声渐渐走远了。

苏杉捧着范斌的手，哈了一口气在手心，轻轻搓着，责怪道：怎么冻成这样，晚上这么冷都不知道戴双手套。

范斌说：太想见你，就给忘了。

苏杉手上的动作顿了顿，一时不知如何作答，又一次觉得这么冷的夜晚心却暖得快融化了。

范斌反手握住苏杉的手，说：好了，你快上去吧，外面冷。

嗯。苏杉点点头，起身的时候突然很想吻范斌，但转向他的时候却犹豫了下，最后变成了一个结结实实的拥抱。

范斌轻轻拍着苏杉的背，柔声哄着，快上去吧，我明天还要去领摩托车，还给老伯。

嗯，苏杉松开了范斌，依依不舍地上楼，在楼梯转角后停下脚步。

范斌看着苏杉上了楼，转了弯，这才转身离开。

突然有点冷，范斌一阵哆嗦，就把双手插进了口袋里。

苏杉躲在转角后，看着他的背影渐渐走远。她觉得自己很想粘着他，很不舍得让他走，但就是有一道坎儿拦着她，让她说不出这些话，也走不近他，可是，她明明就那么喜欢他。

画地为牢的困窘。

时隔多年后，苏杉忘了和范斌在一起的很多事，却唯独这件事印象特别深刻。

三

因为范斌的关系，苏杉也逐渐认识了王伦。

王伦很精通电脑，这是苏杉后知后觉才发现的。她想不到一个开音乐书吧的人会对那些软件程序也了如指掌。

那天，苏杉码着字突然就黑屏了，只剩一个光标在闪，她对这些一向不很懂，就找范斌，范斌手头有点事，就打了个电话给王伦，让他过去看看。

王伦不愧是范斌的铁哥们儿，不出几分钟就到了苏杉门口。苏杉忙迎出去，当时王伦正穿着一身运动衫，脖子上还围着条小毛巾，看着有点像快递哥。苏杉一见就笑了，问：你怎么打扮成这样。

王伦笑笑，刚刚在爬山，接到范斌电话，直接从山上下来了，还没来得及换。

苏杉笑了。

王伦进了门，很利落地走到电脑前，先把电脑里里外外瞧了瞧。

苏杉倒了杯茶站在王伦旁边，想等他忙完了递上去。

王伦做事很认真，查看电脑，只询问有关电脑故障的问题，眼睛一直盯着那台冰冷冷的机器。偶然一抬头，看到了苏杉手里余温尚存的茶杯。

不好意思，让你端了这么久，怎么不叫我一声。王伦直起身子，一脸歉意的微笑。

苏杉递上了茶，看你这么认真，没好意思打扰。

看着他喝了口热茶，苏杉问：这电脑是出了什么问题吗？

王伦摆摆手，没什么的，我把系统升级一下就好了。

哦。苏杉在旁边看了一会儿，转身去再温一壶茶。

回来的时候，苏杉看到王伦坐在电脑前，屏幕的光把他全神投入的面庞映得发亮。他抬头看见苏杉，又显出了几分歉意的表情。对不起，修好了一开机就看到你写了一半的文章……

没事。苏杉笑得很从容。有些人很怕半成品被人看到，但我不怕。奇怪吧，我也不知道为什么，反正我觉得有人帮我看看提些意见，接下来的思路就顺畅多了，何乐而不为呢。

苏杉坐到旁边，接着说：况且范斌跟我说过，你也是写文章的，那也算是同行了，如果不介意的话就有劳你帮着看看了。

王伦显然没料到苏杉这么坦然，愣了一下随即回应道：如果你不嫌弃的话我自然是没问题的。

苏杉笑得一脸灿烂，哪有什么嫌弃不嫌弃的。我倒是很好奇，你又要经营书吧，又要旅游摄影，还捯饬些电子软件，竟然还有工夫练文笔。

王伦摆摆手，我没有你说得这么忙，书吧里生意闲了，就写写文章作为消遣。毕竟都是自己喜欢的事儿，做起来自然就上心了。

这是苏杉第一次和王伦单独在一起。很多年后苏杉忘了很多细节，唯独记得王伦的快递装。

一来二往，苏杉和王伦渐渐熟络了起来。以前苏杉自己设计电子版式的时候，总是被欣桐嘲笑。这回可好了，排版、设计，诸如此类，一样样，一件件，都从王伦那里学了过来。

王伦也很喜欢文学，没事也爱写写文章。不过他的文章并不用于发表，而是直接贴到自己的空间里，文风洒脱却不失细腻，正如他本人。他开在街上的音乐书吧渐渐上了正轨，加上家里条件也不错，倒使他腾出手来，可以到处走走，走完就写日志，一次旅游可以写一星期，是个很高产的空间写手。

王伦平时除了对苏杉未完工的文章提点意见，也喜欢看她的空间，对里面的每一篇文章，甚至每条说说，有事没事都爱点评上几句。苏杉平时是懒得打理空间的，一般只有发表过的文章，才会在空间贴一下，或者晒一下自己收了张稿费单什么的，等于是个不含多少创造性的发表记录。但王伦总是乐此不疲。也正因为这样，苏杉空间贴文章的频率也比以前高了一点。

苏杉平时不喜欢点评别人的文章，但对王伦的文章倒是表现出了不同寻常的兴趣，尤其是对王伦的旅行日志，总表现出深深的向往。

苏杉最喜欢王伦的丽江游记。丽江是王伦初恋的地方，他在那里认识了一个很好的姑娘，两人一起度过了一个相当美好的暑假。后来两人分手了，王伦却喜欢上了丽江，每年总会去一趟。

虽然苏杉的点评只有寥寥数语，但这和以前的她相比已经有很大不同了。

范斌、王伦都爱爬山。范斌是学地质勘探的，大学时候就经常待在野外，一去就是半个月。而王伦的这股子热血则来自于他父亲的遗传。王伦的父亲曾是温城小有名气的登山教练，爬过世界第三高峰干城章嘉峰。王伦很小就跟他父亲去登山，初中时候去过帕米尔高原，登过慕士塔格山。他家里摆满了父子二人在不同峰巅的合影，照片上的王伦稚气未脱，洋溢着热烈与自豪。但是，却没有一张长大后的他和父亲的合照。

六月，王伦和范斌带着苏杉等一干人去爬白云尖。白云尖据说是浙南第一高峰，他们爬的又不是寻常的大路，所以还是有一定难度的。不过也正因为如此，他们看到了非常清澈的溪流，看到了异常茂密的原始森林，而云锦杜鹃更是花开正红，成了一道别处没有的靓丽色彩。他们沿着飞云江溯流而上，想一直穷尽到飞云江的源头。最难的就是其间有几道瀑布，瀑布周边的石壁很滑，王伦总是在前面开路，范斌则负责垫后。

每次遇到光滑的地方，王伦总是很小心地把一个个人手把着手拉上去。轮到苏杉了，苏杉犹豫了一下，王伦很绅士地说，苏杉，别怕。苏杉笑着摆摆手，示意自己可以上去。王伦笑着让开小一块地方，苏杉却没有自己想象的那么强，爬上去的时候一个站立不稳，直往下面的水潭掉，这一下把后面的范斌也撞到了潭里，两个人都成了落汤鸡。

石壁上的同伴们先是惊叫，待看到他们落汤鸡的样子，又一下子哄堂大笑，其间有一个女生叫道：苏杉你是故意的吧，要心上人抱也不用那么急呀。苏杉红了脸，范斌倒放得很开，顺手就把苏杉抱起来，说：我就是急着要抱心上人呀。来，快拍个照吧。

不知为什么，王伦的眼睛涩了一下，他忙拿起相机帮他们拍照。

四

毕业的日子越来越近了，苏杉和欣桐开始提前找工作。她们读的是师范，都挺想在毕业以后当个语文老师。毕竟对于苏杉来说，当老师是最好不过的了，在现实条件的羁绊下也最接近梦想的位置。

周末，天上恍惚飘着雨，她们靠在出租房的阳台边，边喝着刚买的热奶茶，边看着温城的马路，零零碎碎地闲聊着。一辆黄绿色的公车从那路的尽头缓缓地开来，穿越了蒙蒙的水汽，有时路两边的梧桐叶太密，将那公车遮挡了一阵。等苏杉缓过神来，那车已然从楼底下开到路的另一头去了。

苏杉看向欣桐，欣桐也刚好将目光从那抹黄绿色移向了苏杉的眸子。这么久的日子以来，两个女孩也是搭乘着那样一辆黄绿色的公车，往返于学院和出租房之间。苏杉忽然说了句，日子好快。

欣桐“嗯”了一声。

苏杉一副怅怅然的模样，虽然已经独自在外生活很久了，但是总会有那么几个瞬间，觉得自己还没长大，觉得自己不想长大。她还不想成为……那种上班的女人。

欣桐叹了口气，是啊。还没到毕业，她已经有一肚子的烦恼了——

欣桐的家在丽城。丽城离温城的距离，说远不远，说近也不近。

她想留下来，毕竟在这城市住了四年，她喜欢这里。她也舍不得离开她的好闺蜜，要是能和闺蜜一起留在温城工作，想想也是个挺不错的选择。再有，最要紧的是，李华已经在温城扎根了。他的诊所生意不错。不论从闺蜜还是男朋友，欣桐都舍不得离开这里。

还在烦心吗？真没有变通的余地？作为欣桐最贴心的密友，苏杉对欣桐的事儿自然上心。

我妈一定要让我回家工作，欣桐低声说。

工作容易找，难得有情郎！你妈怎么一点也不体谅你？苏杉也替她着急。

你知道的，我妈就我这么一个女儿，要是我留在这儿，她拽也要把我拽回去的啊！欣桐低下了头。

苏杉知道欣桐母亲的厉害。和欣桐一起住的这段时间，她母亲几乎是每晚一个电话，像散不去的魂儿似的缠着女儿。要是苏杉听到床的那头欣桐在不耐烦地“嗯嗯嗯”，就知道她又是在和她母亲打电话了。要是欣桐留在温城，那几乎就等于要了她母亲的命。

那你接下来怎么打算呢？苏杉问。

走一步算一步呗……欣桐吸上了奶茶里的最后一颗珍珠。至少，我们现在还在一起啊。

于是，欣桐和苏杉就一起在温城找工作。

苏杉的父亲为苏杉联系了市一中，叫她们早上过去。苏杉就带着欣桐一起去面试。

两个人站在校办里时有点窘迫，整个校办都很忙的样子，没一个人理她们。

这时，苏杉看到一中的校长走进了办公室。这个校长，一年前她爸带她见过，所以还有印象，于是就赶紧对欣桐使使眼色，跟进了校长办公室。

一中校长是个圆脸的胖子，和外面的所有人一样，一副很忙的样子，头都没往苏杉和欣桐这边看。苏杉和欣桐只好在旁边静静地站着，有些尴尬。

您好。苏杉礼貌地鞠了一个躬，企图引起校长的注意。旁边的欣桐也忙跟着鞠了一躬。

嗯。对方刚不咸不淡地回应了一个鼻音，就有一阵急促的震动响起，冷不防打破了办公室里的尴尬。校长接起嗡嗡震动的手机，一通电话只重复了三个字：可以，嗯。挂了电话后他又对苏杉和欣桐说了三个字：稍等下。

好的。苏杉的手拘谨得无处安放，就跟欣桐紧靠着站在原地四处打量着办公室。

过了约莫半个小时，校长才抬起头，说：你们来了。

苏杉赶紧拉了欣桐，把简历递过去。校长随手翻了翻简历，说：你的事，老苏跟我说过了。我知道你是发表过几篇文章的，不过，你知道的，我们这里不收专科生——

苏杉愣了一下，她爸跟她不是这么说的啊。

她正想问，校长却又转了口气，不过你父亲说你文字功底很扎实，能力还是过得去的，那就这样吧，你先过来试一段时间，我们校办倒是缺一个写文件的，我们看看合不合适。

校长只字没提欣桐。欣桐看着苏杉，苏杉还想说话，校长放在办公桌上的手机又开始迫切地震动，他挥了挥手，好了好了，我还很忙，没有别的要紧事的话就先这样吧。你下月可以过来先上班。

苏杉心里不是滋味，不过欣桐已经把她拉了出来。出了行政楼，苏杉有点生气，说：我老爸不是这么说的啊，这哪叫面试啊。

欣桐说：算了，人家是一中嘛，自然瞧不上我们这些小门小户的。好歹他也说收你了，总算你的工作也有了着落。

苏杉说：可是你怎么办啊，从头到尾连说话的机会都没给你，未免也欺人太甚了吧。况且，我就算有着落了感觉也很不好啊，觉得这……好像很丢人呀。

欣桐笑了，刚出校门，还想校长给你面子呀，更何况，我们出的还是专科的校门。至于我嘛，别担心，我的机会还多着呢，这不才迈出第一步嘛。

苏杉知道欣桐也是强颜欢笑，就把一肚子气咽了回去，闷闷不乐地想掏手机跟家里汇报下。

这时苏杉发现自己的包落在了学校办公室。

苏杉赶回学校办公室，在门口，听到里面的校办老师在说，专科生也来我们学校，当我们这里是什么啦，还不是仗着家里的后台硬。

苏杉站在门口进也不是退也不是，听到校办老师要出来了就赶紧跑到另一侧楼道口，躲在拐角处，等脚步声走远了才出来。

苏杉硬着头皮又敲开了校长办公室的门，推门进去的时候都不敢直视校长的眼睛。对不起，我的包忘拿了。

做事这么不细致。对方的话像刀一样凌厉，苏杉觉得有点头晕。

第二次出校门的时候苏杉更闷了，拿着包，默默地回了家。

学校发毕业证的那天，苏杉和欣桐从毕业典礼上出来，才走出大厅的门口，迎面就撞上了几束鲜花。范斌、王伦，还有李华早就在大厅门口等着了。

“毕业快乐！”他们把花塞到了她们怀里。

一群人去了王伦的音乐书吧庆祝。王伦的书吧做得很有格调，除了书和音乐之外，还有各种各样的咖啡、鸡尾酒和小点心。王伦亲自给他们调酒。

苏杉接过一杯透明的鸡尾酒，杯子里浮着一块很大的方形冰块。那酒有股温和的香气，等冰慢慢化了，就融进了酒里。王伦说：那叫“天使之吻”。

欣桐把自己的杯子举起来，说：我这杯呢？

椰海。王伦像介绍爱人一样介绍着，脸上泛着温柔的光晕，他说：这些酒都是他自己起的名字。

他们坐了很久，苏杉聊起自己找工作的烦心事。她说自己其实更喜欢母校实验小学，跟孩子们在一起比较单纯，也不会被人说成是走后门进来的。但老爸老妈都希望她进市一中。

大家都帮着出主意。

范斌说：人活着最重要的是开心。如果觉得靠父母的关系进了市一中，自己也不舒服，那还不如堂堂正正地在实验小学好。

苏杉觉得范斌说得对。

苏杉给实验小学的方校长打电话，约时间过去面试。

经过上一次面试的挫败，电话一拨通，苏杉就客客气气地表明了自己的身份和来意。

方校长是苏杉以前的语文老师，他知道是苏杉后，用光听都听得到满满笑意的声音说：面试的话，随时都可以来啊，你就当回家一样，不用这么拘谨。

当苏杉出现在方校长面前，把简历递给他的时候，方校长笑了，跟当初在课堂上苏杉答对了问题时一样的笑容。但跟当初的他相比，却老了许多，眼角的细纹也多了，聚成了一簇。

苏杉有些心疼，打小时候起，方校长就为这个小小的学校忙前忙后，付出了不少心血，也累出了不少病，现在的模样苍老得让她几乎一下子认不出来了。

他没有看简历，只是把它轻轻地放在了一旁，抬头说：来，坐吧，说说是怎么想到回来工作的。

面对老校长慈祥的目光，苏杉不忍心多说一句虚话假话，便实话实说了。其实，我之前有去一中试过，但结果不是很好，然后就想到了母校，觉得这里应该比较适合我，而且我也比较了解。

哦，结果怎么不好了？他们不收作家吗？我们可希望作家来这儿工作了，脸上多有光啊。老校长多了几分笑意。

苏杉想了想，就把在一中遇到的事大概地讲了下，略去了些带有感情色彩的词。

老校长静静地听完，说：苏杉你知道吗？我每次在书店看到有你文章的杂志，都会买回来带给我女儿看，让她跟你学呢。你是我教出来的学生里面，让我很自豪的一个。

苏杉对于自己竟把这里列为第二选择这事儿本身就懊悔得很，跟校长讲完后更是惴惴不安，毕竟没有哪个用人单位希望听到自己这儿是被应聘者选剩下的。但是她的不安被老校长的这一句话完全消除了。

谢谢校长……苏杉很是感激，站起来向老校长鞠了一躬。

那你是真心决定留这儿了吗？方校长问。

嗯，如果学校还需要我，我一定不会离开的。能为母校尽一份绵薄之力，我真心很高兴，真的。苏杉说。

老校长笑了，眼角的皱纹又挤成了一簇，我们班的才女终于回家了。

于是，才隔了几天，大家又一次聚在王伦的书吧里为苏杉庆祝。

热闹之余，苏杉发现欣桐的脸色有点难看，就过去坐到了她身边。

你是有工作了，可我心里还一点谱都没有呢。欣桐说。

范斌刚好走到苏杉身边，听到就接过话来，你不是还有李华吗？找不到工作，大不了到他诊所里给他当个“小护士”，一个夫妻档的诊所，倒是很引人注目呢！

说得大家都笑了。

欣桐也被逗乐了，反击说：别取笑我这个待业青年了，倒是你们两个，什么时候领结婚证啊？

苏杉脸红了红，便不说话了。

范斌大大方方地摆了摆手，说：快了快了。说完还用力揽了下苏杉的肩膀，突然看到望向自己这边的王伦，就忍不住又开起了玩笑。现在我们五个人里，已经有两对了，就差王伦你了啊，你可要加油啊！

王伦笑了一下。这时书吧里恰巧又有客人来了，他就起身走过去招呼。留下一句：失陪了。

苏杉看见书吧的后面有一排精美的杂志架。杂志架上挂着的许多摄影照片吸引了她，她走了过去，饶有兴趣地一幅幅观赏着。范斌和李华两个男人一聊起事业上的事就停不下来，欣桐就显得有些无聊了，看到苏杉在翻杂志，便也跟了过去。

欣桐忽然指着一本杂志说：苏杉，看，有你的文章。

苏杉过去看，《华夏文学》，上面真的有一篇她的文章。

欣桐又翻了翻旁边的杂志，用眼神示意苏杉。

苏杉仔细地翻了每一本杂志。这个书格里的每一本杂志、每一份报纸上，都有苏杉的文章。比苏杉自己收到的样刊还全。

欣桐扫过整个书格后，意味深长地看了看王伦，又看了看苏杉。

苏杉匆忙合上杂志，她觉得自己的心有点乱。

五

欣桐找不到工作，有点郁郁寡欢。苏杉让范斌想想办法，范斌想起父亲的公司有个会计，她丈夫是一所私立育华学校的校长，以前一起下过象棋，还算有点熟，就打电话过去问。那边说，现在正式的语文老师倒是不缺，不过暑假补习的时候，有老师要回老家，如果不介意的话，可以来代课试一下。

听完范斌的复述，欣桐想了想，说：好的，我去看看吧，反正也快暑假了。

范斌开着车，带欣桐去面试，苏杉也一起跟了过去。育华学校在山脚下，不是很大，但学校边的一片竹林吸引了欣桐。校长比较客气。欣桐觉得这里环境也还可以，便问了下条件。校长说：暑假工资是不高的，不过住宿这些倒都方便，如果你做得好，学生也认可，我们就一直聘用了。

欣桐点点头，说：我能先看看宿舍吗？

校长说：可以的，就对面这幢楼三楼，你自己可以过去看一下。我和范斌先聊会儿。

苏杉陪着欣桐过去看了下教师宿舍。宿舍的楼下是条河，对面就是山，一个长条的房间，分成前后两间，中间还有卫生间。

欣桐笑了，说：比咱们学校那宿舍好。

苏杉说：是呀，有山有水，也算好地方。

欣桐和苏杉回了校长室，校长正在和范斌下象棋，棋盘上已经没有几个子了，范斌又吃了校长的一匹马。

校长又看了会儿棋谱，把手一摆，抬起头说：到底是年轻人厉害呀，我是不行了。转头又问欣桐：还满意吗？

欣桐笑着点头，说：挺好的。

校长说：如果同意，就六月底过来吧。

欣桐点点头。

欣桐刚跟母亲说起在育华学校代课的事，欣桐的母亲就摇头，一百个不愿意，说：代什么课，私立学校有多苦，你是还不知道吧。每天要窝在学校，月月都有月考，每次月考都有排名，你二舅是私立学校的正式老师都受不了要辞职，何况你还是个代课的。还是赶紧回家，让你二舅帮你找个公办正式的，私立学校太苦了，没有必要。

欣桐说：不是的，这所学校的环境挺好的，有山有水，而且是暑假，学生也不多，也不会有那么多月考的。

辩解了好久，欣桐母亲才说：你非要吃吃苦的话，我就让你干完这个暑假，就当是体验生活了。不过开学前必须回来，学校不等你的。

欣桐想了好久，说：好吧，我九月开学前赶回去。

她去找李华。李华的牙科诊所今天人特别多，欣桐一等就是一个多小时，也没机会说上话，便闷闷不乐地出去了。

晚上，诊所的人渐渐少了，看完最后一个病人，李华就准备关门了。这时他看见欣桐从外面走了过来。

我有事要和你商量，欣桐没等他开口就急急地说：我答应我妈了，九月回家去。

李华怔了下，半晌才开口，你不是跟我说留在育华学校教书的吗？怎么九月又要回去？那我怎么办？不是说好了都留在这儿吗？

欣桐说：校长说只是代课代一下，也没有说过一定要留我的。

这时欣桐的电话响了。欣桐一看，对李华说：是我妈。

欣桐接起了电话，没说几句，欣桐母亲就问：李华在不在身边，让他接下电话。

我妈让你接电话……欣桐把电话递给李华。李华迟疑着，接过电话。

欣桐母亲说：李华，欣桐是我们家的独生女，希望你可以跟欣桐一起到我们这里工作。

李华说：伯母你说得有道理，我正想着过几天和欣桐有时间去看您。但我的牙科诊所办得不容易，也渐渐上了轨道，去您那边工作可能有困难。

欣桐母亲说：嗯，我知道你那边也有困难，不急在一时。我知道欣桐是真的喜欢你，但你也要为我们两个老人想想，欣桐爸爸身体也不好，需要人照顾的。你想想办法，克服一下。

李华点点头，说：伯母，我知道的，欣桐跟我讲过家里的事情，我会想办法的。

挂了电话，李华却愤愤地说：欣桐，你明知道我家庭条件也不是很好，爸爸又没了，妈妈就我一个儿子，她身体也不好，我怎么可能做倒插门女婿呢?

欣桐说:刚才你电话里对我妈可不是这么说的。你这话说得有点自私吧。什么叫倒插门,我妈是好心好意让你去我那边工作。

别人看来就是倒插门。李华的声音不自觉地高了。

欣桐生气了,说:李华,我妈妈说得有道理,她也考虑到你们家的情况,说不急。你怨什么。现在男女平等,你家里只有你一个独生子,难道我家里不是只有我一个独生女呀?你妈妈需要照顾,我爸身体还不好呢。

李华看着她不说话了,僵持了一会儿,便自顾自继续关门,铁拉门被拉得“哗哗”直响。

欣桐看着李华关门,还不理她,就说:现在都什么年代了,还大男子主义。我先走了,你自己想想吧。

欣桐说着就出了门。

李华走出门,看到欣桐的身影渐渐走远了。昏黄的灯光照着他浅浅的胡茬,也在他心间落下了一片阴影。

他不知道该怎么办了。

欣桐走到了街口,听见身后诊所铁门拉下的声音,不禁流下了眼泪。

欣桐找苏杉诉苦,絮絮叨叨地说李华的不是。她说:男人都是表里不一的动物。当初追自己的时候说什么都听自己的,现在却不肯跟自己回家,只想着自己的妈妈。

苏杉拍着欣桐的背,静静地听她有一搭没一搭的话。

苏杉勉强笑了一下,安慰说:这也可以理解。总是女方跟男方的多,李华是个要面子的人,不要太计较。何况李华爸爸是早没了的，李华从小就与妈妈相依为命，他放不下妈妈，也是孝顺。

欣桐委屈得很，忍不住又开始掉眼泪。

范斌和王伦来找苏杉，看到欣桐在落泪就问苏杉怎么了。苏杉把情况简单说了一下，问他们有什么主意。

范斌说，让一个男的离开家乡，去女的家里，这确实困难，毕竟我们这里的人观念还是比较保守的。我倒有个主意，欣桐如果觉得私立学校太苦，那我再想办法让欣桐进公办学校。

欣桐说：可我爸身体是真不好，我妈妈一个人，太苦了。

范斌说：你爸是慢性病，而且你大学三年在这里，日子不也过来了。女人总是要跟老公的，难道跟爸妈一辈子？

欣桐眉毛一竖，说：范斌你这个人怎么这么大男子主义，你以后是不是也这样对苏杉的爸妈？

欣桐甩上包就气冲冲地走了。苏杉拦也拦不住，一路追了出去。

范斌看着欣桐的背影，说：我说错了吗？

王伦点点头，肯定错了，言多必失。

欣桐被苏杉追回来，眼睛白了白范斌。

范斌连忙道歉，说：我真不是故意的。我也是好心出主意。

苏杉摆了摆手，你过来有什么事吗？

范斌说：哦，差点把正事儿给忘了，我爸妈这个周末想见见你，怎么样？

苏杉点点头，好吧。

六

周末，范斌带苏杉去家里见了父母。这是苏杉第一次来范斌家，虽然早就知道范斌家境比较好，但真正看到，苏杉还是略有点惊奇。

范斌家位于山脚，是一个很大的独立别墅，外面自建了一条两车道的小路通到大路，小路的两旁是茂盛的梧桐树，透过树叶的罅隙可以晒到温柔的阳光。在管家领进门之后，可以看到一座临水的南花园，各色花草修剪得很漂亮，有种温暖的色调。

管家轻声说：董事长还没有回来。范斌点了点头，他看苏杉很喜欢花园，就先带苏杉去参观花园。花园的河边有木制的秋千，范斌问：要上去坐下吗？我推你。

苏杉还是有点拘谨，说：不了，先走走吧。

不知不觉就走到了花房，玻璃外围爬满了爬山虎，里面是各种温室的花朵。透过玻璃可以照到很温暖的阳光。花房中间有一套白色简洁的桌椅，苏杉刚进去，负责花房的园丁就递上一杯水。苏杉点头致谢，她东瞧瞧，西瞧瞧，忽然叹了口气。

范斌问：怎么啦。

苏杉摇摇头，没有说话。

这时管家过来说：董事长回来了。

范斌笑笑，说：走，我带你去见见我爸我妈。

范斌的父亲是做电器生意的，早年一直待在非洲加纳，从一名厨师做起，后来自己开了饭店。他有个亲戚后来发家了，做着很大的电器生意，就把非洲的总代理交给了他。范斌的父亲从此转了行，也转了运，生意越做越大。他对自己的儿子要求很严格，但对儿子做什么倒放得很开，只要儿子有自己的想法，他都支持。

苏杉的家境也不差，怎么说也算得上半个书香门第，但却不是这般的经商之家。在花园逛的时候已经感觉别墅太大了，进了客厅，那富丽堂皇的布置，更有一种威逼的感觉，她想放开一些，却实在放不开。

苏杉见到范斌父母的时候，只觉迎面而来精明之气。苏杉不喜欢这股气息，尤其是范斌母亲的眼神。她总觉得范斌母亲生着一双鹰眼，仿佛能将她心里藏的什么东西都看透了似的。她是第一次被人这样上上下下地打量，越坐越心悸，越坐越心慌。

你是教书的？范斌母亲呷了口茶，问。

教语文的。苏杉捧着茶杯，在范母的注视下不太敢端起来喝。

范斌母亲的眼睛没从苏杉身上移开过，说：教书好，将来生了孙子，从小就能教聪明。

过了一会儿，范斌母亲又说：听阿斌说你会写作文。

苏杉有点不自在，捧着茶杯的手有些微微出汗，说：会写点儿，瞎写的。

范斌赶紧补充，不是写作文，是写作。

范斌母亲白了一下范斌，有区别吗？不就是几个字。又转过头对苏杉说：女孩子写太多不好，容易想多。

苏杉“嗯”了一下，说：也不大写，没事的时候偶尔碰一下。

范斌母亲点点头，说：女人嫁人后，要多操持家务，别弄那些有的没的。

嗯。苏杉强撑着脸上的僵笑应了声。

家里几个兄弟姐妹？范斌母亲端起茶杯，吹开浮在水面上的茶叶，只瞟了眼茶水，眼神便又锁定在苏杉身上。

苏杉说：就一个，我是独女。

那你父母一定很宠你吧。范斌母亲不依不饶的语调硬是把一句反问句说成了肯定句。不过嫁了人就要多替男人考虑了，不能光想着自己。

苏杉张口想反驳，瞥见一旁的范斌，低头又“嗯”了一句。

怎么不喝茶？范斌母亲用下巴示意了下苏杉手里已经冷了的茶水，问。

哦哦。苏杉有点受惊，端起茶杯抿了一口，凉的。

范斌父亲倒是很欣赏儿子的眼光，他第一眼看到苏杉，就觉得这个女孩很文气，安安静静的，应该是个居家的主儿。这会儿听着范斌母亲絮絮叨叨地盘问，他倒都不开口，只是静静地听着。

说了一会儿话，保姆阿姨过来对范斌母亲说：萍姐，可以开饭了。

范斌母亲点点头，说：走，我们去吃饭吧。

苏杉跟着大家站起来，忽然感觉脚有点麻，站在原地。范斌父亲笑了，说：不要拘束，当自己家好了。

临走的时候，范斌母亲说：苏杉，你回去和母亲商量一下，选个黄道吉日，把亲给订了。

苏杉真的没想到一切会来得这么快，一下子没回答上来。

范斌送苏杉出去的时候，她总觉得有些恍惚。

范斌在苏杉耳边说：我妈讲话就是那样，你别太在意。

苏杉本想抱怨下范斌从头到尾没帮自己说过一句话，现在见他一脸诚恳的歉意，气也消了大半，笑了笑说：你妈也是为了你好，自家儿子讨媳妇，关不把严点儿能行吗？

范斌笑了笑说：不过我妈最后那几句话才是最重要的，说明今天的见面，你的表现就两个字：优秀。

苏杉不自然地笑了笑，我怎么感觉不太好呀。

范斌说：有什么问题吗？

苏杉想了想，摇了摇头，我说不上来，就感觉哪里不对。

范斌觉得自己讨回了个宝，在苏杉鬓角落下一吻，深情道：没什么不对的，结婚后我都听你的。

苏杉见了范家父母以后，范斌父亲把范斌三兄弟召集起来，开家庭会议。

范斌父亲说，你们仨现在也都大了，差不多都到要结婚的年龄了。我不想等你们娶了媳妇后被媳妇操控着来跟我要钱，我也不想在我临终的时候闹家产，让你们兄弟不和，所以在老大结婚之前先把财产的事说清楚。你们都知道我的为人，养儿一辈子不如让儿子自己创业。现在我就把我的想法说一下，你们兄弟三人，阿斌，阿文，阿武，我谁也不偏爱，谁也不吃亏。每个人，我都分两套房，每人一辆车，不管你们什么时候买，房和车的总价值定在500万以内。以后你们自己想怎么创业就怎么创业，也别再惦记我这点钱。娶了媳妇，也不许媳妇干涉我们家的事情。可以做到吗？

两个兄弟都点头答应。

范斌愣了一下，随即也跟着点了点头。

范斌父亲说：记住一点，自己的事业自己掌握，不要让媳妇插手，别让女人牵着鼻子走，让她们管好家里就可以了。

苏杉也带范斌去了自己家。苏杉父母对范斌的条件都满意，就嘱咐了句让他好好照顾苏杉。

范斌走了，苏杉母亲把苏杉拉到房间里，说：范斌人是很大气，但一看就知道是那种不会守在家里的主儿。如果他真的常年在外，你怎么办。

苏杉说：不会的。男人在外闯几年，总还是会回来的。

其实苏杉说这话的时候，有些心虚。

七

范斌和苏杉的订婚宴选在国庆。

一连几天，苏杉家都在忙活，忙着准备订婚的事宜，买金，买鱼买肉，松糕、大糖小糖，准备得不亦乐乎。

订婚前的晚上，苏杉看着房间里满满的糖果、酒、松糕、被子，很多很多的东西，把整个小房间都塞满了，满心欢喜，一时间竟有些恍惚，原来已经是在替自己操办终身大事了啊，当初那个一字一句里都倔着不想长大的小女孩，马上就要嫁做人妇了。她有些紧张，翻来覆去睡不着，第二天一大早就去做头发化妆，换上新的玫瑰红的衣服，在自己的房间等。

范斌邀请了王伦和几个驴友做伴郎，迎亲车队早早就开到了，一排的宝马，还是比较拉风的。

范斌这天穿得很正式，一身白色的西装，配了粉红的衬衫，系着红色领带。接苏杉的时候，旁边的人起哄，抱新娘，抱新娘。

范斌笑得很开心，就一把抱起苏杉，非常稳当。苏杉也用手紧紧环住了范斌。大家又起哄，亲一个，亲一个。范斌作势就要亲嘴，苏杉却羞着别过头。范斌就顺势亲到了苏杉的额头上。

有人又叫起来，这个不算，这个不算，再亲一个，亲久一点。

苏杉脸都红到脖子了，闭起了眼。范斌笑了，这回算是实实在在亲到了嘴上。

大家都欢呼起来，又有人想出馊主意，喊着，抱新娘下楼，抱新娘下楼。

这可难不倒范斌，多年的野外生活不是白练的。三下两下，就把苏杉抱到了楼下，丝毫没有脸红气喘。

在苏杉家的气氛是很好的。大家接出了新娘子，范斌和苏杉坐车里，摄影师拿着摄像机拍，一路还开点小玩笑。快到酒店的转弯处，范斌正说一个小笑话，路上忽然冲出一辆三轮车，和范斌的车刮到了一起。苏杉不由得惊叫起来。

范斌忙看车外，三轮车夫右手捂住了左手。

范斌和苏杉连忙下车，看看三轮车夫有没有事。还好三轮车夫只是擦破点皮。

范斌的宝马却是实实在在划出了一道很大的口子，右车灯也被撞坏了。

后面的人都下了车，王伦看了看情况，要打电话报警。三轮车夫连声道歉，说：千万别报警呀，这车没有证，一报警就被没收了。

旁边的人说，还说你的车，你把这宝马刮的，十辆三轮车也不一定赔得出来呀。

三轮车夫哭丧着脸，眼巴巴地望着范斌。

王伦轻轻对范斌说：叫保险公司应该也要报警呀。

范斌看着苏杉，苏杉看着三轮车夫可怜的模样，摇摇头说：还是算了，他也不容易。

范斌点点头，对三轮车夫说：你走吧，以后开车多想想家里人，注意点儿，要不然几年就白干了。

三轮车夫连声道谢，一溜烟把车开走了。

大家回了车，车队继续前进，到了新聚丰园。

范斌家人早就在酒店等了。范斌母亲一看范斌的车，连忙问：怎么回事？

范斌把情况简单介绍了一下。范斌母亲连声说：这么好的车，这一划得几万修呢！怎么能够说放就放了。

苏杉低头不语。

范斌父亲说：人没事就好。大家一起喝喜酒吧。

这天晚上苏杉住在范斌家，不知为什么，听到隔壁浴室里传来“哗哗”的水声……她有些坐立不安，好像在担心什么。

浴室的水声停了。一切又安宁下来。苏杉坐在床边，总觉得有件很重要的事必须说，又怕范斌会生气。

范斌进来了，坐到床边，轻轻地抱住苏杉，正准备亲热的时候，苏杉忽然说，在结婚前，我们……

什么？范斌抱着苏杉，动作停了一下。

苏杉顿了顿说：我好像……有那么点儿洁癖，我们结婚前，能不能……不那个呀……

范斌奇怪地看着苏杉，过了会儿，又想亲苏杉。

苏杉推开范斌，我是说真的，就亲亲可以了，先别那个，让我适应下好吧，我还没做好准备。

范斌盯了苏杉好一会儿，才说：好吧，如果你想那样的话。

苏杉看出范斌有点不高兴，就主动亲了范斌一下说：谢谢谢谢，我就知道你是个好老公，一定会体谅我的。

范斌苦笑了一下，好吧，这好老公可不好当，今晚我怎么睡。

苏杉抱着范斌说：我抱着你睡，这样可以了吧。

第二天，范斌送苏杉回家后，一帮死党聚会，大家开他的玩笑，说些荤话。范斌笑笑，凭着想象，倒是吹了会儿牛。

不出苏杉母亲所料，范斌和苏杉订婚没多久，范斌的导师接到一个项目，要到新疆做地质勘探，他很欣赏范斌，希望范斌可以和他一起去。

范斌征求家人的意见。范斌父亲完全支持，并让范斌趁机看看新疆有什么好的项目，可以自己做。

范斌母亲也是非常同意，觉得这是导师器重范斌的表现。

苏杉母亲为此特意烧了一桌好菜，请范斌到家里来，说让女婿尝尝她的手艺。

在饭桌上，范斌瞅着苏杉不是很开心的样子。

我很快就会回来的，别担心。范斌说。

你只管忙你的事业就好了，不用担心我。想我了，我们还可以像从前那样发微信。苏杉笑了，又说：我会在这里等你。

范斌听了这话，心里一阵暖意。我不会在沙漠久留的。

你自己小心，苏杉说。

这时，苏杉母亲又烧好了一盘红烧肉，匆匆走了过来。两个人都不说话了。

苏杉母亲拉开凳子坐了下来，说：快尝尝红烧肉！

范斌夹了一大块尝了尝，竖起了大拇指。比外面任何一家饭店里的都好吃！

苏杉母亲笑眯眯地看着范斌。苏杉从小就不太爱吃肉，害得我这手艺都没办法施展，现在倒像多了个儿子似的。

范斌也笑了，低头扒饭。

苏杉母亲接着说：苏杉从小在家宠惯了，不太会做家务，范斌你要多照应着点儿。

范斌连连点头。

苏杉母亲又对范斌说，记得别在外面待太久，这刚订婚，苏杉需要人照顾的。

苏杉笑着说：妈，我已经是大人了。

大家都笑了。

范斌和苏杉父亲喝酒喝多了，苏杉就让他留在自己家里过夜。

苏杉半夜醒过来一次，不知怎么的心里隐隐不安，很不踏实，就再也睡不着了。她拿了笔记本和饭桌上的一碟花生米，披了件外套坐到阳台上开始码字。

苏杉打开电脑后，面对着白茫茫的文档和不停闪烁的光标，大脑竟一片空白。

范斌去新疆的话，大概分开的时间会比在一起的时候还长吧。苏杉想。

一阵晚风吹过，苏杉拢了拢外套。那时候，自己大概会跟朱门高墙后的嫔妃没差别了，天天盼君归。苏杉为自己的这个想法感到好笑。竟成了后宫。

那干脆就写个后宫吧。苏杉盯着空白一片的文档想。就用等范斌的日子，写一本《后宫》出来。写完了，他也差不多回自己身边了。

快凌晨的时候，苏杉回了屋里。

苏杉走到还在睡着的范斌身边，帮他掖了掖被角，轻声说：我等你。

八

范斌要走了，一帮哥们儿给他饯行。有人说范斌这个专业可好了，到外面老婆就管不了了。

范斌笑着说：胡说些什么呢。又转头对王伦说：苏杉以后的学校离你的店会很近，如果苏杉遇到什么事，得麻烦你这个兄弟多帮着点儿了。

王伦拍胸脯说：没问题，兄弟的事就是我的事。

这时，范斌手机响了，他拿起来一看，是苏杉，就接了起来。

苏杉说：范斌，我想今晚去划船，可以吗？

范斌愣了一下，划船，可以呀。

苏杉笑了，那晚上你来接我。

范斌说：好。

放下手机，一帮哥们儿起哄，你看你看，刚说到外面老婆管不了，老婆这就打电话过来了，还是快点去外面吧。

范斌笑笑，大声说：什么管，苏杉是说，请大家去划船，兄弟们要不要一起去。

大家叫着，去去去，你不怕我们当电灯泡，我们怕什么，反正老板买单。

吃完了饭，时间也差不多，一群人直接去中央公园划船。范斌开车去接苏杉。

苏杉很久之前就设想过跟心上人一起借着月色泛舟湖面的画面。当范斌说要带着一大帮人去划船的时候，苏杉才知道他会错了意，她不由得苦笑了一下。

不过这也没有败了苏杉的兴致，她现在只要能多和范斌待一会儿就很满足了。

到了公园，其他人早就不等范斌，只管自己去划船了。王伦打电话给范斌，说已经租好了船，范斌过来直接上船就可以了。

范斌笑笑，说：你还想得周到，好的。

这时，范斌手机又响了，他一看，是导师的电话。苏杉在旁边看到名字，就有种不好的预感。

果然，导师让范斌马上整理出一份要紧的资料，新疆那边急要。

现在马上就要吗？我在外边。范斌拿着电话重复了一遍。

苏杉站在一边听得真真切切。

嗯，好的。范斌挂了电话，还没等他开口，苏杉就说：快去吧，事业要紧。

范斌看着苏杉，一脸的歉意，对不起苏杉，因为那边所有的东西都是我在操办，只有我熟，所以我不得不……总之这次是我欠你的。

苏杉笑着说：哪有什么对不起的啊，划个船而已，我随时都可以划，和谁都可以划。

范斌给了苏杉一个结实的拥抱，又打电话给王伦，说了一下情况。王伦的船在岸边，很快过来了。

范斌对王伦说：得麻烦你送苏杉一趟了，我这儿有点急事。说完靠近王伦耳边，小声说：苏杉有点不开心，现在我也不知道该怎么办了，兄弟，靠你了。

王伦愣了一下，点了点头。

苏杉想回去，王伦就开车送她回去。

从坐上车开始就没有说过一句话，王伦知道她心里不好受，就没有刻意去逗她说话。

车子绕了一圈，又回到了中央公园。

苏杉一脸茫然地看着王伦下了车。王伦替苏杉开了副驾驶的门，说：刚租的船退的话太不划算了，也退不了钱，我就没退。范斌知道你很想划船，还嘱咐我要看着，免得你掉湖里去了。

苏杉有些踌躇，其实……我也没有这么想要划船。

王伦俯下身，是谁还专门写了一篇文章，借着月色，泛舟湖面，兴致几何？

苏杉一惊，这是她好几年前的日志，记录了一场梦。她问：范斌看过我那篇日志？

王伦迟疑了几秒，笑着点点头。快来吧。

苏杉心中的阴霾散去了不少，伸出了手。

梦中的月色渺渺，梦中的凉风习习，梦中的波光粼粼，还有，梦中的桨抚水漾，一切都如同还原了梦境。只是，似乎，还差个梦中人。

那篇几年前的日志被修改过好几遍，最后一次修改，她删去了一句话——若他执着我的手，即便做对渡人，弃桨换橹，又何尝不可。

少了那么一句缠绵的话，减了分儿女情长，多了分清淡闲适。或许正是因为当时的自己故作清高，才导致现在的范斌领悟不到自己的情意吧。苏杉盯着水面呆呆地想。

想什么呢，这么出神。王伦用桨激起了一阵水花，猛然唤回了苏杉的思绪。

苏杉被吓得一个没坐稳，险些栽进湖里，被王伦一把拉住。

抱歉，都怪我。王伦一脸歉意。

苏杉抚了抚额上的发际，笑笑说：没事，我自己老是走神。

刚刚想什么，这么出神。王伦继续刚才的话题。

苏杉笑了，在想很多年前的一个梦。

王伦用食指在嘴前做了个噤声的动作，说：你先别说，让我来猜下。

苏杉觉得挺有趣，你猜什么呢？

王伦假装沉思的样子，过了会儿说：当年柳如是有个心愿，“可怜明月三五夜，度曲吹箫向碧流。”正对得上钱谦益“今夕梅魂共谁语？任他疏影蘸寒流”，或许正和姑娘的心境相合。

苏杉心中一喜，她以前就喜欢柳如是的故事。柳如是与钱谦益湖上泛舟，月下赏山，诗酒做伴的生活正是她所向往的，也由此产生了与心上人泛舟湖上的愿望。想不到王伦连这都猜得到。

月色朦胧，苏杉倒真觉得自己有点在梦境中了。

上岸的时候，船晃了一下，苏杉一个趔趄，差点摔倒。王伦向她伸出手，苏杉，别怕。

月光打在他脸上，显得有些不真实。

他大概是范斌派来保护我的使者吧。苏杉告诉自己。

出发那天，苏杉送范斌去了火车站。

范斌说：我过两个月就回来，不要太想我。

苏杉说：我才不会想呢，我最近有了灵感，准备写一部长篇。你自己照顾好自己就得了。

范斌说：好，我等着回来看你的大作。

火车开始检票了，苏杉就站在队伍后面，望着范斌一点点挪向检票台。范斌背着沉沉的背包，从检票台走过去，往站台走去。

苏杉看他走远了，就预备转身。

忽然，她听见身后又有个声音说：苏杉，我不会在沙漠留太久的。

苏杉回过头，看见范斌站在检票台后面的玻璃门口，对她笑着，接着下了站台的楼梯。

苏杉站在空荡荡的站台，看着范斌最后消失的方向，心里空了一块，却又满出来了一块。是啊，你是来自海边的男子，你不会在沙漠留太久的，因为你会缺水啊。

如果有一天，我能成为你离不开的水，那该多好。

九

暑假夏令营开始后，欣桐在育华学校代两个班的语文课。可是，她还缺乏经验，上课总是出事故，搭档的班主任觉得她太嫩，拖班级后腿，老想把她换掉。反映多了以后，校长也不喜欢她。

欣桐感觉到自己的能力不足，她一心想改进，却有点力不从心。还好学校离苏杉家近，没事可以去诉诉苦。

自从那晚诊所的不愉快之后，李华一直想找个机会见见欣桐。他听苏杉说，欣桐最近上课总觉得嗓子干，声音都哑了。于是李华精心准备了一袋润喉茶，往欣桐的学校里送去。

才走到办公室门口，李华就听见了欣桐的声音。他往办公室看去，看见欣桐站在桌边，挨着校长的训。

欣桐说：那几个小孩太调皮了，一直顶撞我，我出去了一下，他们就在我包上涂粉笔，校长，你应该让政教处管管呀。

校长冷冷地说：这点事就找政教处，学校有36个班级呢，都像你这样，自己上课管不住班级就找我，那我管得过来吗？政教处老师也有自己的课呀，自己课上的事，自己就得管好，这是老师的基本素质。

李华看着欣桐委屈的样子，就情不自禁地进去了，想给她撑撑腰。

校长见到李华说：这是谁？

欣桐有些讶异，你怎么来了？

李华把一袋润喉茶提过去，我来给你送润喉茶。

校长见了，脸上的神情更加不愉快，出了办公室，冷冷地丢下一句：以后不许带男朋友来办公室，成什么样子！

欣桐本来就在气头上，听校长这样一说，就更加来气了。她把那袋子润喉茶往地上一砸，说：你来捣什么乱！

李华说：我怕你嗓子不好嘛，苏杉前几天说你被学生气得都说不出话了。

欣桐说：苏杉前几天跟你说了，你现在才送过来，我在你心中还重要吗？

李华挨了一闷棍，说：那我这几天不是忙吗？

欣桐说：你忙，你忙就不打电话了吗？你忙就忙你的事去好了，干吗又过来？

李华拾起润喉茶，说：我这是好心好意来给你送东西，你自己生气，也不能把气无缘无故撒在我头上呀。

欣桐说：无缘无故，当初如果不是为了你，我会找这么所破学校吗？

李华沉默了。

把你的东西带回去！欣桐提高了声音。

李华放下润喉茶，一言不发地走了。

出了学校，欣桐就来找苏杉诉苦，她说自己和李华真的不知该怎么继续下去了。她爸爸的心脏是搭过桥的，这些年靠妈妈一个人支撑家里大大小小的事，她真的不可能抛下爸爸妈妈不管。

苏杉说慢慢来，总有解决的办法。

外面忽然传来人摔倒的声音。

苏杉和欣桐赶紧跑出来，看到苏杉母亲躺在地上口吐白沫，苏杉知道母亲是哮喘病发作了，急忙拿了药给母亲。苏杉母亲却一动不动，只是微微抽搐，摇她的头也没反应。苏杉一边喷药，一边直流眼泪。

这咋办啊？欣桐顿时被吓蒙了。

叫李华……不，叫王伦来吧！苏杉想起王伦的音乐书吧在旁边，急忙打电话让王伦来帮忙。

一会儿的工夫，王伦急匆匆开着车过来，快速把苏杉妈妈扶上车，送往医院。王伦看着后视镜里的苏杉泪如雨下、手足无措地抚着母亲的脸庞，喃喃着“怎么办怎么办”，很是心疼。他最看不得女孩子掉眼泪，便一路不停地柔声安慰，苏杉，别怕，有我呢。

一到医院王伦便迅速地跳下车，替苏杉她们打开车门，一起将苏杉母亲抬进急诊室。

急诊室外，王伦对苏杉说：你们先在这儿坐一会儿，我去补办手续。继而转头又对欣桐说：欣桐你先陪着她，我马上回来。

没走出几步，王伦像是想到了什么似的又折了回来，把外套脱下来披在了苏杉身上，说：刚刚走得急，没发现你只穿了件单衣，外面冷。

谢谢。苏杉一副惊魂未定的样子，扯出了一个虚弱的笑容。

欣桐在一旁搂着苏杉，也是一脸感激地看着他。

王伦在医院里忙前忙后，苏杉妈妈的病情也终于缓过来了。

病房里，苏杉趴在母亲的床头，望着她。

王伦知道现在安慰些什么都是多余的，就一直默默地站在旁边陪着她们，其间去了趟医院食堂，买了饭，又买了水果。

多亏你了。苏杉对王伦说。

什么话，你们先去吃饭吧，伯母没事的，放心好啦，有我在呢。

欣桐望着王伦，苦笑着说：要是李华有王伦的一半好，我就开心了。

苏杉看着欣桐，觉得她似乎话里有话。

正准备吃饭，苏杉的电话响了，是范斌打来的。苏杉接了电话，跟范斌讲了下今天的情况，说多亏了王伦，开车送母亲来医院，要不然……

王伦正在替苏杉把一次性筷子掰开，听到苏杉在打电话。苏杉说话的语气和说话的内容都在告诉他，电话的另一端是范斌。

王伦将筷子整整齐齐地摆在苏杉的餐盒上，然后对欣桐说：书吧有点事，我得先走一步了，你待会儿跟苏杉说声，有事就打我电话。我随叫随到。

欣桐看了眼倚在窗边打电话的苏杉，说：成，那今天真是麻烦你了。

哪儿的话，范斌的事就是我的事。王伦笑笑，拿起外套走了。

苏杉挂了电话，转身看到只有欣桐一人，王伦的那份快餐还没动过。问：王伦呢？

欣桐说：书吧有事就先走了。

苏杉走回来坐下，手机提示音响了一下，推送的消息显示空间有新留言，苏杉顺手点了进去，是范斌：第一次学着那些小青年来空间留言，希望你能坚强，我的苏杉。

苏杉满是疲惫的脸上露出了些许笑意，回复了几个爱心，然后点开空间动态，很久没上空间了，有37个赞未读，点开来，第一条就是王伦在几天前赞了一篇文章。

文章的摘要冷不防闯进眼中：借着月色，泛舟湖面，兴致几何？

苏杉一惊，有点呼吸急促。

点开这篇年代有些久远的文章，拉到页面最下方的访客记录，苏杉把浏览过这篇文章的访客名单一个人一个人地来来回回看了两遍。

没有范斌。

早就应该料到了，不是么。苏杉心里有个声音，但她一时理不出头绪。

怎么不吃饭呢？别光顾着看手机了，现在再忙的事儿也等吃了饭再说，待会儿伯母病没好你又得倒下了。旁边的欣桐用筷子敲了敲苏杉的盒饭，催促道。

哦。苏杉如梦初醒，准备伸手拿筷子，突然看到自己快餐盒上那双被拆开的筷子摆得整整齐齐，手在半空中停了下来。略一犹豫，她拿起了王伦餐盒上没动过的筷子，掰开。

随着木头脆生生的断裂声，苏杉听到身后有人在说：苏杉，别怕，有我呢。

她一怔，却没有回头看。

苏杉母亲在医院住了三天，出院的时候，也是王伦接送的。

苏杉为母亲的事要谢王伦，便请他到欧典咖啡喝茶。

两人聊着聊着，王伦不经意间说起自己很喜欢看苏杉的文章，觉得她接下来如果写长篇肯定会更好。

苏杉笑道：被你说中了，我正在构思一部长篇，是关于宋朝后宫戏的。

王伦说：巧了，我最喜欢看的就是宋朝历史。来，具体说说，说不定我可以帮上忙。

苏杉见遇着了知音，眼中便隐隐燃起了光芒，说话的声调都不自觉有些激动了。我挺喜欢宋仁宗一朝的，庆历新政，废后风波，包拯断案，有很多故事可以写。而且北方有辽，西北有夏，南边有大理，也可以提供足够大的施展空间，适合故事展开。

王伦静静地听着，苏杉把自己的大概思路一条条理出来，像展开地图一样铺展在他面前。王伦见苏杉难得这么激情昂扬的样子，就没忍心打断，只等她的每部分告一段落时才会偶尔穿插一两句。但他的每句话却都是一针见血，让苏杉都若有所思。

苏杉大体把整个故事的架构都和王伦交流了下，许多地方被王伦像打补丁一样补上了不少情节，也修正了不少桥段。理顺后的苏杉一脸明媚，感慨道：王伦你真是不鸣则已、一鸣惊人。

王伦笑笑，被你这么一夸，看来我不替你这个故事多下点工夫都对不起这句赞美。

苏杉说：现在就是觉得大致构思暂时应该没有大问题了，到时候随着故事情节的推进，再去推敲也不迟，只是总体走向还是有点虚。

王伦思索了下说：宏观来看的话……我觉得你把故事定位在仁宗一朝是挺好的，不过你有没有考虑过看看辽朝萧观音的故事，那也会有很壮阔的天地。

苏杉表示赞同，但也表达了自己的担忧。她说：我也想到过萧观音的，她是个很好的素材，不过我怕我驾驭不了大漠那么宏大的场面。

王伦说：还没着手怎么就退缩了呢，这可不像你的风格啊，别这么早下论断。我们接下来先一起研究下那段历史，然后再看究竟从哪个点入手更佳也不迟。我以前写过研究萧观音的文章，我可以发给你看看。

苏杉还是有点犹豫的样子，她对自己没有十足把握的事情是不敢轻易去做的。

王伦说：别怕，有我呢。

当天晚上，王伦果然就把白天说的文章发来了。夜深了，苏杉躺在床头，看着打印出来的王伦的文章，很入迷。

王伦笔下的萧观音，是个很细腻的角色，既有大漠飞沙的狂野之气，也有琴瑟琵琶的柔婉之风，还有回心院的幽怨怅惘。

苏杉觉得，这个萧观音就是自己找了很久的女主人公。她把自己原先写的故事梗概翻出来，几乎只用改一下名字，其他内容都合用。

苏杉感觉灵感来了，她一口气写下来，一直写到凌晨三点，期间只喝了几杯咖啡，故事大纲就写出来了。

苏杉到王伦的音乐书吧找王伦，把自己刚写完的故事大纲带给王伦看，让王伦说说意见。

王伦仔细地看了，笑着说：都挺好的，看吧，你还是可以驾驭它的。就是……有点悲。

苏杉笑了，我也是这么觉得呀，现在都提倡正能量，怎样才可以改得开心一点呢？

王伦摇摇头，不是这样的。如果正能量就是单方面地强调正面的、向上的、积极的，而排斥掉相反的，那就充满了虚伪和欺骗。你这篇文章，说不定就可以在“悲”字上做文章，只要能写出人性，又有何不可呢？

王伦又开始提具体的修改意见，他的眼光一向比较准，提的意见都能说到点上。

王伦对宋和辽朝确实了解得比较多，给苏杉补充了很多素材，苏杉觉得很开心。

苏杉的长篇前所未有地顺起来，她再写完一个章节就请王伦提意见。

王伦很细心，跟范斌是很不同的风格，让苏杉觉得格外安心。

谈完文章的事儿，苏杉也会跟王伦聊聊书吧外的景色。

隔着这一层玻璃看外面的梧桐大道感觉很不一样。苏杉搅拌着杯子里的咖啡说。

王伦抬头看向外面。是啊，在这里仿佛就是一个旁观者，可望不可即，但是明明就那么近，只隔了一层玻璃而已。

苏杉问：那为什么不把这层玻璃墙给拆了呢？直接感受那风景岂不是更好？

王伦说：我也这样想过。但那终究只是理想啊，还是得考虑实际操作层面的问题。

苏杉思索了下，也是。随即笑道：怕是空调会跑了吧。

王伦也笑了，何止啊，梧桐叶被吹进来，不知要雇多少个员工来做清洁呢。

两个人笑了一会儿，苏杉不知怎的又有几分伤感，那么多理想却都输给了那么多的“不得不”。

王伦看着她，没有说话。

第二天苏杉来音乐书吧的时候抱了几盆盆栽。但进门就发现书吧里多了几盆观赏性树苗的盆栽。

阿力，你们老板呢？苏杉问其中一个店员。

阿力说：他在楼上马上就下来，苏老师你先坐着等会儿。

苏杉指着那几盆小树苗说：这是刚买的吗？

阿力说：是啊，老板他昨天晚上突然说店里没有真的风景，要把风景弄进店里。我们以为他闹着玩儿的，没想到今天早上他真去弄了这几棵树苗。

苏杉把怀里的盆栽放在了吧台上，说：把这几盆也找个地方摆起来吧。

正巧王伦下来，看到了苏杉。苏杉你今天来得这么早。

苏杉说：嗯，上课前顺路来看看。这几盆盆栽是你今天早上去买的？

王伦说：是啊，我昨晚考虑了下你的意见，觉得蛮有道理的，虽然不能把梧桐道这样的风景移进店里来，但摆几棵植物还是可行的。

苏杉说：是，有总比没有好。哪有什么“不得不”是一点变通的法子都没有的呢。

王伦说：那你坐下喝杯茶吧。

苏杉摇摇头，不用了，我要赶着去上课了。

苏杉走后，王伦才看到了吧台上的盆栽。这是什么时候买的？

阿力伸过头看了一眼，哦，那是苏老师送过来的。

十

这次来新疆，范斌老是觉得有什么事牵挂着，每次一忙完事就会想起苏杉的样子，一有空就给苏杉打电话。

大家都笑范斌跟以前很不一样，怎么变得有点儿女情长了。

范斌自己也觉得奇怪，以前自己很干脆利落，电话一两分钟说完事就好。现在自己怎么也成了自己曾经取笑的“电话粥”了呢？

难道这就是热恋？他有时想想自己的表现，也觉得好笑。

苏杉母亲住院那几天，他更是坐立不安，几乎每天都三个电话。虽然苏杉母亲这是老毛病了，没几天就出院了。但范斌还是很想早点回去看看。

范斌母亲也打电话过来，说前几天去看了亲家母，商量着什么时候把结婚酒也摆了。

范斌笑了，由于苏杉上次订婚时特殊的要求，让他觉得有时很想要却使不上劲儿。他也正想着早点结婚呢。

导师看范斌归心似箭的样子，也就特意加快了进度，好让范斌可以早点回去。

好不容易熬到项目告一阶段，范斌早早订好了机票，赶紧回来了。

范斌回来了，他给岳父岳母带来了很多新疆特产，尤其是他自己弄的羊肉。

这羊肉是他前一天晚上连夜宰杀的，非常鲜嫩。在新疆待久了，范斌做羊肉汤还是有一手的。他将带骨羊肋条肉剁成几大段，又将大锅里放凉水架火上，把剁好的肉放进凉水锅里。旺火烧开。再用勺子捞干净汤表面的脏沫子，捞干净沫子后，改小火炖。过了约莫一个钟头，羊肉汤的香气便溢出了锅。范斌又给每人准备了两个碟子，分别盛放盐和孜然，用手抓着羊肉撕开蘸着盐吃。

苏杉母亲喝了一下汤，连连说：嗯，这味道正宗，想不到范斌到新疆还学了这一手，不错不错。她很开心，吃了一碗，还要再吃一碗。

苏杉父亲也是连连称赞，嗯，好女婿，味道不错，来，喝酒喝酒。

大家都笑了，苏杉也觉得味道很好。

正吃得开心的时候，苏杉母亲忽然觉得有点气短，呼吸困难。苏杉父亲赶紧帮她拍拍背，苏杉跑到里面，拿来哮喘药，给她喷药，过了好一会儿她才缓过来。

苏杉缓过神，有点责怪范斌，说：范斌，你明知道妈妈有哮喘，前几天还上医院来着，就不该带这些辛辣食物的。

范斌有点尴尬，只好点点头，好好好，我下次注意了。

苏杉母亲却摆摆手，说：不关范斌的事，这只能怪我自己贪吃。呵呵，范斌的手艺还真是好呢。

晚饭过后，在饭桌上，当着岳父岳母的面，范斌提起了结婚的事。

是我母亲在催了，她巴不得早点抱上孙子。范斌说：新房的事，也想听听你们的意见。是先在我家办，还是等新房置办好了再办比较好呢？

苏杉想了想说：你家的房子大是大，可我老觉得太大了，不像是住的，倒像是个会馆。我还是想要小一点的房子。还是等新房弄好了之后再结婚吧，我希望有自己的房子。

苏杉母亲说：是呀，小两口有条件的话，还是出去住比较好。

范斌"哦"了一声，想了想又说：不过我妈妈的意思好像是想让我们在家先住一段时间。

苏杉母亲说：那也好，妈妈舍不得儿子，这很正常。孩子大了，还能热火几年呀。

苏杉不说话，眼前突然间出现了范斌母亲挑剔的眼神，她有点发怵。

周末的时候，范斌和王伦又带着一帮朋友爬雁荡山，一起去慧能书院采风。

慧能书院是当地一个女作家开的，房子都是仿古的，里面实行古典的国学教育，很有特色。不过显然是风景最吸引人，山野里的空气清新，透着青草味。有人跑到半山腰拍风景，有的则忙着到茶园去采茶。大家东拍拍、西照照，都觉得很有趣。

苏杉和王伦却拿起书橱里的书，安安静静地坐在书院的角落里看着。

苏杉在看《1219》，故事不长，很快就翻完了，心中好像颇有触动，就不禁感叹：真的是很美好的故事呀。

王伦把脸凑过来看，翻了几页，说：哦，他写的是丽江 1219 音乐吧的故事啊，我去过那里的。这故事大概是编的，但 1219 音乐吧倒是真的，有非常好听的音乐，那里的男老板叫阿坤，歌唱得很好；老板娘叫格桑，很大气，是很棒的一个地方，值得一去！有机会去丽江的话你可以去听听。

苏杉说：你又知道了。

王伦笑笑，是啊，我还和他们一起喝过酒的。阿坤本来是丽江的驻唱歌手，而格桑是中央电视台的。有一回格桑来丽江听歌，听到后就喜欢上了。那时候两人在一起待了五天。后来格桑回北京了，阿坤就放弃了丽江的工作，追到了北京，在北京驻唱。相恋两年后，他们觉得是时候回到故事发生的起点了，就一起放弃了北京的工作，到丽江租了间房子，自弹自唱。阿坤唱歌，格桑打非洲鼓，倒似一对神仙眷侣，默契得很呢。

苏杉露出了神往的表情，轻抚着书的封面，由衷地感慨，真希望有一天我也去看看。

这时书院里古琴的声音响起，大家都被吸引了过来。琴书相和，显得很有意境。

欣桐开玩笑地对大家说：其实苏杉跟王伦倒挺配的，都是文青，大家觉得呢？

范斌也跟着笑。

王伦有点尴尬，说：范斌跟苏杉才是绝配啊，夫妻应该要互补嘛，都一样岂不太没趣了。

李华突然问起来，苏杉和范斌的婚期定了吗？

范斌揽过苏杉的肩说：快了。

大家又跟着起哄说要喝喜酒闹洞房。

下山的时候，王伦一直不说话。走到山脚，一群人坐在亭子里歇息。王伦靠着一棵大松树，说：苏杉，你的《后宫》写得怎么样了？大纲都出来了，应该很顺手吧？

苏杉说：写的时候大纲有变动，毕竟思路的发展不是一个框框能框住的，故事写着写着就跳出预定的大纲了。所以大纲又要改。

也对，故事总不是自己能把握的。王伦说：我写小说也常常是这样的。

王伦看着远方，你看，天气预报说今天是晴天的，可是这会儿天还没暗，乌云却来了。如果再不跑的话，估计就都要变落汤鸡了。

大家看看，还真是的，不知不觉的，乌云都快到头上了。于是一帮人都加快了脚步，跑下山来。

回家的路上，苏杉想着王伦的话，莫名其妙地有些怅然。

范斌看苏杉有点怏怏不乐的样子，问：想什么呢，今天玩得不开心吗？

没有啦。苏杉挽起范斌的手，就把刚刚的感觉抛到九霄云外了。这几天范斌都待她特别温柔，靠在范斌的身上，苏杉觉得很温暖。

十一

虽然上次欣桐训了李华，但李华反而来得勤了一些。因为他看到欣桐在学校不容易，也想帮她多分担点儿。虽然他帮不上什么忙，但有个人听欣桐发牢骚，也是好的。

欣桐看着李华殷勤的样子，倒是开心了很多。不过学校里的工作，还是使不上劲儿。暑假夏令营快结束了，校长也一点没有要留她的意思，她也有点想走了。

八月的时候，欣桐父母在家乡帮欣桐联系好了一所学校，让她赶紧回去。

欣桐辗转反侧了一个晚上，第二天就来找李华、苏杉商量。

欣桐说：我爸爸妈妈都老了，我不想老人家到老了家里没人照顾。而且说实在的，这个学校我也不是很适应，学生也不服管，班主任老是挑我的刺，校长对我也不满意。我知道可能是我能力不行，不过我真的比较累。希望换个环境会好些。

这次李华没有像以往那样急着打断欣桐，制止她再萌生一起回去的念头，而是安静地听完了欣桐的话。

苏杉说：你的想法是对的，爸爸妈妈养一个孩子不容易，何况你爸爸身体也不好，你妈妈一个人也忙不过来。我这几次看到妈妈犯哮喘，也觉得自己应该多陪陪妈妈。孝顺孝顺，不就是应该在老人需要的时候多陪陪他们吗？

李华紧抿着嘴，没表态。但苏杉看得出来，其实，他应该也是舍不得欣桐走，却又说不出来。

这已经是没办法的办法了。欣桐也不急，与其说是来跟李华商量的，倒不如说是来劝服他的，双方暂且各退一步。毕竟这事磨了这么久，是两个人的心结，迟早要面对的。

李华沉默了好久，点点头同意了。

暑假班终于结束了，算清了工资。校长也没留，欣桐也不再说什么，收拾了东西，就准备走了。

李华来接欣桐回家。

欣桐以前一直都是去李华的诊所，这回是第一次到李华家。李华母亲早早地迎出来，接过欣桐的包，说：好孩子，是该来家里看一看。

李华母亲一直很喜欢欣桐，几乎是当亲女儿来疼的，这些欣桐都看在眼里。这会儿，李华感觉很舍不得。

李华母亲给欣桐做拿手的小鸡炖蘑菇，欣桐在旁边当下手，两个人有说有笑，只是分别的情绪，一直笼罩着欣桐，让她始终不能笑得特别投入。

李华母亲看出欣桐的心思，安慰说：总会有办法的，慢慢来，我等着你。

欣桐点点头。嗯，我回家跟爸妈商量一下。

欣桐跟李华母亲边织十字绣边拉家常，不知不觉天色晚了。

李华母亲说：都没来过咱们家，今晚就住这儿吧。

欣桐又重重地点了点头。

欣桐在李华家住了三天。

第一天晚上就停电了。李华担心欣桐怕黑，就想带她出去。

欣桐说：不了，你点根蜡烛吧，我就躺床上，我们说会儿话吧。

李华点了蜡烛，烛光映在欣桐的脸上，有淡淡的光晕。

李华静静地看着欣桐的脸。

欣桐说：有什么好看的，傻样，你看到什么了。

李华说：我看到一只大脸猫。

欣桐笑了，我还记得有只大脸猫给我写过一首《烛光颂》呢。

李华坐直了，说：对呀对呀，你还记得我写的那首《烛光颂》呀。那可是我第一次写诗哟，来，还记得吗？念给我听听。

欣桐撇撇嘴，早不记得了，那么酸，早忘早好。

李华略有点失望的样子，真的呀？

欣桐笑了，你看你，这么着急。这也是我收到的第一份情诗，怎么会忘呢？我记得是这样的吧——

你是红红的蜡烛
我是一只卑微的猫
漆黑的夜
只有你可以照亮我的容颜

念完两个人都笑了。欣桐说：亏你还笑得出来，写得这么难看，还只有你可以照亮我的容颜，怎么照得亮呀。

李华拿来一张纸，放到蜡烛边，拿起蜡烛滴了个小花猫的脸，说：这样就照亮了呀。来，你滴猫左边的三根胡须，我滴右边的三根。

欣桐接过蜡烛，滴了三根胡须。

李华握着欣桐的手，一起滴了右边的三根胡须，一滴一点，每一个动作都分外仔细。

这是我们的大脸猫。李华说着把它举过了头顶。

烛光透过微薄的纸张，在墙上留下了暖黄的剪影。

欣桐转头，看到李华的眼角忽明忽暗。

临行前的一天，欣桐说：去我母校看看吧，这一走可能就是很多年了。

李华点点头。

温城专科有一条很宽的南北大道，夹道的梧桐树长得十分茂盛。远处是很宽的体育场，体育场边上是碧森森的青竹。两个人手牵着手，慢慢地走着。

再往里走，是一棵古松，从中间裂开，斜倚着，像一个残疾人那样痛苦地活着，但一束束松针依然葱绿。

李华在古松前停住了。

欣桐看着他。

李华说：你知道这棵古松的来历吗？

欣桐点点头，据说从明代就有了。

李华说：这棵古松，据说遭过雷劈，才会从中间裂开，但你看，它没有倒下，依旧长得葱绿。

欣桐有点感触，不禁伸手抚上了苍老的树皮。

李华站在欣桐身后，说着古松，眼睛却没离开过欣桐。

李华说：但愿我们的感情能像这古松那么顽强。

欣桐抬头看着郁郁葱葱的松针，喃喃着，是啊，要是我们也像古松一样就好了。

李华不说话了。

欣桐见身后没了声音，就转过身，迎上了李华的视线。

欣桐走过去紧紧握住了李华的手。

李华笑了，说：我们两个人吵吵闹闹也有大半年了，想不到你现在要走了，我却这么舍不得。

欣桐笑了，说：爱很奇怪的，什么都介意，最后又什么都能原谅。

回去的路上，李华说：我会等你的，没有什么可以阻止我们在一起。

欣桐点点头，我也是。

欣桐母亲又来电话催了，说那边师德培训要开始了，要欣桐早点去报到。

李华和苏杉送欣桐去车站的那天，天下着蒙蒙细雨。李华和欣桐依偎在一起，画面说不出的伤感。

欣桐说：等我，我一定会回来。

李华握紧了欣桐的手，笃定地说：好。

苏杉见他们这般离别的光景，也不好插嘴，只是默默地陪在一边。

欣桐上车的时候，苏杉拉着她的手，说了声：一切都会好的。

终究，欣桐还是回了老家丽城。

十二

九月初，苏杉开始在实验小学上班。一年级的孩子，很调皮，虽然一个班只有三十多人，但上课像打仗一样，很不听话，偶尔有人在课堂上尿出来了，或者谁坐在椅子上不小心摔倒了，都能引起很长时间的骚动。她没有经验，忙得手忙脚乱。

有一个孩子叫李锐，他特别奇怪，在学校就是要妈妈陪着。他妈妈一走，他就大哭，哭得全班都不得安生。苏杉没有办法，只好叫他妈妈在教室后面坐着。可这倒好，其他同学不肯了，好几个都模仿起来，一定要妈妈在后面陪着才肯上课。苏杉安抚也不是，批评也不是，急得团团转。

还有个家长觉得苏杉太孩子气，托了关系把孩子转到了别的班级。

苏杉本来心理压力就很大，听说了这件事后就更堵得慌了。

几天下来，苏杉的班级是最乱的。方校长听说了，特意过来听了一堂课。苏杉看校长来了，更紧张了，上课都有点结巴。家长也摇头，方校长看看家长，更是摇头。

下课了，苏杉赶紧跑校长那边等着挨批。校长倒还好，只是说，一年级的孩子，首要的问题是独立，现在幼儿园都不让家长待在教室里，更何况小学。所以你的第一任务，就是把家长请出去。

这可真把苏杉给难死了。她本来是个很闲散的人，只听说过幼儿园的孩子爱哭，哪里想到一年级也会这样，甚至有变本加厉的趋势。下完课之后，她想出去透透气，就一个人在学校操场上逛来逛去。

这情景恰好被王伦看见了。他在学校围栏外对苏杉招手，苏杉走了过来。

王伦从外面递过来一杯热奶茶，说：刚给你买了奶茶准备送过来，就看到你一个人闷闷不乐在这儿瞎逛，怎么了？发生了什么事？

苏杉一脸疲态，把自己这段时间的苦水全倒了出来。

你是不是也觉得我不适合当老师？苏杉说。

哪儿的话？王伦听了苏杉的叙述，略一思索后说：让我试试。

苏杉将信将疑。

王伦直接把家长都请出了学校，虽然整个过程都客客气气的，没有厉声呵斥，但是颇有教导主任的范儿，不怒自威，不容家长们反抗。

随后王伦进了教室，微笑着说：同学们，今天这堂课是苏杉老师给大家安排的惊喜节目哦。然后任凭小朋友们怎么起哄“什么节目什么节目嘛”，他都卖着关子，一脸神秘兮兮的样子，逗得小朋友们更加好奇了。

在一片哄闹声中，王伦一边拿出图书，一边变戏法似的从包里拿出玩具，看得所有人一愣一愣的。他先扬了扬手上的图书，说：我们今天要一起唱这书上的歌，大家想不想唱歌呢？下面参差不齐地喊着：想！其间也掺杂着几个不和谐的声音：不想不想！

王伦似乎料到了这个反应，一切尽在掌握之中的模样，又扬了扬右手上的玩具，得意地说：能跟上我节拍的小朋友，每人发个小玩具哟。这下可好，大部分孩子都顺势屈服在玩具的诱惑下了，一边积极地回应着，一边听话地拿出书，眼睛紧紧盯着王伦手上的玩具，但还有几个仍旧在哭。王伦可没有特地为那几个小孩停下来，而是直接切入了正题，起了个头让大家跟唱，然后边唱边在教室里和大家互动，一会儿拉拉这个孩子的手唱，一会儿又拉拉那个孩子的手唱，还不停地挥动着玩具。渐渐的，跟唱的孩子声音越来越响，教室里的哭声也低了下来，那几个顽固的小孩也被带动起来了，慢慢地大家都唱了起来。王伦每唱一次，就发个小玩具，到最后，连李锐都被吸引过来了，紧闭的嘴巴也开始跟着节奏一张一合，似乎忘记了妈妈不在教室的事。

王伦绕到李锐身边，摸了摸他的头，给了他一个玩具，朝他眨了眨眼，比了一个你很棒的手势。

李锐看着王伦狡黠的模样，开心地笑了。

小孩子一笑就像天使。苏杉看着看着，不觉眼睛都有些湿润了。她也轻轻地挥动着双臂，投入到这全班大合唱中。

王伦和苏杉并排站在一起的时候，王伦稍稍倚过身，在苏杉耳边轻声说：看吧，带小孩子还是很容易的，所以说别怕，这不是有我嘛。

放学时，李锐妈妈来到苏杉办公室，说没找到李锐。苏杉急急忙忙去教室里。

教室里只有几个值日生，还有几个孩子在等家长来接。李锐的座位上收拾得干干净净。

苏杉着急地问：你们有看到李锐吗？就是坐在后面最靠边那个位置的同学。

因为开始上课还不久，大家都没有混熟，加上李锐平时也很内向，没有交到什么朋友，所以教室里的孩子只是面面相觑。这可愁坏了苏杉。

突然一个值日生说：苏老师，我刚刚去倒垃圾的时候，看到王老师跟我们班一个同学在操场那边。

苏杉的直觉告诉她一定是李锐，就一边掏出手机打给王伦，一边向操场跑去。

喂，王伦，李锐现在是和你在一起吗？苏杉一打通就问。

是啊，刚刚忘了告诉你了，李锐下课后过来找我，我就跟他玩了一会儿。

苏杉和李锐妈妈到操场时，看见李锐坐在王伦身边，腿上摊着一本图画书，王伦正在跟他讲着什么，两个人都笑得很开心。夕阳洒在他们身上，在黄昏的微尘中，美得像一幅画。

锐锐！李锐妈妈呼唤了一声。

李锐抬头看到自己妈妈后跑了过来。妈妈，你快看，这是王老师送我的书！

傻孩子，应该让妈妈知道你去哪里了呀，害得妈妈这么担心你。李锐妈妈把李锐抱起来后心疼地责怪道。

王伦走过来说：都怪我，忘了跟你们说一声。

李锐妈妈忙说：不不不，哪儿的话，辛苦老师了，锐锐这孩子就是不让人省心。然后她对李锐说：锐锐，你找老师有什么事啊？

李锐转过来咯咯一笑，说：这是我和王老师的秘密。

回去的路上，苏杉问王伦：你和李锐有什么秘密啊？

王伦笑着说：也没什么，李锐说他喜欢看小人书，我就说我有很多书，以后让他尽管过来找我借。然后我就说这是我们之间的秘密，因为我都没有告诉别的同学。

苏杉说：你真的很会讨孩子欢心啊。

王伦说：这不算吧。我只是觉得，如果我以后有了孩子，而且是个男孩的话，我和他之间一定要有属于我们父子间的秘密。他顿了顿，突然开玩笑似的说：这是一个家庭中父子联盟的基础啊。

苏杉被逗乐了，你还真有一套，看来你和你父亲一定有一段坚实的战友情。

王伦笑笑没说话。

一个星期下来，王伦和苏杉班里的孩子都成了好朋友。

苏杉笑着问王伦：你怎么和孩子们玩得这么高兴？

王伦笑了，我喜欢孩子嘛。以前亲戚来我家的时候，我总是和孩子们玩得最开心的。

苏杉打趣说：这可怎么好，孩子们都喜欢你了，没有你我的班可管不了了。

王伦说：那就一直带着我呗。

苏杉说：这样我岂不是得给你发工资了？

王伦说：说好的啊，我会记在账本上的，到时候你别赖账，拖欠劳动人民血汗钱。

苏杉笑着说好。

欣桐打电话给苏杉，问她最近还好吗。

苏杉说刚开始都被学生弄得晕头转向的，还好王伦来帮忙，现在好多了。

聊着聊着，苏杉又问起欣桐的情况，问她学校怎么样，母亲同意她跟李华的婚事没有。

欣桐说：学校倒还马马虎虎，有了上次育华的教训后，我也懂得了一些事，孩子们倒没怎么闹。不过我妈还是坚持让我嫁个本地人，她不想我离开他们。

苏杉有点心疼，试探性地问了句：真没有别的办法了吗？

欣桐无奈地说：跟李华结婚，只能是李华来我们家，没有别的法子了。停了一会儿，欣桐又说：但是，李华父母也不同意李华来我们家。

苏杉沉默了一会儿，说：那，再等等吧。

慢慢地，苏杉摸索出了教孩子的一些门道。从教孩子怎么坐开始，到教他们怎么整理书包，到教他们上课间操怎么站队，一件件琐事，慢慢地也都理顺了。

苏杉还成立了个家长委员会，让家长组织活动，也算打通了家长这一环。

教学工作总算上了正轨。

十三

范斌虽然在教学上帮不上苏杉什么忙，他自己的工作也忙，不过一有空，都会过来陪苏杉。倒是苏杉，由于刚接手班级，比较忙，经常把范斌晾在一边。范斌倒不生气，反正他电脑不离身，苏杉有事到班级去，他就在苏杉的办公室连上网，办会儿公。苏杉事情忙完了，他就陪苏杉一起吃饭，偶尔看看电影。

苏杉觉得这样的日子，挺好。

唯一让她觉得有点不舒服的是，范斌母亲催婚催得比较紧。可苏杉觉得自己毕业才不久，也没有那么急着想结婚。

尤其是后来听出范斌母亲是急着要孙子后，苏杉更加不喜欢了。

她一想到自己很快要大着个肚子在街上走，感觉就特别怪。有时她会想，怎么才刚毕业，好日子就到头了呢。

倒是范斌比较好，会开导她，即使结婚了，生孩子的事也不用担心，现在不是还有很多丁克家庭吗？

九月底，范斌母亲邀苏杉来家里吃个饭，说结婚这种终身大事得要大家一起商量才行，选个好日子把事儿给办了。

恰巧苏杉的爸妈那天有事走不开，苏杉就打电话给范斌说能不能改天再说。

范斌说：成，我跟我妈说说。然后苏杉就从电话听筒里隐隐约约听见范斌在跟他母亲说些什么。

而后范斌母亲尖锐的声音穿透范斌虚掩着话筒的手掌，清晰地传入了苏杉的耳朵。菜都准备好了现在才说！他们是不是不想结了？不想结拉倒，我之前就想跟你说了阿斌，那个苏杉是家里独生女，宠惯了，刁钻得很，妈是怕你结婚后日子不好过……

苏杉心里很不是滋味，就悄悄挂断了电话。

过了一会儿，她又发了条微信给范斌说：那我自己过去吧，反正我爸妈对我做的决定也没什么意见的。

范斌很快就回复：那也行，我去接你。

在饭桌上，范斌母亲挑了几个日子问苏杉和范斌的意见，苏杉几乎不敢抬头，她感觉得到，范斌母亲的眼睛就没从她身上移开过。

都挺好的。苏杉说。

范斌母亲皱了皱眉头，又转向范斌。阿斌，你觉得呢？

范斌说：就二十六吧，那天苏杉比较空，时间安排得过来些。

苏杉说：嗯，二十六挺好的。

那行。范斌母亲举筷示意了下苏杉。怎么不吃肉，你还是太瘦了，多吃点肉，女人胖点体质才好，不然以后自己都顾不过来，还怎么照顾老公儿子。

嗯。苏杉喜欢的素食偏多，对于荤菜倒是不十分爱吃，听范斌母亲这么一说，也就敷衍地夹了两口。

范斌母亲停下了筷子，说：怎么，不喜欢排骨吗？那我叫阿姨再烧点别的。

范斌连忙阻止。姆妈，苏杉她没说不喜欢，她今天就是有点胃口不好。

苏杉不知该作何反应，有点愣住了。

范斌母亲的眼神依旧犀利。你这个样子，别人不知道的还以为我们家连招待自家媳妇儿都招待不起。

没有没有，苏杉说，今天的菜色正好都是我喜欢的。

范斌母亲直勾勾地看着苏杉。现在很多年轻人赶时髦说什么减肥，都不知瘦成什么样子，还怎么顾家，你千万别有这个念头。一定要把自己的身体养好。

嗯，我知道了。苏杉说。

一顿饭下来，苏杉吃得掌心都是汗。

后来苏杉去了范斌家几次，范斌母亲总是很挑剔，苏杉都觉得自己有点怕见她了。

苏杉母亲和范斌母亲见了面，敲定了年底结婚。

苏杉母亲回来后，对苏杉说：你和范斌结婚，我不反对。但你要做好准备，我感觉你婆婆不是那么容易说话的人。

不会的。苏杉笑得心虚，觉得很没底。

这天，范斌母亲打电话给苏杉母亲，让苏杉第二天过去再谈谈结婚的事。

第二天去之前，苏杉母亲千叮万嘱，让女儿一定要坚持有自己的房子，事先做预防，免得以后和婆婆相处不好，反而因小失大。

苏杉自己也害怕范斌母亲的那双眼睛，要是住进了范家，每天在婆婆的目光下度日简直是不堪设想。所以苏杉也横下心，好歹硬着头皮，不管范斌母亲说什么，她都要坚持夫妻独立住。

范斌母亲听了苏杉的想法，很生气。说：你还没过门呢，就想着把阿斌和我分开，哪有这样的好事。

范斌一看形势不对，就说：妈，我和苏杉都还年轻，结婚的事不急，这事慢慢说。

范斌母亲提高了声音，什么不急，我都半百的人了，还没抱上孙子，你想等我头发都白了呀。再说，还没嫁进婆家就想分开我们母子，要不得。

苏杉有点被吓到，也不知该说些什么。

范斌父亲这时开口了，先搁着吧。在一起要和和气气的，还没过门就吵架，像什么样子。先吃饭吧。

范斌母亲还是有点怕丈夫的，就不说话了。

大家闷闷地吃了一顿饭。

范斌和苏杉在外面散步，范斌试探着说：要不结婚先在这儿，家里房子也大，不碍事的。等一段，再搬出去？

苏杉说：你以为我不想，我是不敢呀。我真的有点怕。

范斌说：你怕什么，我妈又不会吃了你，至于怕成这样么。

苏杉沉默了一会儿，说：好吧，要不先住在家里也可以。

苏杉和范斌把商量好的意见跟苏杉母亲说了。苏杉母亲叹了口气，说：其实我也不是非要你们住出去，只是被身边的故事弄怕了。苏杉是知道你大姨二姨的事情的，我跟范斌讲讲，先打个预防针。

苏杉点点头。

苏杉母亲把范斌叫来聊天，说起了往事。

我家一共是三个姐妹一个弟弟，我是最小的女儿。我母亲 19 岁的时候生了苏杉的大姨，接着又生了苏杉的二姨。我们农村，还是很保守的地方，重男轻女的思想很严重。当时已经实行了计划生育，可是大家的抵触情绪还很重。等到我母亲生下我的时候，家里已经闹翻天。后来才终于得了一个儿子，而我母亲，也终于老了。

我母亲是个有想法的人，她觉得既然把孩子生出来，总得给他们好的生活。所以不管家庭负担多重，她都让我们读书，而且一个个培养得都不错。三个女儿都当了老师，儿子做了生意。一切看上去都还好。可惜子女长大了，又得为子女的婚姻操劳。几个女儿起初看上去嫁得都还可以，公务员，有房有车。可惜又出了事。苏杉的大姨生了个女儿，家里自然是不肯的，尤其是婆婆，天天催促她生儿子，她大姨又不肯放弃教师的工作。吵吵闹闹了好些年，婆婆居然怂恿儿子到外面找别的女人生了个孙子，最终家里闹得鸡飞狗跳，离了婚。苏杉的二姨家就更不好了，婆婆天天挑三拣四，总是看她二姨不顺眼。苏杉的二姨丈本来对她二姨还算好，但听多了他妈妈的话，两个人的感情也就越来越坏。苏杉的二姨三天两头回家哭，我母亲劝她早点生个儿子，说不定感情会好点。想不到生了儿子后，她婆婆不但没有对她好点，反而怂恿儿子跟她离婚。苏杉的二姨精神受了刺激，有一天突然不告而别，也不知去哪里了。我母亲终于受不住这再三的打击，去世的时候，才 57 岁。

苏杉母亲说到这里，用手帕擦了一下眼睛，又喝了一口茶，说：所以我想，苏杉现在如果和你一起单独住，虽然现在婆婆反应强烈些，但从长远打算，隔得远些，压力总轻些。如果现在勉强住在一起了，万一以后合不来，或者遇到生孩子的事情，到时候如果产生了矛盾，我也真的怕我孩子受委屈了。范斌你要理解，我就苏杉这么一个女儿，从小当命一样疼到大的。

范斌想到自己母亲平时时不时提起孙子的急切心情，还有那挑剔的样子，一时也觉得有点惶恐。

范斌回去后，偷偷地把苏杉妈妈的话告诉了父亲。

范斌父亲想了很久，说：阿斌以前不是在后所看中了一套房，那套房现在还空着，你们住那边也可以。反正离得不远，我跟你妈说说。

范斌母亲虽然挑剔，却是有点敬畏她丈夫的。范斌父亲既然同意了孩子们住后所，她心里虽然一百个不愿意，但最终也答应了。

婚事也就这么定了下来。

十四

范斌带苏杉去看后所的新家，是个单独的小宅院，虽然不大，但前面有条小溪经过，后面就临着山，屋后面有条小路可以通到山上，很适合晨练。临近的房子也不多，比较清静。

范斌说，这里本来是我们家一个远房亲戚的，他们盖好了房，还没装修，就要移民到美国，就问我爸要不要接手。我爸觉得我喜欢爬山，就问我意见。我说挺好的，说不定以后我会用得着。老爸就把它买下来了，没想到现在真用得上，也算是当时有远见吧。

苏杉也很喜欢，说：这房子好，背山面水，可以直接把阳台连到溪边，搁张桌子和躺椅，平时看看书，写写文章，累了晒会儿太阳，倒是很闲适的所在。

范斌笑着，刚才我也想到了，这房子倒真的很合你的品性，怎么装修，你说了算，现在你是这里的主人了，我都听你的。

苏杉笑着点点头。

苏杉开始装修新家，她忙里忙外，自己找装潢公司，忙着看设计、定图纸，投入了极大的热情。她希望自己的家，能够跟自己想象的一样，充满书香气息。

王伦说他朋友有个房屋户型和苏杉的新家比较像，已经装修好了。苏杉忙约了范斌一起去参观。

到朋友家的时候，正赶上下雨，天显得很昏暗。朋友是个随意的人，把门打开后就随便苏杉他们参观了。

苏杉里里外外仔细地看，边看边问，还细细地做笔记。朋友家做了很多柜子，电视背景墙很华丽，又把卧室的阳台打通后给封闭起来了，这样显得卧室大了很多。隔音玻璃也好，房间很安静。苏杉最喜欢的是他的客房，客房的门是推拉的，没有放床，做了个榻榻米，另一面做了一面墙的书柜，倒是一房多用了。

里里外外记了很多笔记，苏杉最后问：你这个装修总共用了多少钱？

朋友说，大概五十来万吧。

苏杉暗暗咋了咋舌。

范斌倒是很随意，一直微笑着看苏杉和朋友对话，时不时还玩会儿手机。

谢过朋友，苏杉和范斌回家。苏杉问范斌总体的印象，范斌说：很好呀，很大气。

苏杉说：你不觉得他的家具颜色太暗了，整个房间显得昏暗？

范斌说：可能是下雨天吧，下雨天都昏暗。

苏杉又说：可是他花了这么多钱，卧室居然没有安装好一点的木地板，真是不可思议。

范斌说：是吗？我没注意，我倒是挺喜欢他家木地板的颜色的。

苏杉又说：可是你不觉得他房子装修虽然豪华，但还是少了点文艺气息。那个书柜上的书，我一看就觉得他从来没有看过，估计是拿来装饰的。而且，他把阳台打通了做卧室。阳台变小了，感觉多不好呀。我们家的阳台一定要大的。在阳台上工作学习思维最开阔，漫无边际的，你觉得呢？

范斌笑着说：你说得挺对的，我们家外面本来就比他家大点，阳台肯定会比他宽敞一些。

苏杉想了想又说：可是要五十来万呀，太贵了。

范斌说：钱方面的事你不用考虑的，我爸上次给了我一些。

苏杉叹了口气，那是你爸给你的创业钱，我们还没创业，哪里就能大手大脚的呢？还是省一点的好。

范斌笑了，那你准备怎么办呢？

苏杉沉思了下，说：我也还没想好，让我再想想。

苏杉又对比了好几户人家，又请了父母来提意见。苏杉母亲说：你爸看了皇历，十月初三就是个好日子，要不那天动土吧。

苏杉点点头。

最后选择了农历十月初三开工，表示喜庆的意思。范斌在墙上敲下了第一锤。

接下来的几个月里，苏杉几乎每天一有空就待在自己的新家里指挥开工，每个细节都自己细细打理。用什么颜色木地板，什么材质门窗，一件件都亲手打理。

只是苏杉的班级毕竟是新接手的，她来新家的时间多，待班级的时间自然就少了。好在苏杉性格很温和，和几个搭档老师相处得也不错，大家也愿意帮忙。

范斌看苏杉忙得开心，就乐得自己去创业。十一月的时候，新疆那边业务有了新的进展，他就又飞到了新疆。

这回他进了新疆沙漠腹地，手机信号不好，联系也少了。不过只要一有空，他还是一准会打电话回来。说些相思话，苏杉倒感觉他离得并不远。

王伦的音乐书吧就在实验小学边上，苏杉遇到事情，范斌都会叫王伦来帮忙。加上他自己本来就很喜欢孩子，有事没事也喜欢往苏杉的班级跑。一帮孩子都叫他“王老师”，一有空就围着要王老师讲故事。苏杉看他这么受学生欢迎，干脆让他做自己班的课外辅导员。

这样一来，王伦来得更名正言顺了。有时苏杉家里忙了，也会请王伦来帮自己看看孩子。

闲下来的时候，王伦也会对苏杉的新家提些意见，和苏杉很合拍。

还记得上次我介绍你去看的那家新房吧，王伦说，有没有觉得他们家色调偏暗了些？

苏杉一惊。你也这么觉得？我之前跟范斌这么说的时候他还觉得是阴雨天的缘故。

王伦说：房间的色调可不是天气可以随意改变的。我们可以以他们家的整体布局为蓝本，再做些大的调整，比如地板用偏暖色一点的，而且地板的质量一定要好一点，这样踩在脚下才踏实。

苏杉说：真巧了，我们几乎全想到一块儿去了。

王伦闲下来，总会时不时地到苏杉的新家来看看。

房子的装修进度很快。装修完毕那天，新房开始进家具。苏杉又叫来了王伦，让他帮着看看家具的位置。

几个人一直忙到了晚上，才总算把家具的事弄完。苏杉送走了搬运工，看着现在的房子已经基本有个模样了，心里很满意。再看看，王伦却不知道到哪里去了。

不一会儿，门外传来了敲门声。

王伦拿了几瓶啤酒，对苏杉说：你的房子装修好了，是不是该喝点酒庆祝庆祝？

好呀，苏杉很开心。

这时夜幕渐渐降下来了，外面的马路开始亮起路灯。温城的夜色从阳台外弥漫而来。苏杉拿出一个小杯子，两个人倒了啤酒。

这两个月多亏你帮忙，我一个人还真弄不过来，我先敬你一杯。苏杉说。

说着苏杉就举起了酒杯。

我不帮忙还有谁帮忙呢，王伦说。

一杯冰凉的啤酒下肚，苏杉看了眼王伦，忽然心中有种奇怪的感觉——偌大的新家，现在屋子里只有他们两个人。苏杉看了看窗外，天已然黑了。她心里说不上来是什么感觉。王伦一直静静地坐在她对面，笑得很灿烂。

既然是庆祝，要不我们把李华也叫来吧，让他也看看新房！

不，不要叫他……王伦下意识地说了这句话。说完以后，又补了句，他的诊所忙，兴许还没下班吧。

也是，苏杉笑了笑。

两个人又喝了几杯啤酒，喝着喝着，忽然就不说话了。房子里很安静，楼下时不时传来远远的汽车喇叭声，还有风吹梧桐树叶子的声音。

王伦看着苏杉，你和范斌以后住在这里，挺好的。

王伦说着，又开了一瓶啤酒，却不倒在杯子里，而是直接对着酒瓶大口大口地喝起来。

苏杉没说话，也举起杯子喝了一口。

王伦说：你们什么时候结婚？

等范斌下个月回来，苏杉说。不知道为什么，这一会儿的对话，让苏杉感到心里很不舒服。她觉得时间仿佛凝滞了。

真好，王伦说，你们结婚的时候我可要过来闹的。

苏杉大声地笑了出来，算是默许了，然后站起来说，这房子刚装修好，还有股气味，我们把窗子打开透透风吧。

说着，苏杉就走过去开窗子。离着那窗子不远的地方，正好是一盏浓黄的路灯，散发着一圈一圈的光晕。梧桐树的叶子就在灯下，仿佛那浓密的树叶子托起了一个月亮似的。

苏杉把身子靠在窗台上，说：真美。

王伦走到她身后，说：真美。

苏杉感到背后有一股气流正渐渐地靠近她，她浑身都僵硬了。她不能动、不能移，可她又不能一直站在那儿。

她侧过头，看见王伦就紧挨着她。路灯的光隐隐照亮了他的半边脸。

苏杉……王伦突然喊了句。

这一声喊得苏杉心里一动，她的心像是浸入了夜色似的，心跳停止了片刻。接着，她又从窗台后猛地转身，说：时候不早了，要不我们回去吧？

房子里静默了。

王伦说：好。

两个人出了新房，慢慢走下楼来。楼梯口的楼道灯亮着，将地上两个影子拖得很长很长……他们两个看着那影子，始终不敢挨得太近。要是那影子有一点轮廓贴在一起、叠在一起了，苏杉就小心翼翼地分开。

等到了大街上，王伦说：我以后也要给喜欢的人装修这样的房子。

苏杉说：会有的。

王伦指着自己的车，我送你回去吧。

不用了，我回我爸妈那儿，不远。

那好。王伦上了车。苏杉站在一旁默默地看着他发动了车。

突然车窗缓缓地摇了下来，王伦的眼神深如墨色，回去吧，我用车灯替你照着路，免得那只流在坊间的蛾子，看不见回家的路。

苏杉一惊，觉得耳熟，记忆在脑中飞速闪过，突然想到了什么。

苏杉张了张口，嗫嚅着却问不出什么话，怔怔地转身，不敢看他，机械地沿着回来的路走回去。

免得那只流在坊间的蛾子，看不见回家的路。

对啊，怎么没想到呢，范斌不爱文字游戏，怎么会说出那么文艺的话。

这时，电话响起来，是个陌生的号码，不过一看区号就知道是新疆的。苏杉回过了神，接起了电话。

电话那头，有“呜呜”的风声，范斌的声音听得不是很清楚。

苏杉问：你是在哪里呀，怎么这么大的风声。

范斌说：现在是在卡拉山口的一个小镇，风是比较大，我刚才差不多是被风吹进屋里的。想不到这里居然有一个电话亭。我就赶紧给你打电话了。

苏杉觉得很温暖，又有点担心，说：你怎么这么迟才回旅馆，沙漠里面，夜里多危险呀。

范斌笑笑，倒也没有啦。我们是傍晚就到了镇上的，只不过刚刚大家开了个小会罢了。家里怎么样，前天你说装修得差不多了。

苏杉笑了，觉得很自豪，是呀，基本装修好了。我都觉得奇怪，我居然真的可以装修好自己的房子，虽然有别人帮忙，但主要可都是我自己的创意呀。

范斌说：当然了，我就知道我的女人是最棒的，要不然怎么会第一眼就把我迷住了呢。

苏杉听了这句话，虽然嘴上嗔怪着范斌的嘴像抹了蜜一样，只会说好话，不真心。心里却觉得像吃了蜜一样，很开心。

两个人聊着，不知不觉就到了苏杉家。刚刚跟王伦分开时那种奇怪的情绪，不知不觉也消散了。

十五

时间过得很快，一晃就到腊月了。为了筹备婚礼，范斌早早回了家。

苏杉在一星期前就盼着范斌回来了。两人几乎每天都是几通电话。回来那天，苏杉一早就开车到了机场迎接。

两个月没见，范斌比以前黑了很多，嘴唇也是干裂的。苏杉一见就很心疼，跑过去抱住他，说：你怎么黑成这样了，像个非洲难民似的，以前去新疆也没见你这样呀。

范斌笑笑，说：这次有点不同，在沙漠里待的时间比较久，而且这块地的风沙也格外大些。他伸展开双手，说：不过你有没有感觉，你老公更有男人味了。

苏杉撇撇嘴，没看出来，更有老人味是真的。年纪轻轻的，就爱跑沙漠里把自己变老。你再这样下去，咱们可不般配了，别人看到我们，还误以为是老牛吃嫩草呢，我可不要嫁个老头。

范斌笑了，怎么会呢？回家倒腾一个星期，保准把你的男神偶像变回来。

两个人说说笑笑，到了车里。

结婚的日期早已定了，对于儿子的婚礼，范斌母亲十分用心。虽然早早请了婚庆公司，但婚礼过程中的所有成员及所负责的项目，以及婚礼各项工作流程表、婚礼物品等，她还是统统要亲自过问。

范斌对这些细节大大咧咧，看母亲这么热心安排，乐得放手。倒是苏杉，还会时不时与司仪沟通婚礼细节，提的建议多了，有时还会和范斌母亲起点小争执。当然基本上都是范斌母亲赢。苏杉没有办法，也只能跟范斌抱怨几句，好在范斌脾气好，就算苏杉在他身上出气他也不恼。苏杉也不是真的特别倔的人，慢慢地习惯了范斌母亲的专断，也只好一切听从安排了。

有时苏杉想想，幸亏婆婆是在婚礼细节上这么专断，要是在新房装修的时候也这么霸道，那这婚还能结得成吗?

她忽然有点明白，当初范斌为了说服母亲按她的意思装修新房，应该也是花了一番心力吧。

想到这里，苏杉倒对婚礼的安排没有那么多抵触情绪了。

不知不觉二十六日就到了。范斌和苏杉在君豪大酒店举行了盛大的婚礼。席开 200 桌，各色车辆把车道都给堵了。

苏杉请欣桐当了伴娘，范斌请王伦当了伴郎。那天的礼堂里，铺了大片的百合花，粉的、白的，花香一片，特取百年好合之意。

就在那长长的一条红毯上，随着一声“我愿意”，苏杉终于成了范斌的新娘。

苏杉那天很美，敬酒的时候，有个宾客说，苏杉从这角度看上去，真像《那些年，我们一起追过的女孩》里面的沈佳宜。

有人就起哄，那柯景腾在哪儿?

不就是范斌嘛。

欣桐说：哎，你看过没有啊，沈佳宜最后没有嫁给柯景腾好吗。

说话间，欣桐有意无意地扫了眼王伦。

王伦说：柯景腾第一次穿正装就是在沈佳宜的婚礼上，但新郎不是他。婚礼场景拍得很美，沈佳宜笑得像个仙子，就像现在的苏杉。

苏杉没有看他，对大家笑着说了好几声“谢谢”，然后就转到下一桌去敬酒了……

到了晚上，宾客散去后，苏杉醉了酒，迷迷糊糊地躺在新房的床上。那时屋子里只亮着两盏暖黄色的壁灯，把半个房间照亮了。苏杉半睁着眼，对着天花板，头晕晕的，觉得那灯仿若是两只浮游的发光的水母。

想着白天在酒店的一切，就像是一场梦似的。

不知不觉的，隔壁的浴室里又传来“哗哗”的水声……那水声像是下着雨，像是拨着浪花，叫苏杉的心砰砰跳动起来。

范斌白天在敬酒的时候，不小心被红酒泼了一身。他也喝得多了。

浴室的水声停了。一切又安宁下来。苏杉醉酒的脑袋渐渐微疼起来，她躺在床上，一动也不想动，仿佛停止了思考。此刻她眼帘里映入的是壁灯的光，视觉、触觉仿佛都消失了，只剩下了听觉。

她听见浴室的玻璃门“吱呀”地开了，那门推开的声音被拉得很长。接着就是拖鞋的响声……

她没有回头，她知道是范斌要过来了。

后来的事，苏杉有些记不得了。

恍恍惚惚的，她听见范斌在耳边说：这回，你可没有借口了，以后你就是我老婆了。

苏杉的那一夜是极不舒服的。她像是做了一个梦，正做得迷迷糊糊的时候却忽然好像被刀扎了一样，她大声地尖叫，极力把范斌推开，把范斌的酒劲都吓退了一半。

范斌有点恼火，他忍了那么久，从订婚熬到了结婚，苏杉反应还是那么大。他极力地安抚苏杉，说“没事的，没事的”。苏杉稍稍平静一点，可是当范斌想进去的时候苏杉又极力尖叫起来，浑身绷得笔直，用力地把范斌推开了。

范斌也不舒服，加上白天的酒精还没有完全散去，他也没有力气折腾。试了几次不成功，他就自己翻了个身睡自己的了。

而苏杉几乎是一夜的头晕伴随着不安的睡眠，直到第二天，还是在胃痉挛中醒来的。

早上掀开被子的时候，苏杉不知为什么感到一阵不适，心中莫名地涌起一股心悸感，她在床头坐着，用手捂了捂脸，迷迷糊糊地坐了很久。

好像昨晚把范斌推得太用力了。苏杉赫然看到他的脖子上有鲜明的指甲划破的血痕。

她内心有点愧疚，范斌对自己那么好，几乎什么都听自己的。以前那么多天同床共枕，他都熬下来了。就等着结婚这一天，想不到自己还是没有满足他。

范斌迷迷糊糊睁开眼，看见苏杉正看着他，问：怎么了？

苏杉说：没……没什么。隔了一会儿，又说：对不起，把你的脖子弄破了。

范斌用手摸了摸脖子，感觉有点刺痛。他笑了一下说：没什么。

苏杉很自责，又说了一次，对不起，昨晚我表现不好。

范斌笑了，你是我老婆，干吗说对不起呀，我们来日方长呢。

苏杉勉强笑了一下，说：我以后会尽量做好的。她整理好衣服，站起身说，我去给你准备早饭。

那晚给苏杉留下的唯一记忆，就是那暖黄的壁灯，还有一夜的疼痛与不适。

十六

那天王伦在婚礼上表现得特别兴奋，一会儿给新郎新娘出题，一会儿又让新郎新娘玩苹果游戏。

在伴郎说祝酒词的时候，王伦说：范斌是我从小到大的铁哥们儿，穿过同一条开裆裤，偷过同一片红薯地，这会儿他结婚了，我比自己结婚还要开心，大家放开喝呀，一定要尽兴。

王伦的话说得大家都笑了。酒桌上，王伦一直带着笑，朋友给新郎敬酒，他还抢过来喝。

大家都说王伦表现好，把哥们儿的婚礼弄得热热闹闹的。

婚礼还没结束，他已经醉成了一摊烂泥。苏杉叫欣桐送他回家。

一路上，王伦头靠在欣桐腿上，一直想起来，却总是起不来。

欣桐安抚着王伦，安安心心躺会儿吧，你今儿也累了。

欣桐，我真的很开心……王伦喃喃地说。

欣桐说：我知道，我知道，你好好躺会儿。

王伦却不肯好好躺着，还是在动来动去，过了一会儿，却忽然哭了起来，嘴里喃喃地叫着“苏杉，苏杉……”

欣桐安抚着，在呢，在呢，好好躺会儿，啊……

到王伦家了，王伦母亲迎出来，赶紧扶住了王伦。范斌刚刚还打电话过来，怎么搞的？范斌结婚，他怎么比新郎喝得还多？

欣桐说：最好的哥们儿结婚，当然开心了。

王伦嘴里喃喃地叫着什么，王伦母亲说，他在喊什么，什么山？

欣桐尴尬地笑笑，说：喝醉了，胡言乱语呢。

不知为什么，看着王伦母亲把王伦扶进家的时候，欣桐的心里有一丝怅然。

第二天，欣桐觉得有点不放心，又来看王伦。欣桐到王伦家的时候，他母亲说他早上就出门了，一个人，背着背包去丽江了，要去半个月。

欣桐有点怅然，一路走到了王伦的音乐书吧，发现门也没开。

欣桐觉得心里有一丝莫名的难受，叹了一口气。

那几天，也没人能联系得上王伦。

苏杉的婚礼结束后，欣桐也准备回丽城了，她和李华约好了去江心屿玩，结果李华却临时变卦，说有一个早就约好的患者过来，他上次忘了通知他改时间。这个患者家很远，来一趟不容易，所以要先给他看好再过来。

欣桐说：好，那我去你家等吧，我去看看阿姨。

到了李华家门前的小巷，欣桐看见李华母亲正吃力地拉着板车，车上还有没卖完的白菜。欣桐忙叫了声“阿姨”，跑过去帮她推板车。李华母亲见了欣桐，笑了：说，孩子，你来得正好，这是今天我刚刚从田里摘的白菜，新鲜着呢，我给你做糯米饭，加些白菜和腊肠，保管好吃。

欣桐点点头，说：我也喜欢阿姨烧的饭。

两人进了李华家，李华母亲说：今天生意挺好的，你猜我卖了多少钱。

欣桐笑笑，问：多少？

李华母亲拿出零钞，一张张地抹平，数着，说：有96元。这个月最多的一天了。今天运气不错。

欣桐笑了，又隐隐有一点心疼，说：阿姨，你这么大岁数了，种这么多菜，多辛苦呀。

李华母亲说：也不辛苦，这两年收成好，李华也工作了，再攒两年钱，就可以把李华他爸看病时欠下的债还完了。这样你过门的时候，也不用再背什么债，小两口可以轻松点过日子。

欣桐听了有点心酸。她看看李华的家，墙上除了一个财神爷，真的什么都没有。西边的墙因为长期烧煤球，黑了一大块。

李华母亲注意到欣桐的视线，她说：孩子，没事，你过门的时候，我们重新装修一下，保管让你风风光光过门。

欣桐点点头，会的。阿姨和李华都这么努力，我也帮衬一点，我们一定可以把家搞上去。

李华母亲开始做午饭，欣桐当下手，有说有笑。

李华打电话过来，叫欣桐去江心屿。欣桐说：不去了，你如果有空，就回家吧，我们陪妈妈一起吃个饭。

欣桐要走了，苏杉说要过来送她。

欣桐说：不用了，你跟范斌马上要去度蜜月了，送我干什么。

苏杉说：我有车，可以带你去车站。你稍等一下。

苏杉到了李华家，欣桐上了车，李华也要送过去。欣桐说：不用了，你还要上班，送到这儿就可以了。我走了，照顾好阿姨。

李华点点头。

欣桐又抱了下李华母亲，说：阿姨，我走了，有空就来看您。

李华母亲说：好孩子，这是自己家，要多过来。

苏杉开动了车子。李华和母亲目送着苏杉的车远去。

车子开出了一段路，欣桐问：怎么样，婚后夫妻生活愉快吧？

苏杉微笑着，点点头，不说话。过了一会儿，又问：你呢？你和李华怎么样？

欣桐说：自从分开了两地，就联系得越来越少了。这次还是我来找他。

苏杉说：李华也真是的，就算确实有困难，也该多去陪陪你。虽说是两地，毕竟隔得不远，几个小时车就到了。

欣桐苦笑了一下，我们哪里像你呀，有个车，满世界跑。我们每次来回都得转几趟车，都得看班车的时间好不好。有钱人不知道穷人的命苦呀。

苏杉说：不是说他诊所生意还可以嘛。

欣桐摇摇头，就是说生意可以，才更忙得走不开。问题是，他那点生意，忙是忙，却挣不了几个钱，连还他家里以前欠下的老账都不够。这就叫，穷忙，越穷越忙。

苏杉说：那怎么也比我教书赚的钱多呀。

欣桐叹了口气，这就叫命呀。你是富贵命，家里有钱，老公更有钱。我们呢，啥都没有，还带生病的爹妈。

苏杉觉得今天欣桐的语气里怪怪的，说：不要这么说好不好，我妈妈身体也不好。范斌的钱都是他老爸的，他自己又没什么钱，他打拼也很辛苦的。

欣桐沉默了。

车开了一段，苏杉忽然想起王伦来，就随口问了句：好几天没见王伦了，也不知道他到哪里去了。

丽江。欣桐说。

苏杉听到丽江，看着车窗外的树影唰唰而过，她脑海里忽然浮现出从前在王伦的空间里，还有他音乐书吧里看到的那些摄影照片。

加油的时候，苏杉顺手打开手机空间，一条王伦的说说映入她的眼帘：此生最后悔的不是遇见你，而是没有早点遇见你。如若时光可以倒流，我愿倾尽所有跋山涉水，只为赶在他前面与你相见。

苏杉的眼睛突然有点涩。

怎么了？欣桐说。

苏杉摇摇头，没什么。

十七

范斌带苏杉去了马尔代夫度蜜月，第一天航行就让苏杉长了见识。十二点半到达机场，下午三点飞机起飞，中途停曼谷一个小时，到达科伦坡已经是午夜，再转飞机到马累，下了飞机，又经过半个小时的海上夜行，终于在凌晨五点多到了卡尼岛，入住了水上屋！

将近十七个小时！在飞机上苏杉就吐了两次。

到卡尼岛的第一天，苏杉就待在酒店里休养，这边没有粥，苏杉只喝了点牛奶。到了下午，范斌不知从哪里弄来了一些小米和一个紫砂煲，亲手给苏杉熬了粥。苏杉吃得津津有味。接下来的几天，这个紫砂煲倒成了苏杉的必备品。

水上屋推开阳台就是大海，室内的地板有一大块是用玻璃做的，可以很直观地看到下面的海水，苏杉甚至看到了一只爬行的大海龟。到了晚上，灯光下的海景很美，苏杉很开心，忙着写旅行日志。

接下来的两天，范斌带着苏杉在卡尼岛有些扎脚的沙滩上狂奔，吃自己亲手钓的大石斑，乘着快艇迎着风尖叫，两个人玩得很开心。

范斌说：想不到苏杉也是一个可以疯起来的人。

苏杉转过头，逆着风说：那是因为遇见了你。

风太大，范斌没有听清她说什么，只是乐呵呵地笑。

第三天晚上，海岛的夜幕渐渐降临，远的近的海灯都亮起来，美丽而浪漫。马尔代夫的夜晚是一片氤氲的黄色，夜色中的泳池还荡漾着涟漪，幻影一般。成片的树影在风中曳动，美得像电影画面。

等天黑下来的时候，苏杉就躺在旅馆的凉台上看星星。

范斌走过来，搂着她的腰，给她按摩。苏杉说：真美，好想在这里变老。

等我们老了，再来一次，范斌说。

夜色愈发地浓重，长廊上的海灯就愈发地鲜亮，衬得天空出奇地黑，海水出奇的蓝。风也静下来了，很宁静的夜晚。

我们进去吧，范斌抱起了苏杉。

旅馆里亮着幽暗的红灯，笼盖着柔软的温床。苏杉被范斌抱着进去的时候，心里莫名地涌动着不安。前两天，因为苏杉说自己不舒服，范斌就没有动她。她觉得今天的功课是没有理由推脱了，范斌这几天表现得确实非常好。可是，当她坐到那床上去的一刹那，新婚的那个夜晚不知为什么又在她脑海中浮现起来——那夜新房里浓黄的灯光，还有下身强烈的不适，种种感觉都还残留在她的记忆中。

她不确定她能否愉快地度过今晚。

范斌看出了苏杉的紧张，倒了两杯红酒，说：喝一点吧，放松点。

说着他就在苏杉的脚边坐下来，把一只手搭在她的大腿上。

好。苏杉和他碰了杯。

红酒下肚，苏杉觉得房间里红色调的灯光仿佛都成了阵阵暖气，在她周身弥漫开来。范斌把酒杯放到桌上，脱了浴袍。

苏杉忽然说：我想去趟卫生间。

范斌看着她，说：好。

苏杉站起身来，从那房间出去，她注意到范斌的目光一直落在她身上。在卫生间里，她对着墙上的大镜子，深吸了几口气。可是越想放松，心里却又不由自主地生出隐约的恐惧来。她感觉到自己手心又开始出汗，胃里一阵阵翻涌，越紧张越发不适，几欲晕厥。

苏杉开了水龙头，往脸上泼了把冷水，出去了……

这一夜，还是极强烈的疼痛，苏杉咬着牙，却又忍不住尖叫起来，弄得范斌也很紧张，早早完了事。

夜深的时候，范斌呼呼地睡着了，手臂还搂着她的腰。苏杉却还是很痛，她从里到外的痛，她睡不着，使劲捂住嘴没呕出声来，翻过身仰头看着房顶天花板的透明玻璃，喘了好几口气才渐渐平静下来，才发现马尔代夫的夜空是那样地美妙。

她侧过头看了看范斌，轻轻地摸了摸他的脸。

如果晚上没有功课就好了，苏杉一夜没有睡好。

他们在马尔代夫度了半个月的蜜月。在这期间，苏杉渐渐意识到，她心里有了一种越来越清晰的感觉：她对夜晚的来临，对那红色灯光下的温床越来越生厌。只是她这十几天来从来没有和范斌提起过。

她总是装得很开心，范斌不会察觉的。

然而事实上，范斌已经或多或少地有了感觉，他只是放在心里，没有说起。

等度完蜜月回来，苏杉带了很多小礼物分给孩子们。孩子们非常开心，上课的兴致格外高。

王伦也回来了，苏杉知道他喜欢小孩，专门给他带了个马尔代夫当地小孩的泥塑，表示感谢。

苏杉的旅行日志在当地日报上连载，她仿佛成了旅行专家似的。苏杉的同事也纷纷向她请教旅行的事宜。苏杉有范斌和王伦做参谋，倒答得头头是道。于是苏杉就在学校里出了名。

回家之后，苏杉的睡觉习惯发生了变化，她总是很早就睡下。范斌从外面忙完回来，苏杉已经早早地躺在了床上。

苏杉说：写小说太费脑子，最近总是写得头疼。

范斌说：那么就放一放吧，你的小说也不急。

我一定要把它写完的。苏杉说。

范斌看着苏杉的样子，有时候心里不太开心，但也没有说什么。

只是有一天，夜很深了，范斌还没有睡着。他在夜里醒来的时候，忽然注意到，其实一旁的苏杉也没睡着，她时不时有些动静，像是装满了心事。

过了一段时间，苏杉终于决定要去看看医生了。她觉得是自己的身体出现了问题，老是以写小说疲乏为借口也不是办法。

苏杉总觉得这是件很羞耻的事，谁都没告诉，自己偷偷去网上找了医生咨询。

苏杉很紧张，有点语无伦次。好在这个医生看出了她的情况，只是静静地耐心听她说完。

医生笑了笑，说：这不是什么羞耻的事，你不用紧张的。女性在夫妻生活中出现不适，很可能是精神紧张的关系，抑或者是身体的其他问题，你有时间来我们医院做个检查，我再给你开几味药。

医生又发给苏杉一些链接，都是些性障碍经过治疗后痊愈的案例，帮助苏杉减压。

经过咨询，苏杉感觉自己轻松了些。

苏杉一直没敢把这件事告诉范斌。

十八

新学期开始了，苏杉的工作又忙碌起来，她每天都在学校里忙里忙外，被孩子们的事弄得晕头转向。

甚至到了下班的时候，苏杉还会留在学校里写稿子。范斌几次要去接她，苏杉都说让他先忙自己的，她待会儿可以自己回家。

回了家，苏杉又早早地睡下了。

范斌隐隐感觉到了什么，他觉得苏杉工作太认真了，纯粹是自己给自己找罪受。

一天，范斌正睡着，突然接到导师的电话，让他把前几天查到的一个地址再确认一遍。他就随手把一旁苏杉的电脑拿了过来，打开历史记录，在里面突然看到了一个医院的网站。

范斌犹豫了一会儿，就将鼠标移到地址栏上，点开。浏览器的进度条缓冲到底后，苏杉和医生的谈话记录出现在电脑屏幕上。

范斌虽然有点意外，却又好像早有预感。他点回历史记录，一个个地查找，类似的记录有好几处。

他反反复复看了几遍，再三确认后，他不得不告诉自己，聊天的患者一方真的是苏杉。

把电脑合上，范斌呆坐在电脑前，想了很久，脑中却一片空白。究竟是该问为什么，还是该问怎么办，范斌不知道。直到导师的电话打过来催促，他才恍悟自己是要去确认地址，于是跌跌撞撞地起身去找自己的电脑。

那晚，范斌彻夜无眠，一个人坐在阳台上喝啤酒。他转过头，看着身后房间的床上，苏杉的影子正静静地躺在那儿。那影子被夜晚的灯光衬着，冷冷的。范斌突然觉得像具尸体，下一秒他就觉得自己的这个想法实在太过恶劣，就狠狠地骂了自己一句，但是，心里的滋味依旧是说不出的难受。

他忽然想起来，今天导师打来的电话告诉他，说油矿的寻找有了些起色，就在那个让他再三确认的地点。

他猛地灌了几口酒，决定先到新疆忙事业去。

第二天一早，范斌把自己要去新疆的消息告诉了苏杉。

他只跟她说，新疆的事业有了起色，他要离开家一段时间。

苏杉说：好，我支持你。

夫妻对望的那一刻，他们都从对方的眼神里读出了微妙的变化。苏杉笑了，说：去的时候还和从前一样，我去车站送你。

范斌也笑了，但他心里却埋下了秘密。

到了临行的前几天，范斌母亲忽然打来了电话，让他们两个立即回范家一趟。

两个人不知道什么事，急匆匆赶过去。

到了那边，饭菜已经做好了，范斌母亲只是招呼他们吃饭。苏杉有点忐忑不安，不知道婆婆葫芦里卖的是什么药。

吃过了饭，保姆送上茶。范斌母亲喝了一口，说：苏杉呀，结婚都快半年了，你肚子有动静没有？

苏杉有点心虚，看看范斌，说：妈，我们在努力。

范斌也说：姆妈，这事急不得，我们慢慢来。

范斌母亲说：按时间来算应该到了，苏杉，你们是不是有什么问题呀？现在医学这么发达，要不去看看？

苏杉低了头，说：嗯，我们会的。

停了一会儿，范斌母亲又说：范斌这一去又不知道什么时候才回来，我希望你可以跟在范斌身边，照顾他。

苏杉吃了一惊，说：可是我这边要上班呀。

范斌母亲有点不屑的样子，上什么班，女人的班就在家里，在家里照顾好老公才是正经的工作。那边能待着就待着，不能待就辞了算了。

苏杉有点急了，说：可是，阿斌的油矿还在寻找过程中，我跟着他也不知自己能做什么。再说，校长同事对我都这么好，我忽然走了也要为难他们，怕不合适吧。

范斌也说：我爱的就是苏杉的独立。如果一个女人，她小时候只想着考试分数，长大了只想着嫁个好老公，生了孩子就把希望寄托在孩子上了，那请问，她自己的人生价值在哪里？

嫁夫随夫，女人嘛，丈夫就是自己的价值。范斌母亲很不悦。

苏杉一脸为难的样子，低着头，不说话。

范斌说：我这趟去，大不了两个月就回家一次，不会太久不回来的。

范斌母亲想了想，又接过话说，留在家里也好，安安心心的，可要快点给我生个孙子！

会有的，范斌忙说。

苏杉出了房间的时候，范母又拉着范斌说：你们两个人结婚也有半年了，怎么到现在苏杉的肚子还是一点动静也没有呢？是不是真的有问题？

生孩子的事又不能急，急也急不来！过段时间就好了。范斌含糊其辞地说，有点心虚。

范斌母亲像是瞧出了端倪，说：你们没有骗我吧，真的没有问题？现在医学这么发达，有问题就治。是苏杉的问题吗？

范斌连忙摇摇头，姆妈，真的没有问题，放心好了，孩子会有的。

范斌母亲还是有点狐疑的样子，不过也没再追问下去。

临走了，范母又千叮万嘱道她急着要抱孙子了，让范斌好好再使把劲，争取早点儿让苏杉怀上。

这一句一句，苏杉都听在耳里。

两人去看望苏杉父母，又说起了这件事。

苏杉父母都希望苏杉保住工作，也可以和自己多在一起。他们还不希望自己的女儿刚毕业就离开自己。

范斌也笑着说：知道的，新疆那地方苦，苏杉是个宅女，怎么受得了那边的风沙呢？

于是，苏杉就留了下来。

其间，苏杉悄悄地去看了医生，医生说可能是精神和生理两重因素都有，便开了一些药，让苏杉尽量配合丈夫，适应一段时间可能就好了。

范斌在新疆继续找矿，每周一次电话，每个月回来一次，小住几天。

有时两人恩爱的时候，范斌也做足了前戏，苏杉也尽量克服心理的阴影配合，可始终无法很愉悦地完成。渐渐的，范斌也不再强求了。

苏杉则一直在矛盾中苦苦挣扎，她既想努力克服自己的不适去配合丈夫，又不想面对那壁昏黄和难忍的痛苦，她几乎是条件反射性地厌恶。

王伦还是常跑苏杉的班级，和苏杉一班的孩子都成了好朋友。现在连实验小学的老师都开始称呼王伦为“王老师”了。

范斌在的时候，大家有时也一起爬爬山、喝喝茶。但工作比以前忙了，聚得也少了。

范斌和苏杉也是聚少离多。双方好像都在有意识地回避着什么。

好在苏杉又忙班级，又忙写作，倒也不是很寂寞。

十九

周末，苏杉在家创作，忽然响起了门铃声。她过去一看，是婆婆来了。

苏杉开了门，范斌母亲进了家。苏杉的电脑正开着，范斌母亲看到了，说：又在写作文。

苏杉点点头，心里叹了口气。婆婆这点一直改不了，总说她写作文。

范斌母亲过去扫了几眼，倒是叹了口气，说：虽然我不识几个字，但听别人说我媳妇是才女，我心里其实也是开心的。

苏杉听了这句话，简直有点受宠若惊的样子，这是她第一次从婆婆嘴里听到正面评价她写文章的话。

范斌母亲话锋一转，不过也别太辛苦了。前几天我在视频里看到范斌，人都瘦了，嘴唇都是裂开的，找矿太辛苦了。一个男人身边没有个女人照顾，总是不行的。

苏杉知道婆婆话中有话。其实她也总觉得心里有那么点亏欠，以前范斌去新疆是忙事业，但这次去新疆，苏杉觉得他好像是感觉到了什么，倒像是为了不让自己太为难才离开的。而且这段时间范斌的电话打得也少了，她也很想去看看范斌。

苏杉点点头，说：姆妈，我知道的，我也想去看看阿斌，那边风大沙急的，我也担心呀。过几天就是暑假了，一放假我就过去照顾范斌。

范斌母亲很开心，说：好呀好呀。我这就打电话给阿斌，跟他说下。

苏杉说：姆妈，我来打吧。

电话打过去，这回信号倒好，马上接上了。虽然有“呜呜”的风声作为背景，不过这回倒不明显。

苏杉问：阿斌，这几天都忙吧？

接到苏杉的电话，范斌也很开心，说：今天还好，你怎么想到给我打电话了。

苏杉说：想你了呀。接下来你可能要更忙了。

范斌笑了下，你怎么知道我会更忙，我们刚刚发现了一个矿，这你都猜到了。

苏杉笑了，这么好呀。我是说，过几天放假，我要去你那边住一段时间。

范斌一愣，这荒山野岭的地方，你不是说你不来吗？

苏杉笑笑，我是说真的，真想去你那儿看看，看看是什么地方有这么大魔力，让我老公去了一次又一次。

范斌母亲接过手机，说：阿斌呀，你赶紧张罗着给苏杉安排住处，这回是真的。

范斌开玩笑说：姆妈，这肯定是你的主意，我打包票，苏杉吃不了这苦。我也是说真的，好多人来这边都水土不服呢。

范斌母亲说：先让苏杉试试看嘛，老公在那里工作，老婆去看看总是应该的。

范斌点点头，好的，我知道了。

手机转回苏杉手上的时候，范斌说：我就当给作家体验一回生活吧，你那身子骨，能待三天我就觉得很了不起了。

苏杉说：你就这么瞧不起你老婆呀，那你干吗娶我呀。

范斌笑了，这是两码事，这地方跟你那江南，根本就是两个完全不同的环境。你来体验体验也行，写文章也多点素材。

放假了，苏杉去看范斌。范斌早早就在乌鲁木齐机场接机了，然后一路坐车到阿克苏。

刚从阿克苏出来，苏杉就有点头晕。这里缺水，风沙很大，苏杉觉得喉咙干得厉害。范斌说：我说你不适应吧。在这儿待几天，带点香梨哄哄老妈，然后赶紧回去。

苏杉仍旧嘴硬，还没待你怎么就知道我不行。说不准我适应得比你还好呢。

苏杉住进了宾馆，马上想洗澡，打开水龙头却发现水黄黄的。

苏杉笑说：范斌，你给我住的是什么宾馆呀，怎么水质这么差？

范斌笑笑，我说大小姐，这就是这儿最好的宾馆了，沙漠地区，你还想有什么样的水。你就将就点吧。

范斌陪苏杉在阿克苏待了两天，就急着要进沙漠。他让苏杉先回去。

苏杉说：不行，到这儿了总得去看看你找矿的地方。不然我连自己丈夫工作的地方都没见过，这要是说出去，岂不让人笑掉大牙。

范斌笑着说：大小姐哟，到了那地儿，你连这样的水都没有了。

苏杉坚持要去。

柯柯牙路的风沙很大，虽然范斌把车窗关得严严的，但沙子还是刮进了车内，苏杉觉得浑身都痒，呼吸大了怕吸进了沙尘，呼吸小了又喘不上气，怎么坐怎么不舒服。

路上还遇到了一片胡杨林的遗骸，远处依稀能看出昔日古城堡的身影来，不过如今已是黄土一堆、废墟一片。苏杉文青的本质给勾出来了，人在身体条件极差的情况下最容易感伤矫情，再看到这么一片胡风残骸的凄凉景象，她心里越发堵得慌，靠在车窗上险些落泪，悲观地想着自己或许就会像胡杨一样在这儿风化了。

到了营地，范斌扶着苏杉下了车，说：怎么还没到营地半路就一副病恹恹的样子了？

苏杉一开口就感觉喉咙里卡了一嗓子的黄沙，一肚子苦水想说的又太多，张了张口，只“咿咿呀呀”地发了几声便作罢了。范斌忙给苏杉烧水润润嗓子，又给她打来水擦洗身体。可是，苏杉灌了两口水，越发觉得嘴里发涩，身子也是刚擦了没一会儿，好像又痒了。

更严重的是，接下来的几天，苏杉吃坏了肚子，胃病又犯了，整个人虚脱了似的脚下发软。

看着苏杉日渐蜡黄的脸色，还有身上抓出来的一道道红痕，范斌心疼得紧。我说你受不了的吧。

塔克拉玛干沙漠唯一令苏杉开心的事，就是赤脚在沙漠上走。在软软的沙子上旋转脚，像一枚螺丝钉一样把脚钻进滚热滚热的沙子里埋起来，感受地心底下源源无尽处传来的深厚热能，然后膝上会微微冒出汗来，非常舒畅。所以苏杉很喜欢顶着大太阳跑到沙砾里，尽管防晒措施做得很完备了，但也被沙漠里的毒日晒得蜕了皮，脸颊上红成一片，又痛又痒。

范斌每每在营地里面找不到苏杉了，就知道该去哪里找她。然后在一片金晃晃的光芒中，接回了自己晒伤的妻子。

都虚成这样了还不乖乖待着。范斌捧着苏杉晒成高原红的脸蛋，又气又心疼又好笑。

苏杉倒是无所谓，笑着说：多晒晒太阳可以补钙。

其实范斌也不是真的责怪苏杉，在这么艰苦的环境下，难得苏杉可以找到一点乐子，他也不忍心剥夺。

每晚吃饭的时候，夫妻两人都在心里默默地心疼彼此。范斌心疼苏杉难以适应这里的伙食，吃坏了肚子还得强装没事，而苏杉则心疼丈夫长年累月在这种艰苦的环境下工作。两人就吃着饭，时不时对望，没有说话。

但非常奇怪的是，在沙漠里两个人恩爱的时候，苏杉反而没有之前那么严重的排斥反应了，这让范斌好好地高兴了一阵。想不到沙漠里还有这福分。

苏杉走的时候，范斌又把她送回到机场。经过这趟沙漠之旅，苏杉更心疼丈夫了。

苏杉回了家，在床上躺了整整一星期，再也不提跟范斌去找矿的事了。

范斌虽然也理解苏杉的选择，但心中也难免感觉有一丝怅然。

好在范斌的矿区开始产油了，导师和范斌等几个合伙人分配了股份，正式成立了公司，也算是新疆这几年的前期工作到了回报的时期。

范斌待在新疆的时间更长了，范斌母亲心里是很想苏杉过去照顾他的。但看看苏杉的样子，也只能叹气，不悦的神态，已经不自觉地表现在脸上了。

有时候，范斌母亲会带很多方子，说有助于生男孩的，让苏杉在家好好调养身体，等范斌回来的时候，就怀一个。

药很苦，但苏杉也没有办法，只好一一收纳了。

二十

范斌再次从新疆回来的时候，台风刚刚过去。王伦组织了登山协会的人去爬灵山。

大家从山脚一直往上走，踏着斑斑青苔的石阶，松柏苍翠，绿水掩映。一路说说笑笑，不知不觉就到灵山山顶的寺庙了，伴着声声梵乐，苏杉心底清凉一片，掬一捧山泉，洗去满面尘埃。然后，坐在轩辕石上，静静地看云后露出的霞光。

大家在野炊做饭，范斌叫着，苏杉，你过来帮忙不？苏杉回过头，霞光透过松树的罅隙照在苏杉的脸上，很唯美。好。她说。

有个队友说：范斌，你老婆真漂亮。

范斌笑笑，那是，就是太安静了。

队友说：那你猜她现在在想什么。

范斌摇摇头。

在一旁生火的王伦说：她啊，说不定会想在这里隐居，她跟这里遗世独立的环境倒是蛮协调的哩。

队友笑起来，切，王伦胡说。这地方景色好是好，但住在这里未免也太冷清了。况且人家老公都不知道，你怎么知道了？

王伦笑了，谁说范斌不知道啊，范斌只是不说出来吧，要是苏杉真在这隐居了，他岂不是孤家寡人了。

范斌也跟着说：我可是还有大把青春的青壮年啊。

你们再这样在人家背后胡来我可要跟苏杉打小报告了啊。有人冷不防冒出这么一句，刚好苏杉走了过来，一头雾水的模样又逗笑了一大片。

夕阳西下的时候，大家要走了。苏杉有些不舍，看着霞光，定定地出神。范斌走过去，说：想什么呢。

苏杉说：我想，如果我们老了，一起住在这里，每天看看日出日落，感受鸟语花香，该有多好。

范斌愣了一下，半晌才说：嗯，我也觉得挺好的。

返程的车上，苏杉坚持要坐窗边的位置，然后就一路贴着车窗，望着渐渐变小的灵山出神。

范斌坐在苏杉身边，看着她安静而专注的侧颜，恍惚觉得，她明明就坐在自己身边，却又好像不在自己身边。

晚上的时候，范斌泡好澡，出来看到苏杉又在码字。

范斌也习惯了，他坐到苏杉旁边，问：写什么呢？

苏杉说，我在写我的小说，今天的灵山一行让我忽然很有灵感，我觉得我小说里可以加这么一个细节，萧观音和赵惟一一起登山的时候，望着西天的霞光，许愿以后可以在山上隐居。赵惟一却感叹两人不生在寻常百姓家，连一起隐居的机会都没有。

范斌听了，若有所思。他静静地坐在旁边，看苏杉继续码字，一直码到了一章的结尾。

苏杉把一章写完了，伸了个懒腰，回过头，才发现范斌一直坐在旁边，若有所思的样子。她笑着说：想什么呐，这么出神。

范斌微微笑了一下，问：你是不是真的很喜欢灵山那儿的风景。

苏杉有点神往的样子，道：是呀，以后我们有机会再去好了。

范斌点点头。

范斌在家的时间总是很短，半个月后又要走了。临行的前一天，范斌突然对苏杉说：走，我带你去一个地方。

苏杉坐在范斌的车里，看着窗外的景色，说：这不是灵山吗？上个月我们刚来过。

范斌笑了，下了车，把苏杉带到上次看夕阳的地方，说：老婆，以后我们就在这里隐居，一起看夕阳。

苏杉有点意外。

范斌说：我把它买下来了。这块地是村里一户人家分到的山地，正好是一整块，我就都买下来了，搭座小屋是没有问题的。

苏杉兴奋地蹦起来，阿斌，你说的是真的吗？

范斌点点头，说：等我下次回来，我们一起盖小屋。

苏杉抱着范斌，忍不住亲了一口，说：我就知道老公对我最好了。

苏杉开始用手比画，说：这边，我们搭一个阳台，没有任何遮挡，早上可以看朝晖，晚上可以看夕阳，多美。

又跑到另一边比画，这里可以弄一个飘窗，躺在飘窗上看书，阳光照着，一定很温暖。

范斌难得见她这么高兴，一脸宠溺地看着她微微泛红的脸颊，直说：好的，好的。

这一天，苏杉很开心。

范斌走后，苏杉每隔半个月都会上灵山的家看看。王伦当仁不让，成了她的专职司机。

这天，他们又来到灵山。王伦把苏杉家的地转了一圈，又走到各个不同的角度看苏杉家的地形。

苏杉说：你干吗呀？要看风水呀？

王伦点点头，说：地势是平整，但周边的山有点陡峭了，属于风口，每天肯定会被风吹，旺气和财气都要被风吹走的。

苏杉笑了，想不到你竟然连这都懂，不过啊，我倒喜欢这样。我不要什么旺气和财气，我喜欢吹风的感觉。

王伦点点头，也好，这房子倒适合你。只是不知为什么，我觉得如果一个人住这里，会有点凄风苦雨的感觉。

苏杉说：怎么会是一个人，我老了要和范斌一起在这里隐居的。

王伦笑笑，这样也好。

两个人又讨论起了房子的设计，王伦听着苏杉的想法，连连点头，说：其他都好，就是阳台，你不觉得这儿面对的就是天空，没有什么建筑物遮挡，如果把阳台弄个小茶室，把窗户开得大一点，不是跟阳台一样的效果吗？还可以多出一个房间。要开阔视野和思维的环境可以，也不一定非得是阳台呀。

苏杉听了，若有所思。

苏杉和范斌通电话的时候，有时也会谈自己未来的灵山小屋，范斌总是乐呵呵地听着。

苏杉说：好想你可以多待在家里，那咱们就可以一起设计我们的小屋了。

范斌笑了，都听你的呀，咱们现在的家不也是你设计的吗？

苏杉说：那也不行呀，说好了咱们以后一起隐居的，你是男主人，也得说说自己的意见。

范斌说：我的意见呀，我的意见就是以后如果我有一帮朋友来，你不要嫌烦就可以了。

苏杉笑了，范斌到底是喜欢人多的地方。

苏杉跟范斌家里人相处得都还好，不过婆婆觉得她嫁过门也有一年多时间了，肚子一点没有动静。尤其是这次范斌在家待了半个月后，苏杉还是如故，范斌母亲的脸色已经有点难看了，老是催她去看医生。

苏杉一方面不是很想生，觉得还早。另一方面，她也怀疑自己有问题，拗不过婆婆的意，跟着去看了几回医生。

二十一

苏杉带三年级后，跟孩子们的关系越来越好。

温城举办小作家擂台赛，苏杉班里的李锐和木木进了决赛，家长很开心。李锐父亲是开生态休闲园的，就特意请老师和同学一起到休闲园玩。

李锐父亲跟范斌母亲是挺要好的老友，就请了范斌母亲一起过来。

李锐父亲连连说苏杉人好，待李锐就跟自己家孩子似的。以前那么会哭的孩子，现在被苏老师带得那么懂事，真是不知该怎么感谢苏老师了。

小朋友们跑来跑去，一向安静的生态园这会儿也变得无比的热闹了。苏杉一边喊着不要乱跑，一边去调解又出现争吵的两个小孩。

忙活了半天，苏杉才闲得下来喝口茶。

范斌母亲心情却不好，冷着张脸，突然说了句，时间给这帮孩子是好，自己家的却一点心思不用，到现在连点动静都没有。

苏杉没想到婆婆会当众这么说，很尴尬，站在那儿，涨红了脸。

李锐父亲看形势不对，连连说：会有的，会有的。来来来，不用急，先坐下喝口茶，一切都会称心如意的。

苏杉点点头，觉得大家都在看着自己，恨不得找个地洞钻进去。

国庆节，范斌回来了，苏杉早早去接。

苏杉这回倒是很主动，帮范斌捶背、按摩，里里外外，前前后后，伺候得非常舒服。

范斌说：无事献殷勤，非奸即盗，肯定有问题。说吧，什么事？

苏杉笑笑，拿出自己设计好的小屋设计图，说：你看看，我给我们小屋做的设计，你提提意见。

范斌看了看，很好嘛，你没当设计师真是可惜了。

苏杉嗔道：人家除了写写文章，也就这点爱好嘛。然后又开始眼睛放光，问：你说，我们什么时候开始动工。

范斌说：念在你今晚表现不错，我明天就去找人了。

苏杉笑得很开心。

范斌一把把苏杉压在床上，那你今晚，是不是得有进步呀？

苏杉一惊，随即笑道：我……我会努力的！

这天，苏杉忍住心里的紧张与不适，配合得还算优秀。用范斌的话说，进步了，可以给 80 分。

苏杉的灵山小屋开始动工了。建造倒不难，就是山路搬东西十分麻烦，还得动用骡队。范斌叫了一帮人，王伦也来帮忙。苏杉很积极，总是事必躬亲，亲自指挥。几乎是戴上个头盔就是包工头了。

范斌笑着开玩笑，苏杉好像对房子特别感兴趣呀。上次我们家装修，几乎都是她一个人的事，这会儿，又这么上心。

王伦说：是呀。好像除了写作，她也就对房子特别上心。

范斌在旁边看着忙里忙外的苏杉打趣道：怎么不要阳台了？你到哪儿不都心心念着阳台吗？

苏杉转进了里屋没听见。

王伦笑着说：这里的环境其实就跟阳台差不多了，视野那么开阔，面对的就是天空，没有什么建筑物会遮挡。苏杉要的是可以开阔视野和思维的环境，不一定非得是阳台。

刚说完范斌的手机就响了，显示的是他母亲。

范斌母亲把他们叫来，冷着一张脸，问范斌怎么回来都没说声，讨了媳妇就忘了她这个娘。

范斌连连讨好说：这不是正准备过来，你就来电话了嘛，我们正在山上看房子呢。

范斌母亲一听，脸色更加不对了，说：什么山上的房子？房子干吗弄到山上去？这是谁的主意？是不是要躲着我这个老麻烦？

怎么会呢，就是建个度假的地方，让苏杉没事的时候去散散心。范斌说。

范斌母亲还是不悦，絮絮叨叨了几句，突然想到了什么似的紧张兮兮地问：地儿怎么样，别把咱家的财气和人气给吹走了。

范斌想了想说：不会的，地可以的，我让人看过了。

那你们打算什么时候要孩子？范斌母亲突然话锋一转。

范斌和苏杉面面相觑，说：妈，这个也不是我们说想要就能要的呀。

苏杉小心翼翼地说：妈，我们也想呀，我们一直在努力。

范斌母亲很不满意，说：苏杉看医生一点都不积极，每次看医生都得我东请西请，真当自己是皇后了。阿斌，你知道我跟你爸四十岁才生了你，现在你们生小孩我还抱得动，再过几年，我就是想抱，也不能抱了啊。

范斌低下了头。

苏杉说：再给我们点时间，我们会努力的。

范斌母亲口气松了一些，你们两个，明天跟我去看医生。我知道景山那边有个很有名的土方医生，一看准灵。

范斌有点吃惊地说：这不好吧，现在不是都报道很多土方医生有问题吗？

范斌母亲的脸又冷了下来，你懂什么。他那儿的方子很灵的。

苏杉连忙拉拉范斌的衣袖，说：好的，妈，明天我们一准到。

第二天，范斌有事外出，苏杉就一个人早早地跟范斌母亲去看了医生，包了好多药。

晚上，苏杉早早地煎好了药喝下，等范斌回来的时候，她却突然肚子痛，上了好几趟洗手间，把范斌吓坏了。范斌给苏杉倒了好几杯开水，又泡了午时茶。正准备开车送苏杉去医院的时候，苏杉却又说，没事了，现在舒服一些了。

范斌服侍苏杉睡下，心里愧疚得很，又隐隐有些不安。

第二天，范斌跟母亲谈了苏杉昨晚的症状，范斌母亲连忙去问医生，医生说：有些人是这样的，这是正常反应，过两天就好了。

范斌母亲自己过来照顾苏杉，煎药给苏杉喝。苏杉虽然不想喝，却也对婆婆的行动有点感动，就忍着喝了，只是始终适应得不好。

过了几天，范斌又要去新疆。范斌开玩笑说：姆妈这么急着想抱孙子，没承想她这一弄，我们十来天也没碰一次，不是离她的愿望更遥远了吗？

苏杉苦笑。其实她心里竟生出了一丝轻松，好像喝药后肚子痛倒是一种借口，可以省掉一份责任似的。这让她很矛盾。

二十二

欣桐母亲一直不待见李华，频繁给欣桐安排相亲对象。欣桐拗不过，只好敷衍着去相亲。每次去相亲，欣桐都会给李华打电话。

欣桐也希望李华过来，她说：其实你和阿姨一起来我家，也挺好的。

李华苦笑了一下，我带着我妈，一起住到你家去，别说我们不好意思，你看看你妈那个样子，她会喜欢我们住你家吗？

欣桐说：我妈不喜欢你，但我们可以想办法呀。再说，你要是住到我家，说不定我妈妈态度也会转变呢。

李华摇摇头，我住你家你妈说不定勉强可以接受，我要是再带上我妈，就你家那么点地方，我觉得没戏，肯定吵得厉害。再说，我妈在老家也待惯了，每天卖卖菜，跟邻居唠嗑一下，她也开心。

去了丽城，她又不会你们方言，普通话也不懂，就成了个睁眼瞎了。

欣桐觉得李华说得也有道理，就不说话了。

五一放假，欣桐母亲又给欣桐安排了相亲。欣桐趁着相亲的空当，跑出来给李华打电话。

今天我妈又给我找了个办厂的。欣桐说。

李华说：你觉得怎样，不会因为人家有钱就跟着跑了吧。

欣桐说：何止有钱呀，还温文尔雅、出手大方呢。第一次见面就非要给我买衣服。

李华问：你要了？

欣桐笑着，当然了，不要白不要嘛，Only 新款风衣，要几千呢。

李华有点紧张，头次见面你就要人家几千的衣服？

欣桐听出了李华的紧张，笑了，瞧你吓的，无功不受禄，我当然不会要了。我就蹭了他一顿饭罢了。

李华松了口气，说：做生意的不适合你。

欣桐笑了，故意问：那做什么的适合我啊？

李华支吾着答不上来，惹得欣桐又一阵笑。欣桐太了解他的性子，知道这会儿他一定是拿着电话筒憋红了脸。

想了半天，李华说：大脸猫啊。

欣桐乐不可支，那也要看你的表现呀大脸猫，你要表现好，人家才会等你。

李华沉默了。

李华今天没什么生意，早早关了诊所的门回家。路过街边摊的时候，一个人点了瓶酒喝起来。喝着喝着却难受起来，总觉得胸口闷闷的，像压着块石头。

一直喝到晚上十一点多，有点醉了，他踉踉跄跄地回家。李华母亲还没有睡觉，坐在客厅里边织毛衣边看电视，听到李华回来的声音，赶紧起身开门。

母亲看到李华醉醺醺的样子，吓了一跳，赶紧扶住他，说：怎么回事？怎么喝那么多酒？

李华踉踉跄跄地走到沙发上躺下，说：没事，回家的路上看到一家店，就进去喝了点。

李华母亲说：一个人喝酒，一定有原因，你平时不喝酒的。

李华摇摇头，闭上眼睛。

她帮李华打来热水，擦了擦脸，说：有什么事跟妈妈说说，是不是欣桐的事？

李华感到眼眶有点湿，说：今天欣桐又相亲了，是个老板。

李华母亲说：你是不是担心了？

李华说：我不是担心，我是觉得我拖了她这么久，是我不好。

李华母亲叹了口气，那你打算到那边去？

李华摇摇头，我是没有办法，她妈妈不肯让她过来，也不喜欢我。就算我过去，她们家也不一定认可呀。

看着儿子，过了好一会儿，李华母亲缓缓说：如果你真的那么放不下欣桐的话，你过去吧。妈妈你不用担心，我会照顾好自己的。

李华摇摇头，红着眼低吼道：说什么呢？你身体不好，我又不是不知道，爸爸走得早，我一走，还有谁照顾你呀。

李华撑起身来，说：妈，我去睡了，你也早点睡，别每次都等我。

看着李华进了房间，李华母亲抹了一把眼泪。

李华睁着眼睛，一夜没睡好。他忽然觉得自己很对不起欣桐，一直用爱的名义把她耽搁了，是自己太自私。

第二天，李华给苏杉打了电话，让她劝劝欣桐。

李华说：苏杉，你让欣桐最好还是找个好人家吧。再这么下去也不是办法，欣桐也不小了，女孩子跟男孩子不一样，等不起的。我妈妈身体不好，爸爸又没了，现在让我离开她，我觉得自己也做不到。

苏杉本来接到李华的电话就很意外，听他讲完，着实吃了一惊，赶紧说：你怎么这么说，欣桐这么坚持是因为她真的爱你啊。

李华说：我正是因为想到这一点，才不想耽误她呀。让她继续这么等下去，就是我害了她呀。

苏杉说：你不觉得你这样说，更加伤害她吗？她已经等了这么久，到最后你却让她跟别人结婚。

李华哭了，嗯，我知道。但我是真的没有办法。

苏杉有点难受，懊恼自己此时竟想不出半点顾全两人的法子，只好安慰李华说：再给彼此一点时间吧，说不定会有转机呢。

又过了一段时间，欣桐打电话对李华说：这几天妈妈频繁给我安排相亲，我都没同意。

她说：大脸猫，我等你。

李华沉默了很久，说：我妈最近也在给我安排相亲。

欣桐的心里"咯噔"了一下。

李华接着说：我想，我肯定不会扔下我妈妈一个人的，她含辛茹苦把我带大，就只剩下我一个亲人。让我离开她，我做不到。你母亲也不接受我，也不会让你来我这边。欣桐……你还是另找一个吧。

欣桐不说话了。

挂了电话，欣桐呆坐着，想了很久都没想明白刚刚发生的究竟是真是假。

欣桐母亲开门进来，说：你车岙阿姨给你介绍了个医生，叫苏阳，说是条件很不错，你去看一下。见欣桐失魂落魄的样子没作反应，便又补了一句，女人过了25岁，挑选的余地就越来越小了，别想东想西了，还是好好准备下吧。

关上门，欣桐默默地流出了眼泪。

李华把欣桐留在他那里的所有东西都寄了回来。其中有她很多年前用过的小玩意、小饰品、耳环、零钱包、绣着她和李华名字的毛巾。

欣桐把毛巾捧在自己怀里，用脸轻轻地摩挲着。

这条毛巾是她大三的时候自己用一针一线，花了一个月的时间织好的，毛巾上除了欣桐和李华的名字，还有“永结同心，至死不渝”八个字。

那时，她和李华闹了矛盾，好几天没说话。后来两人和好了，李华再谈起那次矛盾的时候，感慨道：欣桐，有时我真的不懂你的心是怎么想的，那该怎么办呢？

她想了好久，就绣了这条毛巾送给他，说：烦的时候，闭上眼睛，把头枕在毛巾上，就能听到我心的声音了。

过去的一幕幕慢慢地浮现出来。欣桐闭上了眼睛，眼泪却怎么都止不住。

二十三

范斌在新疆的公司上了正轨，范斌是主要负责人，人手还不齐，一方面要做好矿井的生产工作，一方面要到处跑业务，忙得不可开交。加上各种审批，各种业务，开始有一些领导需要作陪，喝醉酒是常有的事，连打电话回家的时间都很少了。

原先范斌跑新疆找矿的时候，苏杉虽然觉得他离得远，但因为常打电话，感觉也很亲近。但这段时间，电话越来越少，甚至有时候苏杉打过去，明明接通了，那边却因为太忙而不到两句就挂了电话。

苏杉虽然不喜欢热闹，也比较独立，刚开始还庆幸范斌离开，她可以省掉一些晚上必做的功课，但范斌真的几天不打电话，她心里其实还是介意的。有时也会朝范斌发点小脾气，范斌虽然嘴上说改，结果却是依旧，甚至逐渐有点常态化的趋势。

时间久了，她也不自觉地生出些怨念。

有一次，范斌母亲来看她，又给她带了一些生孩子的药。苏杉不知怎么的忽然发了火，说：你儿子几个月不回来，你给我喝这些有什么用，难道让我跟别人生吗？

苏杉话一出口，马上后悔了，赶紧向婆婆道歉。可范斌母亲抓住了这句话，还是非常生气，骂她一点不像个读书人，说话一点教养都没有。

苏杉连连道歉，总算把婆婆哄走了。

婆婆走了，可苏杉却非常难受，回过头想打电话给范斌，骂他几句。电话打通了却被按掉了。

苏杉很难受，窝在被子里哭了好久。

第二天起来，苏杉眼睛还是红红的。这时，电话响了，苏杉一看，是欣桐的。

苏杉接起电话，欣桐还没说话眼泪就下来了，抽噎了好久。

苏杉急了，问：怎么了？欣桐你说话呀。

过了好一会儿，欣桐止住哭声，说：我跟李华分手了。

前些天李华让苏杉劝劝欣桐的时候，苏杉已经有了不好的预感。但她没想到这么快，自己的事情还没缓过气来，欣桐那边真闹到了分手。苏杉觉得有点难以接受，她叹了一口气说：为什么不再等等？说不定过两年，情况会出现变化呢？

欣桐说：不会有变化的，我们都等不起了。我们都不可能因为对方离开自己的父母的。

欣桐哭了好久。苏杉觉得自己的心好乱。

放学后，苏杉特意去了李华的诊所。

李华正在忙着，他看到苏杉来了，心里也猜到了些什么，没有说话，继续忙他的事。苏杉也不说话，只是在李华的诊所里走了一遍，把里里外外都仔仔细细看了一遍。

只有简单的仪器，很小的门面，从诊所来说，这也是小得不能再小了。

苏杉想起李华的家，想起欣桐以前说过的李华家欠下的债，想起每天在村口买菜的李华母亲，她忽然感受到了很多。

苏杉一直等到李华忙完了最后一个病人，人都走光了，才说：

李华，如果我帮你还完家里的欠债，希望你跟欣桐继续走下去，可以吗？

李华奇怪地看着苏杉。

苏杉说：我说的是真的。这一点都不是怜悯，也不是说我家有钱，我只是觉得，作为欣桐最好的闺蜜，我不想看着你们就这样散了。欣桐真的需要你。我所能帮的，也只有这一点。

李华苦笑了一下，说：走，我们一起去吃饭吧，我请你，大荆炒粉干，不要嫌档次低哟。

苏杉跟着李华去了粉干店，两个人吃着粉干，默默地不说话。

末了，李华说：苏杉，你看，我也就爱吃炒粉干，或许我能请你吃的，也就是炒粉干。

苏杉看着李华。

你们是上层社会的人，不会明白我们的难处。或许你会说，你也是挣几千的工资，但你出门不用担心公车会不会来，不会怕这个月挣的钱不够还账明天就露宿街头。你说你帮我还债，那你还能帮我买房吗？欣桐妈妈希望欣桐嫁的是一个好人家，你想象一下，我带着我妈妈，住到她们家。两个亲家母都住在一间小房子里，互相说着对方听不懂的方言，需要孩子随时站在旁边当翻译。而我妈妈，一个干惯了活的人，在那边，忽然地也没了，菜也不知在哪种了，每天窝在家里，看亲家母的脸色，你能想象那样的日子吗？

李华缓了口气，说：作为欣桐最好的闺蜜，为了她好，你就该劝她早点找个好人家嫁了。

李华的话说得很慢，却句句敲到了苏杉的心坎上。

欣桐去了苏阳家，苏阳家装修得很欧式，人也挺大气，彬彬有礼的样子。只是欣桐觉得他礼貌得有些过了，太客套了，没有李华那样实实在在的感觉。

欣桐母亲对苏阳的条件很满意，就问欣桐觉得苏阳怎么样。

欣桐在几分钟前给李华发了短信，说我找到对象了，是个医生，条件不错，你那边怎么样。发完后，欣桐隔几分钟就看看手机屏幕，抱着最后一丝希望。欣桐希望李华阻止她，对她说他后悔了，让她等他。

你倒是说话啊。欣桐母亲轻轻碰了下欣桐。

啊？哦，挺好的。欣桐抬头说。

直到最后，欣桐都没有收到李华的任何短信。

苏阳家急着要结婚，才见了两回面就问欣桐母亲的意见。欣桐母亲也很着急，就劝着欣桐赶紧同意。

欣桐说：为什么这么着急结婚，为什么要逼得这么急。

欣桐母亲说：你们两个都老大不小了，既然苏阳家着急，这不正合我们心意吗？就这么定了吧。

欣桐有点漠然。

欣桐母亲说：别多想了，对方急着回话呢。不回答当你答应了。

欣桐点点头。

欣桐母亲很开心，回头就和苏阳母亲把日子挑好了，就怕欣桐反悔。

苏阳自己倒不是那么热心，好像也有应付母亲的意思。

结婚日子定下的时候，欣桐和苏阳相互看着，眼里似乎都有一丝苦涩。

欣桐要跟苏阳结婚了，请苏杉去当伴娘。

苏杉想起李华，心里很难受，问：为什么这么快，这才几天，你们才见过几次面，怎么就结婚了。欣桐你想清楚呀，这一结婚，就没有后悔药了。为什么不再等等。

欣桐苦笑，等什么，等李华吗？是他说要分手的，是他那么坚决，是他不要我了，好吗？

苏杉想说，不是这样的。可是，她想起了李华的话。

苏杉把要说的话咽了回去，问：你几号结婚，我过去。

欣桐结婚的时候，苏杉在旁边细细地观察苏阳，然后偷偷地对欣桐说：你觉得他好吗？他对你好像挺冷淡的。

欣桐说：还好吧。感情可以在婚后慢慢培养的。

苏杉点点头，有些担忧，那也行……我只是有点为李华惋惜。

欣桐苦笑，这么多年的感情，他倒断得干脆，只是不知道，他有没有惋惜过我。

苏杉说：他也是不得已，你也是没办法，这么多年的情，哪能说没就没啊。

欣桐转向苏杉，说：你也别老惦记着我了，苏杉，你快多想想你自己吧，毕竟两地长期分居的婚姻是没有幸福的。你和范斌这样聚少离多的，真的好吗？你婆婆又老怪你生不出小孩，你还是想办法让范斌回来吧。

这话戳到了苏杉的痛处。苏杉叹了口气，说有些事情你不知道。

欣桐说：什么事？连我都不能说吗？

苏杉欲言又止，有点为难，过了好一会儿才说：你什么时候有空？我在灵山上的小房子快盖好了，带你去看看。

欣桐看着苏杉，轻叹了一口气，说：什么时候都行，你盖好了我就去。

苏杉说：成，我准备准备。

回来的车上，苏杉想了很多。

欣桐的话不无道理。

苏杉打电话给范斌，说：你在家乡办个企业也不错，爸爸认识的人也多，生活一样可以开开心心的。为什么一定要待在外面。

范斌说：今天你怎么啦？这话是妇人之见呀。你以前不是还支持我出来闯事业的吗？男子汉大丈夫就是雄鹰啊，为什么要困在家里呢？

苏杉说：我不跟你讨论雄鹰不雄鹰的，我以前确实想得不是很清楚，以为事业才是人生价值的体现。可我现在发现以前的我太幼稚了。我现在才知道，一家人在一起才像一家人。你回来，我们一起生个宝宝，爸爸妈妈也开心，不是吗？

范斌说：我又不是不回来，这不公司刚上正轨吗？再说了，谁说我们分开这么几天就不是一家人了？

苏杉叹了口气，范斌，其实你说的我都理解。以前我也是这么想的，可经历了这么多事，我现在才发现，我也只是个普通的女人，我也只是想要个安安稳稳的家，只是想找个人好好过日子。

范斌沉默了，再等几年，等我成功了就回去。

苏杉挂了电话，头枕在车窗上，她觉得不知不觉间，她和范斌已经隐隐地有了无形的隔阂，她说不清这其中的原因是什么，也说不上是不是自己想多了，但是莫名地，很伤心。

不觉眼角已经流下了泪。真是矫情啊。苏杉擦去了眼泪，自嘲地对自己说。

苏杉觉得，范斌没有以前爱自己了。

二十四

这次，范斌隔了三个月才回来，算是创了婚后外出时间的纪录了。

范斌打电话给苏杉说自己回来的时候，苏杉嘴里嗔怪着范斌“还知道回来呀，我都怀疑我有没有老公了呢”，心里却是喜悦的。范斌到动车站的时候，她也早早地开车去接。

范斌母亲做了很多好菜，款待儿子儿媳。

饭桌上，范斌母亲念叨着，女人 25 至 28 岁是生育的最佳年龄，趁着这次阿斌回来，苏杉呀，你们早点把生孩子的任务完成了。

苏杉说：妈，我也想生呀，我上次还跟阿斌说让他回来办厂，我们一起生个小孩。可阿斌说还要出去，那如果有了孩子，我要一个人带小孩，我工作又忙，一个人顾不过来的。

范斌母亲眉头拧到了一起，不满地说：什么工作忙，我们家养不起你吗？你生个小孩，就把工作辞了，或者请个保姆，或者孩子我来带，啥事都不用你干，你只管生就是了。

苏杉说：妈，你这么说可有点偏心了，为什么光让我放下工作呀，要不你也说说阿斌，让他回来工作呀。书上都说父母双方的关爱，对孩子是缺一不可的。

范斌接过话头说：苏杉，我不是说等几年嘛，等几年我成功了就回来了。

苏杉说：那孩子我们也等几年，带孩子是要一个完完整整的家庭，否则还不如别生了。

范斌母亲有些怒了，说什么混账话，什么叫不如别生了？！

苏杉一说出刚刚那句，也知道自己有点说重了。这在婆婆面前是大忌，肯定会挨一顿训。她静静地听批，不说话。

范斌母亲继续说：还是读书呢，说话没轻没重的。事业重要还是孩子重要呀？

一串连珠炮似的轰炸。

范斌看苏杉和母亲脸色都有点难看，连连说：妈，我们知道了，我们会趁这次在家把事儿办了。

范斌母亲瞪了一眼范斌，苏杉说得也对，你一直在外边是不好，连媳妇都管不住了。

明显的话里有话。

回家的车上，苏杉脸色一直阴沉着。

范斌说：我妈说话就这样的，你别太在意了。

苏杉没有回答，一路沉默着到了家。

回到家，苏杉说：要我生小孩可以，但你得回家乡工作。我不想一个人带小孩。

范斌说：我觉得妈说得有道理，你只管生，其他事情都不用你管。你说的那些理由都是借口。温城那么多人家老公在外地工作的，也没听说谁因为这个不生孩子的，中国还那么多留守儿童呢！

苏杉说：借口？你以为家里有钱、请个保姆，老婆就什么都不用干了？留守儿童，你想让你孩子当留守儿童呀？缺少父母的关爱，那对孩子多不公平呀。再说，是谁说喜欢女人独立的，你是不是以为，娶个独立的老婆，你自己在外面几年不回家就是理所当然的？我当初怎么就没想到你有这个想法。

范斌说：哎哎哎，话别说多了。是妈很想抱小孩，又不是我逼你。我只是觉得妈说得有道理，咱们做晚辈的，可以满足长辈的心愿也是孝顺。

苏杉冷冷地说：老的只催着要小孩，却不管自己儿子那么长时间不回家。每次都说让我辞职，只管儿媳不管儿子，这算什么。还好我当初坚持搬出来住，要不然，现在肯定被唠叨死。反正你想要小孩，就得承担起做丈夫和父亲的责任，得回来一起照顾家庭。

范斌说：你今天发的是哪门子神经？说话这么冲。

苏杉说：我哪句话说得冲了？哪句话又说得不对了？你倒是指出来啊。

范斌沉下了脸。

苏杉又说：你今晚自己睡隔壁房间好好想想我的话吧。请你设身处地为女人想一想。

说完，苏杉关了卧室的门。

范斌有点懊恼，以前自己出门，从来也没见苏杉发那么大火。

范斌觉得苏杉有点变了，变得有点不可理喻。

回来第一天就冷战，范斌觉得很不好，想了一晚上，觉得无论怎么说，都得自己先道歉。

第二天，范斌早早起了床，做起了西式煎蛋饼。这是他刚刚从百度里搜索过来的，看着方法简单易学，香肠和果汁家里都有，就现学现卖。

苏杉虽然昨晚赌气，早上厨房里的动静可都听得到。她起床开门，看见范斌正在做早餐。

范斌看到苏杉，就说：快去刷牙，待会儿开饭。

苏杉笑笑，昨晚的气也消了，进去洗漱了出来。范斌已经把两份煎蛋饼摆到桌上了，苏杉尝了一口，说：做得还挺像模像样的，我不喝果汁，你给我冲杯咖啡。

好了，范斌叫着。家里有现磨的咖啡机，倒也方便。

范斌端来咖啡，说：我记得你以前不常喝咖啡的。

苏杉笑着，所以说你多久没看老婆了呀。这几个月白天工作比较忙，小说都得晚上写，喝得多了点，不知不觉也习惯了。

范斌有点歉意，说：老婆对不起呀，以后我一定多回家，多看看你。

苏杉笑了，说：这还差不多。

其实范斌昨天才回家，早上又早起，还是有一点疲惫的。不过看到苏杉满足幸福的样子，他觉得一切都很值。

范斌这一趟在家待得比较久，其间跟驴友爬了几次山，都带苏杉过去。苏杉本来是不喜欢爬山的，但觉得跟范斌在一起的时间这么宝贵，就尽量抽出时间，也一起去爬。

新疆那边的业务还是很忙，但范斌尽量用网上办公的方式，推迟了好几次。

晚上两人的恩爱时间，苏杉虽然还是有点不适，但她想留住范斌，所以也比以前主动多了。

两人的关系有点好转。但范斌也没有答应留下来，苏杉也没有怀孕。

一个月后，范斌还是不得不走了。苏杉也知道，只要事业还在外边，范斌总是要聚少离多的。她有点怅然。

二十五

上海有个石油论坛要举行，公司派范斌过去开会，了解一些情况。

在论坛上，范斌认识了一个马里酋长特拉奥雷，特拉奥雷说自己的土地上就有油，前期的工作他已经调研过了，但他缺少技术和资金，所以来中国寻找合作伙伴，希望和范斌合作。

范斌一听，觉得这是个机会。新疆那边的项目有了起色，但主要是他导师在引领，他很想自己也独立创一番事业。以前觉得自己不成熟，现在有了新疆工作的经验，他对自己充满了信心。

范斌做了详细的调研，征求他父亲的意见。

范斌父亲经营的就是非洲业务，就点头说：这个业务可以尝试一下，顺便把我在那里的业务也打理一下。

范斌导师也支持范斌去马里，认为那边机会很大。他说：是时候让你独立去飞了。

范斌把事情都搞定了，特意回了家，找苏杉商量，说自己准备去非洲马里找矿。

苏杉一听，如同平地一声雷，脸色都变了。她前几天还想着范斌哪天新疆事业上正轨了，再慢慢劝他回来。想不到范斌新疆事业刚上正轨，居然要去非洲。

苏杉说：去新疆就是两个月一趟，如果去了马里，那还不得一两年！再说，听说那里挺乱的。要不要冒这么大风险呀？

范斌说：越是贫穷的地方机会越大。收获和风险是成正比的，想要收获，就不能怕风险。再说，男儿志在四方，总不能因为一点困难就被吓住。

苏杉又说：我前几天还听说那边博科圣地组织绑架了好多女孩呢，真的太危险了，你去那儿我会一直担惊受怕的。

范斌笑了，博科圣地是在尼日利亚，跟马里不接壤的，还隔得远。

苏杉说：阿斌，你上次还说要多回家，多看看我的。

范斌摸了一下头，说：老婆，对不起呀。我这次去，争取一两年内出成果，出了成果，我就回来。

苏杉见软的不成，有点生气，说：出成果，这根本就是个未知数呀。明明知道未知数，干吗一定要去呢？

范斌说：这不是未知数呀，我调研过了，那块盆地是个富油区，这次的成功几率比新疆要高很多。

苏杉冷冷地说：这么说你已经想好了，你想好了为什么还要跟我说，这是通知我吗？

范斌愣了一下，不是——我是觉得这么好的机会，是当地的酋长主动找我，这比我毫无基础地去那边强很多。我不想错过这个机会。

苏杉说：机会？好吧，男儿志在四方，我也不想耽误你的机会，免得被人说成是头发长见识短。你过去吧，跟你的事业一起过日子吧。

范斌看到苏杉的脸色不好，也不想继续自讨没趣，就继续忙自己的准备工作去了。

苏杉去找了婆婆，希望婆婆劝劝范斌。

想不到这件事情范斌事先就已经跟父亲沟通过了，范斌母亲也是知道的。范斌母亲虽然很舍不得范斌，却很敬畏丈夫。看丈夫这么支持范斌，加上公司非洲那边的业务一直是委托给别人的，时间久了积累的问题也比较多，也支持范斌去那边看看，顺便把公司的业务打理一下。

苏杉说：姆妈，要是阿斌去非洲那么久，您又说要孩子，这怎么两全呀。

范斌母亲说：苏杉呀，我一直都说了，最好的办法，就是你辞职，跟范斌一起去非洲。我以前就是这么跟你公公过来的。再说了，你去非洲，帮忙着打点公司的业务也是挺好的。

苏杉一听，又绕回了老话题，十分郁闷。她说：我是个写字的，哪里懂什么公司业务呀。

范斌母亲说：不懂可以学呀。再说，你真不懂，只要照顾好阿斌就可以了。

苏杉说：我在中国待得好好的，干吗去非洲呀？

范斌母亲说：这有什么，嫁夫随夫，有什么不可以的。我们温城在非洲的人多了去了。

苏杉说：那边战乱又多，真的不安全，您一点都不担心阿斌的安全吗？

范斌母亲说：那是别人以讹传讹的，我在非洲待了十多年，不也好好的吗？

苏杉知道说服不了婆婆了，只好闷闷不乐地出来了。

苏杉独自去了灵山，坐在当初和范斌一起坐过的那块大岩石上。这是她第一次一个人来，没有叫范斌送她。

苏杉一坐就是一下午，看着只装修了一半的房屋，在霞光中像是被拆了一半的危房。

苏杉打了个电话给欣桐，说：本来想尽早请你来我的仙居瞧瞧的，现在估计是不行了。

苏杉在电话接通后发现自己的鼻子有点酸，就尽量让自己的语气欢快些。

怎么了吗？欣桐的声音听起来反而比她还沉重。

苏杉说：范斌要去非洲了，最近都在忙这事，修房子的事就耽搁了。你呢？听起来心情也不是很好。

欣桐没回答苏杉的问题，反问她：你是不是不想范斌去？

苏杉说：不想，又能怎么样呢？

欣桐说：那就告诉他啊，去个新疆就好几个月才回一次家，去了非洲那岂不要好几年才回来一次。你婆婆就没阻止他吗？她那么想要抱孙子。

苏杉说：我们都摊开来说了，他们是准备让我跟范斌去非洲。

欣桐那边的声调明显提高了，他们这样未免有些过了，干吗一定要让你一个人牺牲呀。你去非洲能干什么。

苏杉说：是呀，我也是这么说呀。范斌的心太大，我收不住他。

苏杉觉得自己在这么高的地方，却反而像沉在地底一样压抑。

电话那端的欣桐沉默了很久，说了四个字：早知道就……就……

欣桐没有继续说下去，隔了一会儿，说：还是让你爸妈跟他们谈一下吧，说不定还有扳回一成的希望。

苏杉想了想说：好。

苏杉母亲在家里做饭招待范斌，范斌连连称赞岳母的手艺好。

苏杉母亲说：你看，一家人在一起，老婆给你做饭、暖被子，这才是居家过日子。还是回来吧，你爸厂子大，完全容得下你。如果你不肯，也可以自己办家企业。

范斌沉默了一会儿，说：妈，我还是想去找矿，那是我的梦想。要是回了家，我学了那么多年的知识，就都白费了。

苏杉母亲说：也不一定白费呀，慢慢来，说不定还能用得上。再说，有多少人是专业和职业对口的呀。

范斌还是坚持说：什么都可以将就，但是梦想不能将就。

一谈到这个话题，范斌的语气还是跟当初一样。如果就这样让我缩在这里一辈子，就这么混日子，我会后悔一辈子的。

苏杉妈妈挂下了脸，范斌呀，做男人得有责任感，你平时把老婆一扔两个月也就罢了，如果去非洲，太遥远了。这完全就是对家庭的不负责任。

范斌说：妈，这事我做了详细调研的，我有把握成功，到时再回来，夫妻之间，也不在乎这一年两年的呀。

范斌想叫苏杉一起回家，苏杉说：你回去吧，我想跟我妈在一起。

范斌站在门口等了一会儿，见苏杉没有动摇的意思，也就悻悻作罢，独自回去了。

在窗边看着范斌的汽车尾灯逐渐消失在暮色中，苏杉的鼻子一酸，对母亲说：当初见他这般有目标有理想，觉得很优秀，心想着这么上进的人难找了，但现在都已经摸爬滚打了这么多年了，还能说他上进吗？该是幼稚吧。

苏杉母亲叹了口气，心疼地拍了拍女儿的背，说：再等等看吧。

苏杉父母和范斌父母一起讨论范斌去马里的事。

范斌父亲说：其实非洲也不是很远，一年回来一趟就可以了。我就是这么过来的，男儿要的是事业，岂能拘泥于儿女情长。女人家不生个小孩，倒管起男人的事业，这可不好。

苏杉母亲反驳，你儿子去非洲，还让苏杉生个小孩，有没有想过苏杉该怎么生活？

范斌母亲说：我跟苏杉说过很多次了，让苏杉辞了工作，跟范斌一起过去。

苏杉母亲说：那怎么可以？我们苏杉在这里好好的，工作也好，为什么要跟着老公去非洲吃苦？再说，我们只有这么一个女儿，有什么事还指望她过来看看呢。

范斌母亲说：话虽这么说，但女人嫁到夫家了，总是要跟着老公的。以前我不也跟着范斌他爸去了非洲。况且，为什么让苏杉为范斌放弃工作不行，就非得让范斌为苏杉放弃事业？

苏杉母亲有些急火攻心，一时间说不出话来。

范斌父亲顺势便说：听听孩子们自己的意见吧。

范斌说：我先去非洲探探路，好的话就把苏杉接过去看看。

苏杉笃定地说：我不想去。我的事业、朋友都在这里，我为什么要离开他们？再说，我语言也不通，去了那边我就什么都不会了。

两家闹得不欢而散。

范斌母亲跟范斌说：看来苏杉是不想辞职了，必须在出国之前把生小孩的任务给完成了。要不然这一走可能就是一年，女人生孩子等不得的。

范斌说：苏杉在吃避孕药，她没那么想生孩子。

范斌母亲听完后大怒。我给她花了这么多工夫，她竟然瞒着我偷偷吃避孕药。想了一会儿后，她对范斌说：你不用管，我有办法。

范斌母亲本想训斥儿媳一顿，但转念一想，就算骂痛快了，依苏杉的性子，估摸着她定还有别的法子来逃避，孩子这事儿也还是没戏，于是就一咬牙把这口气咽回了肚子里。

当天范斌母亲就借着来看苏杉的名义，偷偷把苏杉的药给换了。苏杉一向敏感，不久前才刚跟婆婆摆了脸色，这会儿精得很的婆婆竟特意来看她，这让苏杉不得不多留了一个心眼儿。果不其然，苏杉在张罗范斌母亲带来的鳖鱼时，发现范斌母亲往楼上卧室的方向去了。苏杉当时不说话，等范斌母亲走了后到房间里仔仔细细检查了一遍，发现自己的药瓶被人动了手脚。

晚上范斌过来，苏杉冷冷地冒出一句，要想我生孩子，你就得回本地工作。

范斌半天才反应过来，说：你越来越不讲理了，孩子跟事业是两码事。

苏杉说：对女人来说，这就是一码事。而且，苏杉加重了说话的语气，我最讨厌别人用一些不光彩的手段。

范斌像只被踩了尾巴的猫，直直地瞪着苏杉，一言不发。随即便摔门出去，自己睡到另一个房间了。

二十六

范斌和苏杉又一次陷入了冷战。这次情况比以前严重很多，尽管范斌想了好多缓和关系的方法，但苏杉依然坚决反对范斌去非洲。这成了双方根本的分歧，一时间找不到解决的办法。

范斌母亲认为苏杉就是因为独生子女，从小就太娇贵了，才这么任性。她说了苏杉好几次，苏杉虽然表面上听婆婆的训，内心却坚持自己的意见。

那边，范斌也被母亲说了多次。范斌母亲找到了机会，说：我以前就说不能娶独生子女，从小被宠惯的，吃不得苦。你看看你弟媳，家里三个兄弟姐妹，她是家里老大，从小就照顾弟弟。嫁过来后，现在一直跟着阿文在外地打理家务，一句苦都没说。这就是有兄弟姐妹的好处。

范斌也觉得这次苏杉是任性了点，觉得越迁就只能越助长苏杉的任性，看看苏杉一时间没有回旋的余地，加上去非洲之前的准备工作很多，范斌决定先把苏杉的事放一放。他想，等自己打开了局面，说不定苏杉会回心转意的。

范斌开始忙着筹备自己的马里之行，他跟特拉奥雷开始频繁联系，商讨一些细节。

范斌父亲让范斌先去马里看看，实地考察一下，负责处理他留在马里的一些业务。

这样一来，苏杉和范斌更是没有机会说上一句话了。

苏杉独自一人在欧典咖啡喝茶。外面下着淅淅沥沥的雨，她觉得胸口闷闷的。

这时，王伦也来到欧典咖啡喝茶，看到了苏杉，就走过来坐下。

王伦要了杯卡布奇诺，说：听说你最近跟范斌的关系很僵。

苏杉点点头，他要去非洲了。

王伦说：其实这也没什么，你就当他还在新疆好了，又不是不回来。

苏杉有点抑郁，看着王伦，说：你当真觉得没什么？那你觉得我跟他之间这样好吗？三个月才见一次面，见面没几天又要走了。

王伦说：我们这里很多人都这样呀。

苏杉叹了口气，是呀，很多人都这样，可是王伦，很多人都这样，难道就是对的吗？你想过没有？

王伦看着她，一时间竟接不上话。

苏杉把头看向窗外，王伦顺着苏杉的眼光看去，又一片叶子被雨打了下来。

苏杉说：如果是生活所迫倒也罢了。可如果只是自个儿的爱好，为什么放着好好的日子不过，非要去寻一个不安稳的未来呢。

王伦没有回答，过了一会儿，苏杉又说：其实我也知道，很多人表面不说，心里都像我婆婆想的那样，觉得我不识大体，本来就是嫁夫随夫，丈夫去哪儿，老婆就跟去哪儿的。可是其他地方倒也罢了，那里是西非沙漠，我查过了，真的有内乱，前几天还有外国人被绑架，很危险。我是想不明白，现在难道还是什么英雄主义时代，不入虎穴焉得虎子吗？

王伦叹了口气，其实他内心是赞同范斌的，可是看着苏杉这么不情愿，他觉得得想点办法。

音乐书吧快打烊了，王伦打电话给范斌，约他和苏杉去吃夜宵。

苏杉说自己有点头痛，可能是今天被雨淋了，就不出来了。

范斌独自来到大排档。由于刚下过雨，排档的人并不多。

两人喝着酒，聊些生意上的事，渐渐地酒喝高了，就聊到了范斌的非洲之行。

王伦说：咱们一起爬山有多少年了？

范斌摇摇头，记不清了，应该是小学就开始了吧。

王伦点点头，说：你知道我一直很支持你去开拓自己的事业，但是，你知道吗？这几天我看你和苏杉的情况，我的想法有点变化。我觉得你能不能迁就下苏杉，回来工作。

范斌说：阿伦，好兄弟我才跟你说实话。你设身处地想一下，我跟苏杉分居两地，总需要有一个人迁就另一个人。你说，是我迁就她好，还是她迁就我方便。我是采矿的，需要到处跑，在温城我能采什么矿？她不是爱好写文章吗？她写文章哪里不能写？三毛去了非洲不照样写出了《撒哈拉的故事》。

王伦说：可苏杉跟三毛性格不一样呀，三毛是到处跑的，她的梦想是横跨撒哈拉大沙漠。可苏杉是居家的，你让她跟你跑沙漠，条件也太艰苦了些。《撒哈拉的故事》你也看过，那里的女人可以几年不洗澡，你觉得苏杉可能接受那样的生活吗？你总不能指望她接受一颗骆驼头骨当嫁妆。

范斌想起苏杉在新疆沙漠的表现，叹了口气。

王伦又说：再说，她还有学校的工作。你有没有想过苏杉的想法？她非常想要一个居家的男人。

范斌舌头有点大了，说：居家，男人一直待在家里，算怎么回事？一只雄鹰，怎么能够被家捆住手脚。明明是她迁就我更容易，为什么一定要我迁就她，事情要分轻重呀。你不知道苏杉，她有时有多自私。我最讨厌女人拿生孩子做要挟，男人为什么要待在家里呀？大家自己照顾好自己好不好？凭什么男人就得又包容女人的小气，又原谅女人的任性？凭什么呀？每个人都是独立的嘛！！

王伦见范斌这副模样，知道范斌定是听不进去了，就扯开了话题，零零碎碎地聊了几句后就散了。

回去的路上，王伦绕到了灵山脚下，吹了会儿夜风，醒了醒酒。王伦突然觉得不仅头疼，心也有点疼。

晚上，苏杉早早躺下了，却辗转反侧。

快十点了，苏杉接到了欣桐的电话。

欣桐问：你在干吗？

苏杉说：我躺着呢，睡不着。这会儿怎么还给我打电话？

欣桐笑着说：我在练习跑步呢，空气多新鲜，满天的星星好亮哟。

苏杉听出了不对劲，这么迟，跑什么步呀。你晚自修回家吗？苏阳又没来接？

欣桐说：他呀，麻将四角顶着呢，怎么可能过来呀。我自己跑回家呢。

苏杉知道欣桐的学校，挺偏僻的，这个点上，很难拦到车。

苏杉皱了皱眉，说：苏阳一直这样吗？他都不来接你？晚上走夜路很危险的。

欣桐说：没事，我习惯了。男人喜欢赌博很正常，苏阳赌得也不大。

苏杉叹了口气，再赌，也不能不管老婆呀。

欣桐说：我有你，就够了呀。

苏杉握着电话，有点哽咽。

欣桐问：你和范斌的事怎么样啦？

苏杉想了下，说：还能怎么样？我想了好久，要么我迁就他，要么他迁就我。按范斌的性格，多半还是得我迁就他。可是，他要去的地方是西非，我确实不是很愿意。他最近还特意让我读了《撒哈拉的故事》，是呀，三毛是在撒哈拉找到了真爱。可是，荷西和三毛最终不也就是因为战乱而被迫逃难吗？如果不是战乱，荷西说不定就不会那么早就没了，那三毛后来的悲剧，或许就不会发生了吧。

欣桐说：是呀，范斌就是太倔了。

苏杉叹了一口气，以前我们都觉得有事业心的男人好，现在想想，事业心太强了，或许反过来说就是不顾家吧。

欣桐苦笑，问题是，没事业心的男人，也不顾家呀。你们家范斌总比苏阳好多了，除了工作，几乎没有不良爱好。

两个人聊着解决的办法，欣桐说：其实苏杉，我觉得你可以退一步，范斌不是说事业吗？你就劝他留在新疆，这样你就有了回旋的余地，以后再找机会劝他回来也不迟。

苏杉觉得这是个办法，可以试一下。

两个人聊着聊着，苏杉觉得心情也好了些，最后，欣桐说：我到家了，先这么说吧。

挂了电话，苏杉一看手机，11 点。

欣桐从学校回家，走了一个多小时。

苏杉觉得好心疼。

挂了电话，苏杉听到开门的声音，她起了身，看到范斌有点醉醺醺的，就扶他坐下，说：不就是跟王伦吃个夜宵吗？怎么喝这么多酒？我去给你弄碗醒酒汤。

范斌倒有点意外，说：怎么，不生气了？

苏杉拿出绿豆，配上甘草，放锅里煮好了端过来，说：知道你这几天也烦，烦也不要喝那么多酒呀。我觉得你这两年来在新疆最大的变化，就是爱喝酒了。以前我们谈恋爱时候你很少喝酒的。

范斌发现苏杉话变多了，心里也放松了很多，说：是呀，工作陪酒陪多了，可不就慢慢会喝起来了。下午还生气的，怎么我出去吃个夜宵，你想通了？

苏杉笑了一下，可不，你有好兄弟，我也有好闺蜜呀。刚刚跟欣桐聊了一个多小时。她给我提了个建议，我觉得不错。

范斌问：什么建议？

苏杉说：阿斌，你不是在新疆打开局面了吗？辛辛苦苦这么多年，终于打开了局面，干吗非要跑非洲。欣桐建议我让你在新疆再待几年，这里一样是你辛苦这么多年的心血，没有必要为了同样一件事跑那么远呀。

范斌点点头，这个其实我一早就想过了，新疆那边我并没有放弃呀。公司上了轨道，我不在那儿一样可以分股份。马里那边我调研了很久，我是很有把握成功才去那里的。这两者还是有不同的，新疆那边主要是我导师的项目，我只是一个项目负责人，但马里那儿成功了我就可以占大股份，这是真正自己的公司。

苏杉说：阿斌，我们又不缺那么一点钱。我说实在的，这几天其实我一直在网上看马里的消息，图阿雷格族一直在闹独立。你也熟读三毛故事的，三毛和荷西就是因为西撒哈拉闹独立最后被迫逃难的。虽然这几年没什么事，但一旦动乱起来，到时候你油田建了一半又逃难，风险太大了。

范斌笑了，说：我就知道老婆最关心我了，这点我早想到了，看各方面的资料，马里这几年应该不会有大问题，特拉奥雷给我的条件也很优惠，所以现在需要的是我现场去查看一下。放心，老婆，真有危险，我立马回来。

苏杉见范斌绕来绕去还是不肯放弃马里之行，脸色渐渐地不好看起来。她说：我说了这么多，你一句都听不进去吗？都是采矿，新疆和马里有区别吗？我已经很让步了，你不要再那么倔好不好。

范斌说：老婆，你的话我都听着呢，你就让我试一次，这是我自己事业的第一步，试不好我就回来，好不好？

苏杉冷冷地说：我累了，你那么爱试我也没有办法，我去睡了，待会儿别碰我，睡自己房间去。

苏杉进了卧室，范斌还想说，苏杉已经把门关上了。

范斌想想，还是不招惹她为是，就睡另一个房间去了。

范斌要去非洲了，航班定在下午两点。

范斌走的那天，苏杉去了灵山，没有去送行。

二十七

苏杉开始把全部精力投入到教学和写作中，她的班级工作上了手，和孩子们的关系也越来越融洽，年底还被评为了优秀班主任。

在马里的头两个月，范斌电话打得比较勤，苏杉盼望他受到挫折，早点回来。想不到那里的进展还挺顺利，范斌报告的都是好消息。范斌说着好消息，苏杉却还是一心只指望他回来。所以电话总是以充满期待开始，以不欢而散收场。后来范斌再来电话，苏杉也懒得接。

后来项目进展比较快，范斌开始深入沙漠搭建平台，与外界的联系更不方便了，范斌的电话就变成了十分稀有的事情。

苏杉在灵山上的房子虽然耽搁了一阵子，但这会儿也总算竣工了。

上班之余，苏杉就宅在家里写自己的文章。偶尔，苏杉的电脑会坏，家里马桶会堵，她就叫王伦过来修理；偶尔，理不出头绪了，闷了烦了，想在灵山上住一两天，她就叫王伦过来接她。

王伦确实是铁哥们儿，一个电话，准到。

她写了几年的长篇小说《后宫》也进入收尾阶段了，王伦提了不少意见。

只是夜深人静的时候，苏杉会觉得有点恐惧，这么大的房间，空荡荡的，有时风刮得猛的时候，那“呜呜”的声音，真的很令人害怕。以前，她会看一会儿范斌和她的婚纱相册。可是现在，不知为什么，她虽然害怕，却不再想看范斌的照片了。

苏杉下了课，看到王伦在校门口等着，就走过去问：怎么了？

王伦说：今天结束得早，想带你去吃个饭。

身边路过的学生都认识王伦，都特别热情地打招呼：王老师好！苏老师好！

你看，多亏我你才占了小朋友们的便宜。苏杉笑道。走吧，去哪儿吃?

王伦替苏杉开了车门。都听苏老师的。

吃完饭后，王伦送苏杉回家，苏杉想开门，却发现怎么也找不到钥匙了。

王伦说：其他人还有你的钥匙吗?

苏杉说：没有呀。这个房子就只有我和范斌住，钥匙只有我和他有。

王伦说：怎么可以这样呢?你婆婆、你妈妈总要配一把的，要不然万一钥匙丢了，那可怎么办?

苏杉说：我知道了，可……现在怎么办呢?

王伦说：也不是什么大事，我有个朋友是开锁公司的，让他来开一下。

王伦打了电话，大约过了一刻钟，人来了，三下两下，就把门开了。

苏杉请王伦和他朋友喝茶。那个朋友说：我还有一家人要开锁，先走了。

王伦进了苏杉家。苏杉从里面找出钥匙，拿出大门的钥匙给王伦，说：还是放你这儿吧。这儿你常来，我妈和婆婆反而不常来，找她们拿钥匙不方便。

王伦说：你不怕我半夜闯进来呀?

苏杉笑了，你要是半夜闯进来我就让你睡沙发。

王伦笑了，要是我真闯进来还能让你逼我睡沙发，哈哈，开玩笑的，我走了，有事叫我就成。

王伦走了，苏杉回味着王伦的话，感觉很温暖。

第二天，苏杉接到欣桐的电话，欣桐在电话里只是哭，却不说为什么。

苏杉听着欣桐的哭声，慌了，问：怎么回事？你倒是说呀。

欣桐还是哭。哭了好久，说：我挂了。

苏杉觉得什么地方不对劲儿，她马上请了假，开车去丽城。路上遇上前方高速封道，国道上都是车，她在路上恨不得汽车可以长出翅膀，飞过去。这时，她忽然对当初欣桐和李华的不易有了更深的体会。

七拐八拐的，凌晨两点，苏杉才到了丽城，苏杉打欣桐的手机，想不到马上就通了。

苏杉问：你在哪里？

欣桐有点意外，说：在学校，你怎么还没睡？

苏杉说：我在丽城了，马上去你学校。

欣桐叫起来，你这个傻瓜，这么远，你干吗跑过来，我这里又没什么事。

没事最好，苏杉说，我马上到了。

到了学校，欣桐挺着个大肚子，已经在校门口等了。苏杉说：你出来干什么，这么大肚子的人了，得小心孩子。

欣桐说：太迟了，我想门卫肯定睡了，再说，这么迟，把他们叫醒也不好，我就自己来了。

欣桐把苏杉接进宿舍。

欣桐的眼睛红红的，说：真对不起，都怪我，害得你开这么久的车过来。

苏杉摇摇头，这么多年，我也只有你这么一个好姐妹，你有事，我能不来吗？干吗哭呀？现在好些了吗？怎么回事？电话里都不说。

欣桐给苏杉泡了茶。嗯，哭了一天，感觉好多了。

苏杉静静地看着欣桐，到底怎么回事？可以跟我说说吗？

欣桐沉默了一会儿，说：我跟苏阳分居了。

苏杉似乎猜到了，将手附上欣桐的手背，静静地等着下文。

欣桐说：苏阳昨晚没回家，我早上下楼，发现他躺在车里。原来，他昨晚喝醉了在车上睡了一夜。这已经是这个月来的第四次了。他竟然……宁愿躺在车里，也不回家……

说着说着，欣桐又开始流泪。

苏杉看着欣桐，满眼心疼。

欣桐慢慢地说：其实苏阳跟我结婚的那天晚上，他就嫌弃我了。他说我欺骗了他，因为我没有告诉他我之前有过一个男人。他对我不是处女一直耿耿于怀。其实我根本就没有骗他，只是他没问，我也就没说。

说话间，欣桐不觉又流出了眼泪。停了一会儿，她继续说，他对我非常冷淡，从来也没有把钱给过我，我甚至连他多少工资、什么开销等一点都不知道。我怀孕了，他也是冷冷淡淡的。今天，他居然还问我，这是不是他的孩子。我跟他大吵了一架。

我想分手。欣桐哭着说。

苏杉静静地听着欣桐说完，两人沉默了很久，苏杉说：那你肚里的孩子呢？你准备怎么办？

欣桐又哭了，我也就是考虑到肚里的孩子，我们分开没什么，可是孩子我又不想打掉，都五个月了，怎么下得了手啊。

外面的天还是黑漆漆的，风透过窗缝吹进来，很冷。

这天晚上是苏杉陪欣桐睡的，看着沉睡中的欣桐，身体时不时还抽动一下，似乎梦到了什么不好的事情，苏杉的心里满是怜惜。

二十八

第二天，苏杉就动身去丽城医院找苏阳，值班医生说苏阳不在。有急事的话，可以打他手机。

苏杉打了苏阳的手机，手机关机。

苏杉到苏阳家，苏阳母亲开的门，看见苏杉，有点惊讶。

苏阳母亲问：苏杉，你怎么来了？怎么不和欣桐一起来？

苏杉说：哦，欣桐还不知道我来这儿，苏阳在吗？

苏阳母亲奇怪地问：苏阳，他不是在上班吗？

苏杉说：哦，没事的。伯母，我先走了。

苏阳母亲觉得苏杉怪怪的。

苏杉的手机有短信提醒，苏阳的手机已经开机。

苏杉打过去，苏阳，我是苏杉，这会儿有空吗？

苏阳的声音有点低沉，什么事？

苏杉说：我们去喝会儿茶吧，我有些事想跟你说一下。

苏阳沉默了一会儿，就到我医院对面的咖啡屋吧，我下午还要上班。

苏杉又把车开回到丽城医院，早早地就在咖啡屋里等着。过了二十来分钟，苏阳才过来。

苏阳说：你有什么事快点说吧，我早上旷了班，已经被领导说了。

苏杉看着他，说：行，那我长话短说，欣桐她真的很难过，这种情绪对孩子不好。

苏阳低着头搅拌咖啡。

苏杉说：我看得出来，欣桐很想和你好好过的，一日夫妻百日恩，有什么事不能好好说呢？为什么要弄成这样？

苏阳听苏杉慢慢讲，最后抬起头，你不懂，你有感受过被欺骗的滋味吗？你知道我看见她一个人偷偷捧着一条毛巾哭，听见她和李华偷偷打电话时的感受吗？我觉得自己从未走进过她的心里，我整个就是一个替代品。你能体会这种感受吗？

苏阳叹了一口气，补了一句，你什么都不懂。又低头缓慢地搅拌咖啡。

苏杉看着苏阳，想了一下说：可能这需要时间，苏阳，你是男人，看在欣桐肚子里的孩子身上，大度一点。李华跟欣桐是没可能的，欣桐迟早会死了这条心的，而且她既然选择了你，选择替你生孩子，就是摆明了想跟你好好过日子，她并没有欺骗你什么。

苏阳沉默了一会儿说：我知道了，谢谢你。

从丽城回来的路上，苏杉接到王伦的电话，听王伦在那边问她这几天去哪里了，听王伦絮絮叨叨地说话，她一直在神游，没听进去几句。

苏杉，苏杉，你在听吗？王伦在电话那头挺着急的。

苏杉没由来地忽然冒出一句：王伦，你为什么不结婚？

王伦愣了一下，啊，你说什么？

苏杉说：没什么，没事的话电话就挂了吧。我在开车。

苏杉觉得脑子有点乱，她把车停在临时停车休息区，给范斌打了个电话。

是一个陌生女人的声音，用拗口的中文讲：你找范斌吗？他现在不在，有什么事要我转告吗？

苏杉愣了一下，你是他什么人？他去哪里了？

那边说：哦，我是范斌的助手，范斌给我取了个中文名叫莉娜，你叫我莉娜好了。他和我哥在工地上。

苏杉说了句没事，就挂了电话。

她握着方向盘，停了很久却不知道该开往哪里。

后来苏阳提着一袋营养品去了欣桐的教师宿舍。

欣桐开门的时候不敢相信自己的眼睛。她反应过来后，本想故作清高地转身回去，但一时没忍住竟哭了出来。

站在门口的苏阳显然也没料到会有这么一出，顿时慌了神，本来是想尽下丈夫的义务放下就走，现在走也不是，进去也不是。踌躇半天后，他说：你没事吧。

欣桐扶着门哭得上气不接下气，想对这个男人吼一句，却不知道该说“怎么可能没事”，还是说“没事不用你管”。一抬头突然一阵天旋地转的恶心，两句话都没来得及说出口。

苏阳连忙扶住几欲倒下的欣桐。看到她身后的宿舍桌子上摆着几碗泡面，旁边放着几板退烧药。

好歹也是孕妇，怎么这样对自己？苏阳说。

欣桐没说话，还是一抽一抽地哭着。

欣桐突然觉得，真的是长大后才发现，当初自己活得多么有自尊、多么随心所欲、多么幸福。

孩子他爸。欣桐虚弱地唤了一声。苏阳心底没由来地一疼。

后来，苏阳把欣桐接回了家。虽然两人的话还是很少，但苏阳总算也比较正常回家了。每两周一次的产检，苏阳也都陪着欣桐一起去。

欣桐六个月产检的时候，B 超医生告诉苏阳说是个男孩，苏阳很高兴。

欣桐请了产假，苏阳母亲也搬了过来，全心全意照顾起欣桐来。

苏杉和欣桐通电话，欣桐心情很好，说自己现在终于享受起皇后的待遇了，还是有孩子好。

苏杉很为欣桐高兴，连说欣桐终于苦尽甘来了。

欣桐说：苏杉，要不你也要个孩子吧。有了孩子就是有个伴，就不用那么孤单了。

苏杉苦笑，我现在倒是想要，但是到哪里找男人呢？你知道吗？那天我从丽城看完你，回去的时候给范斌打了个电话，你知道是谁接的吗？

谁？欣桐听苏杉的语气有些不对。

一个女人。当地女人。苏杉说。

范斌不像是那种人吧？你确定吗？欣桐睁大了眼睛。

苏杉闷闷地说：她说她是范斌的助手……可是范斌为什么要把手机放在她那儿？

欣桐说：兴许是个误会呢，你也不要胡思乱想了。等范斌回来了，你就拿这事好好问问他。

苏杉说：从前他每个星期就给家里打一个电话，现在打得越来越少了。

欣桐想了一会儿说：不要紧的啦，可能是你前段时间冷落他了，所以没敢给你打而已，其实，如果你真的想他，可以趁暑假去马里看看。不用去定居，看看总是可以的。

苏杉说：这件事其实我想过了，可去了又能怎么样呢？就算他们现在没事，可是我也只能待几天，要想彻底防范，就只能让范斌回来。哪个男人会为了女人的这点猜疑心回来呢？说出来也会被人笑话。

停了一会儿，苏杉幽幽地说：而且我更怕的是他们已经有事了，那我该怎么办呢？

欣桐不知道该怎么安慰，过了一会儿才说：其实吧，王伦现在陪着你也好呀，一个好蓝颜比老公还要好呢。

王伦——

苏杉苦笑。

迟早也要结婚的啊。

电话终了，苏杉说：没事的，可能就是我多心了。今天听到你的好消息，我很开心。好好享受自己的皇后生活吧。

欣桐笑了。

二十九

李锐进入了温城小文学家比赛的决赛，作为五年级的学生，这在实验小学的历史上还是第一次。

周末李锐来找苏杉辅导作文，苏杉问他：对决赛有信心吗？

李锐拍拍小胸脯说：有苏老师和王老师在，当然有信心。

苏杉问：王老师也都一直在辅导你吗？

李锐有点不解，苏老师你不知道吗？王老师也经常帮晓燕和培培改文章呢，他还常常鼓励我们说，我们就像是一个大集体，苏老师是班长，他是副班长，所以让我们有困难只管找他，帮你打杂是副班长分内的事。培培还夸王老师是她见过的最负责的副班长呢。

苏杉想起来了，班上培培、晓燕和其他几个同学的写作水平进步得飞快，这让她欣喜之余，也的确省了不少心，她才有这么多闲工夫来为自己的私事悲秋伤春。

李锐见苏杉一副若有所思的样子，说：我倒是觉得啊，王老师一定跟苏老师的关系很好很好，不然哪个副班长不想当正班长呀？

童言无忌的一句话，苏杉心底仿佛被一枝柳条触动了。

决赛的日子到了，学校里让苏杉带队。李锐的妈妈也很开心，一定要自己开车。苏杉就坐李锐妈妈的车过去。

李锐妈妈今天很兴奋，连着感谢苏老师。苏杉笑笑，说：都是李锐自己用功，自己努力才是最重要的。

李锐妈妈说：锐锐这孩子，我当初倒真没想到。小时候就爱哭，我们都说，锐锐姐姐像个男孩子，锐锐倒像个女孩子。

李锐在后面接嘴，我哪里像女孩子了，姐姐哪里像男孩子了，妈妈乱说。

我不是还没说完嘛。李锐妈妈说，想不到现在，他姐姐是越来越像女孩子，锐锐倒真的像个男孩子了。看来三岁看老这句话也不一定对。

苏杉笑了，问：李锐姐姐怎么样？

李锐妈妈说：今年要升高中了，也正在跟锐锐他爸商量呢，到底是清河好还是一中好。正想听听苏老师的意见呢。

苏杉说：哦，她成绩怎么样？

李锐妈妈说：成绩倒还好，几年都是三好学生，也进了学生会，不过有点偏文，数学拖了后腿。

苏杉说：那她喜欢什么呢？

李锐妈妈说：倒是一直有学小主持人和音乐，表演的才能还是可以的，但也说不上特长。

苏杉又问：孩子自己倾向于什么学校？

李锐妈妈说：那倒也没决定，她学生会要好的几个学长都上清河了，她也有点想去，又怕清河竞争太激烈了，跟不上。苏老师的意见呢。

苏杉想了一会儿说：一中的校园建设好，社团也多，氛围也宽松一些，如果她喜欢一些文艺活动，倒是挺适合的。

李锐妈妈说：就怕在一中成绩不好呀，清河这几年竞赛成绩那么出色，清华北大那么多。对孩子来说，平台很重要呀。

苏杉说：平台是很重要呀，不过我相信，只要平台大致差不多，优秀的孩子，到哪都差不到哪里去。一中的平台真的就比清河差很多，我看不见得。清河中学这几年把我们温城的清华北大人数从一两个变成了二十几个，这个成绩大家都是看得到的，确实功不可没。但今年的自主招生初审名单出来，它清华北大通过的人数有 20 个，全省第一，所有 985、211 高校通过初审的人数却只有 35 个，表现很一般。这说明它所说的竞赛强项，其实受惠的学生并不多呀。而一中，虽然清华北大没有，但他们学校也有几十个人过 985、211 高校的初审，说明在他们那里，也是可以出成绩的。

李锐妈妈点点头，说：这倒也是。清华北大太难了，我倒是想让锐锐姐姐考浙师大的师范，当个老师也不错。

苏杉笑了，说：挺好的呀，温城能考上浙师大的，估计也差不多在一千名了。温城那么多孩子，你怎么算也在前百分之十，还不够满意吗？

李锐妈妈说：苏老师说得对，我回去跟女儿商量下，看看她自己真的喜欢什么。

苏杉说：要相信孩子自己的判断，我们做家长的，也就是顺势而为，在孩子自己要前进的方向上助一把力。要相信孩子，每个孩子都有自己的福报。

说话间，不知不觉到了赛场。门口有比赛教室的指示牌，送李锐进赛场后，苏杉和李锐妈妈就在学校的操场里逛。正是和煦的春天，校园里的樱花开得茂盛。一片片纯净的白，很清新。

李锐妈妈说：锐锐现在变化这么大，其实也要感谢王老师。我现在还记得王老师给锐锐讲故事的画面。

苏杉笑了笑，你说王伦吗？其实他是真的很喜欢孩子，他也特别喜欢李锐。

李锐妈妈点点头，说：是呀，我看锐锐喜欢写作，除了苏老师，王老师也有很有的功劳。我也常看王老师的文章，他写得很棒。

苏杉点点头，我的文章王伦都出了不少点子呢。

李锐妈妈问：我看这几年温城都有人靠文学特长上名校，不知锐锐有没有这个希望。

苏杉说：希望总是有的，毕竟温城能考小文学家的人也不多。

锐锐的文章是很不错的，不过我其实并不是很看重名校什么的。曹文轩是北大教授，文章写得很棒；郑渊洁小学没毕业，“童话大王”也当得好好的。很多时候，名校拼的是所谓综合实力，但我们生活中有时用不到那么多综合实力。就像马云，高考考了三年，最后上的还是一般的大学，为什么，因为他数学太差，拉分太多。可是他一进大学就成了全系第一，因为他读的是英语系，不用考数学，而他本来英语就很好。后来就是因为英语好他才有机会去了美国，了解了因特网，要不然现在淘宝也不知道在哪里呢。

李锐妈妈听笑了，说：是呀，马云要是英语不好，我们现在双十一也不用那么拼了。

苏杉笑笑，所以关键还是找适合自己的吧，能发挥孩子长处的，都是好学校。

李锐妈妈点点头，说：是呀。希望锐锐以后有这个福分，可以发挥自己的长处。

两人走了一段路，李锐妈妈又说：你说王老师都快三十了，怎么还没有个女朋友呀。

苏杉停了下来，看着樱花，过了一会儿说：应该会有的吧。

三十

自从和范斌女助手通过电话之后，苏杉心中老是不安，经常失眠。她是个宅家里的人，一生都没与什么人大声争执过什么，与范斌冷战已经是她所能表现的最高形式。这会儿真遇到事情，又仅仅是心中隐隐的不安，除了欣桐，她不知道该跟谁说。

苏杉夜里睡不着，就起来喝咖啡、写小说。

写了四年的《后宫》，这会儿总算完稿了，苏杉跟出版社联系出版，出版社的赵编辑以前就看过苏杉很多文章，对于苏杉本人以及她的文章还是比较熟悉的，就向梁总编极力推荐。总编召开了审稿会，反响也不错。赵编辑打电话给苏杉，说基本没问题。

苏杉很开心，就请赵编辑吃饭。

你的小说我看了，非常不错，现在宫斗剧很流行，我觉得你的小说应该很有市场。赵编辑说。

我觉得我写的不是简单的宫斗剧。苏杉对自己的作品还是相当有信心的。

赵编辑笑了，的确与众不同，对故事里女性心理刻画得非常细致。尤其是女主角等待时孤单的心理描写，非常打动人。

两人吃着饭，就在小说出版的事快要尘埃落定的时候，赵编辑却接到梁总编的电话，说对出版苏杉的长篇，还是有点犹疑，希望她能够自费负担一部分。

苏杉有点生气，把稿子拿了回来。

苏杉在家里闷闷不乐，又赶上痛经，还是忍着去上课。幸亏数学老师看出她的虚弱，跟她调了班，她才可以在家里躺两天。

她躺得累了，就去阳台上站一站。

有一个早晨，她忽然看见温城街道上梧桐树的黄叶都落了，就是在一夜之间被风吹落了。真的是一夜之间的事，路上满目都铺了叶子。她想要下楼去，在那叶子上用脚踏一踏，听听是不是会发出“窸窸窣窣”的声音。那一辆辆黄绿色的公车还和从前一样，从街的这头开到那头，一切都静静的、冷冷的。

天渐渐地凉了，很快就要冷了，冬天又要来了。

她看见几个学生打扮的人穿街而过，到街对面的“coco 奶茶”喝奶茶。苏杉忽然觉得自己老了，也像梧桐的叶子似的黄了。

忽然，范斌来了条短信：最近好吗？

苏杉看了看手机，愣了会儿，反反复复地确认了几遍，却没有回复的兴致。

屋漏偏逢连夜雨，家里又停电了。

苏杉打电话给王伦。我家停电了，你过来看一下。

王伦说：好的，我这就过去。

苏杉顿了一下，说：你帮我去超市买一下卫生巾吧，我这边也用完了。就是七度空间那种，长条的。

王伦说：好的。

王伦赶到苏杉家，一边修电路，一边问苏杉出版社的审核意见。苏杉说梁总编不信任她，还要她自费负担一部分。她准备投别的出版社试试。

王伦说：这个总编，没有魄力。这本书摆明是大卖的嘛。

苏杉笑了，如果你是总编就好了，这本书你就是伯乐呀。

王伦笑了，是好书，肯定会出来的。

修好了电路板，王伦说：你按下开关试试。

“啪”的一声，室内又变得亮堂了起来。苏杉站在开关处，看着王伦满额细密的汗珠，在灯下泛着光，她觉得自己的脸有点热，赶紧别过了头。

喝杯茶再走吧。苏杉说。

王伦也不推辞，好。

苏杉端了茶过来，家里也没有什么好茶叶了，范斌走了后就没买了，不要介意。

王伦笑着说：我什么时候嫌弃过苏老师的茶了？

苏杉笑了，也就你不嫌弃。

王伦说：你很久都没来，都没看到店里的盆栽现在长得有多茂盛。

苏杉说：那我过几天就去看看。

聊了一会儿，王伦走的时候对苏杉说：出书的事，我明天帮你问问。

苏杉有点担心，真的可以吗？

王伦说：怕什么，有我呢。

王伦在空间里写的很多短篇文章经常会被编辑拿去刊登，也因此跟梁总编熟络了起来。

王伦约梁总编出来吃饭，向他极力推荐苏杉的小说。并表示如果赔了他报销。

梁总编笑了，说：你说的其实我也想到了，我本人还是很喜欢这本书的。那……没问题，这本书，我出了。

饭局结束的时候，梁总编说：这是你什么人呀？值得你这么卖力吗？

王伦笑笑，朋友。

王伦去实验小学想告诉苏杉《后宫》通过的好消息，在校门口看到李锐一个人坐在花坛边，闷闷不乐。他跑过去叫李锐。

李锐抬起头，看到王伦，叫道：王老师好。

王伦说：好呀，说说到底什么事，一副不高兴的样子。

李锐说：早上苏杉老师跟我说，我小文学家没评上。

王伦“哦”了一声，说：就这事呀。

李锐说：是呀，我觉得我写得挺好的呀，不知怎么没评上。

王伦说：刚刚前天还有个人也很郁闷呢，说文章也被人否定了。

李锐好奇地问：谁呀。

王伦说：你们苏老师呀。她的小说拿给编辑看，编辑说怕不好卖，让她自费。

李锐说：苏老师的文章那么好，那编辑肯定不识货。苏老师的书一出，我们大家肯定都买的。

王伦笑了，说：是呀，苏老师那么好的文章，都有编辑不识货。我们锐锐偶尔失利一次算什么，继续努力，以后我们不拿小文学家，我们当个大作家，好不好。

李锐点点头，嗯，听王老师的准没错。

王伦说：走，我们一起找苏老师去，她的书这回真的要出版了。

《后宫》终于要出版了，苏杉又要校对错字，又要审核排版，忙得不亦乐乎。

苏杉泡了杯茶，坐在阳台上校稿。不知怎么突然想到，当初自己也是坐在这里有了这本书的灵感，很大程度上，可以说是为了范斌吧。本打算着写完了，他也就回到自己身边了，不想现在为自己的这本书忙里忙外的竟是王伦。

晚上的风有点冷，苏杉拢了拢外套，回了屋里。

苏杉的小说出版后，反响不错。出版社说还要加印。

苏杉非常开心，王伦过来庆祝，请苏杉吃饭。

苏杉说：今天换我请你吧。

两人在欧利茶馆喝茶。

苏杉一脸掩饰不住的愉悦，说：《后宫》反响这么好，有一半是你的功劳呢。

王伦笑笑，还有更开心的事呢，你闭上眼睛。

苏杉说：干什么？

王伦说：你闭上就是了。

苏杉闭上了眼睛。

《生日快乐》的音乐响起，苏杉睁开眼睛，发现桌上多了一个生日蛋糕，上面写着：祝苏杉生日快乐。

啊，今天是我的生日！我自己都给忙忘了，前几天还特意在日历上画了个圈呢，书一出版后就彻底把它给抛脑后了。苏杉有点感动。

王伦笑着说：我也是在你家日历上看到那个圈才记住的，快，来许个愿吧。

苏杉许了愿，吃着生日蛋糕，有点感慨，范斌现在都不记得我的生日了。

王伦说：那是因为范斌事情忙。

苏杉苦笑了一下，说：我们已经两个月没有联系了。

王伦说：要不你现在打个电话给他吧。

苏杉摇摇头，低头吃蛋糕。

王伦就静静地盯着她。

感受到了王伦的视线，苏杉抬头，笑着说：时间过得真快呀，一晃我们都认识五年了。你怎么还不找个女朋友呀？要不我帮你介绍一个？

王伦看着苏杉，眼神有点迷离。

苏杉忽然觉得有点怪怪的。

她找了个借口上厕所，心里想，该给王伦介绍个女朋友了。

三十一

苏杉跟母亲谈起想给王伦介绍个对象。苏杉母亲说她有个朋友的女儿，叫童小莉，今年26了，在一家保险公司做会计，女方家境还算殷实，做事看上去很稳重得体，听说还是个开心果。

苏杉觉得挺好的，王伦是个挺静的人，可以互补，就让她母亲打电话，对方同意了。

苏杉打电话给王伦，王伦笑了，你还真给我介绍对象呀。

苏杉说：你都快三十的老男人了，还不找对象打算干什么呀。

王伦说：好吧。既然你这么热心，我就见见吧。

小莉母亲想陪小莉来相亲，小莉说：妈妈，我都这么大了，就不用你陪了。我听说介绍人是《后宫》的作者，对不对。

小莉母亲说：对呀，就是我一直跟你提起的苏阿姨的女儿，人家呀，一直是个乖乖女，哪像你那么疯。你要多跟人家学学。

小莉跳了起来，说：对呀对呀，苏杉是我最喜欢的作者了，我正好跟她学习学习，就让她陪我去吧。你把电话给我。

小莉母亲说：宝贝，你是去相亲好不好，矜持一点，打电话也是我来打，你这么猴急干吗？

小莉说：谁说我为了相亲呀。我要见见我崇拜的作者，跟她合个影，签个名，以后跟小美提起，也有面子，她可也是苏杉的粉丝哟。

小莉母亲说：好吧，这是你苏阿姨说的苏杉电话，你自己打过去问吧。注意，26 的人了，矜持一点，别搞得跟那些什么什么粉似的。

小莉拿了电话，就给苏杉打电话。

电话通了，小莉说：喂，是苏杉姐吗？我是小莉。你一定不知道我，但你说不定听过我的名字，我就是童小莉，就是苏阿姨安排跟王伦相亲的那个，你很快就会认识我了。

小莉吧唧吧唧一通。苏杉听着电话，有点愣。这个童小莉，还不认识，怎么马上就一堆话呀。

小莉说：苏杉姐，我可是你的忠诚粉丝哟！这次相亲，我就是冲你才去的。你可要陪我过去哟。我不用你接的，你说，你在哪里，我就过去找你，你一定要给我签名哟。

苏杉哭笑不得，跟小莉约好了时间地点，再打电话给王伦，说：王伦，这可能是一个奇葩，你要做好思想准备哟。

苏杉和小莉、王伦约好了在清河茶馆相亲，苏杉过去的时候，就看到一个女生朝自己挥手，叫着“苏杉姐，苏杉姐”。

苏杉一看，这是个很清秀的姑娘，脸上洋溢着非常阳光的笑容，一看就是很活泼的。她刚看清楚，这个女生已经跑过来了，叫着：苏杉姐，我就是小莉呀。你可能还不认识我，我可是早就认识你了呀。你一定要给我签名哟。

苏杉哭笑不得，不过有个这么喜欢自己的读者，毕竟是高兴的事。苏杉说：小莉好，我们先进去好吗？我们以后就是姐妹了，还说什么签名呀。

小莉挽着苏杉的手，说：好的，都听苏杉姐的。能跟苏杉姐做姐妹，真是太骄傲了。

刚进清河茶馆的门，王伦就到了，看到苏杉，说：咦，我还特意早了20分钟来，你们怎么比我还早呀。

小莉说：什么早20分钟，我在这里都等半个小时了好不好。

王伦有点尴尬，说，不好意思：让女士久等了。

小莉挥挥手，没事没事，我不是等你的，我是等苏杉姐的。待会儿我要跟苏杉姐合影签名的。

小莉看上去是个挺活泼的姑娘，很会说话，叽里咕噜一串话，也不知是在相亲呢，还是在追星。左边一个“苏杉姐”，右边一个“伦哥”，亲热得很，一点没有见外的意思。结果一场相亲，一点没有相亲的拘谨气氛，大家都很开心。

她得知王伦是登山协会的，开心得不得了，马上让王伦把她介绍进去。

王伦笑了，说：下周末我们要去泽雅打CS，你来吗？

小莉说：好呀，苏杉姐去吗？

苏杉有点为难，打CS，我怕不行呀。

王伦说：你不用理苏杉了，她是个宅女，只知道在家写文章的。一年难得爬一回山。

小莉说：不行不行，苏杉姐不去，我也不去的。说到小说，我可喜欢看苏杉姐的《后宫》呢，特别好看，如果拍了电视，还不把《甄嬛传》给比下去了。

苏杉笑了，你就知道哄我开心。其实你不知道，王伦的游记写得非常好呀，你看看他空间，保准你喜欢。

小莉说：好呀好啊，伦哥你快把QQ号码给我。

去洗手间的时候，苏杉问小莉对王伦的感觉，小莉说挺好的呀，他喜欢的我都喜欢。

苏杉虽然觉得小莉还有点幼稚，但看到王伦也很开心，她也很开心。她觉得小莉的活泼正好可以给王伦的生活带来点生气，觉得给王伦找对了人。

相亲结束的时候，小莉非要拉着苏杉和王伦合影，又要苏杉签名，苏杉都很开心地答应了。

送别小莉后，苏杉问王伦：感觉怎么样？

王伦笑了，很开心的人儿呀，当个妹妹正合适。

苏杉问：就是妹妹吗？

王伦看着苏杉，说：那你还想怎样？

小莉回家后，赶紧加了王伦的QQ，一页一页地看王伦的空间，开心得不得了。

小莉母亲进来了，问男孩子怎么样。

小莉说：妈妈，我觉得这是我见过的最适合我的男孩子了，你看看他的空间，保准你喜欢。

小莉一页一页给她母亲介绍王伦的文章和照片，去了哪里，做过哪些事，说得好像是自己男朋友一样。

小莉母亲说：小莉呀，你别是一下子掉进了情网吧。我怎么觉得有点不对呀。你看他这些说说和照片，好像跟苏杉很熟似的。

小莉说：苏杉姐呀，他们应该熟吧。我就是冲着苏杉姐才去的嘛，苏杉姐喜欢的，我也喜欢，你不是让我多跟苏杉姐学习嘛。

小莉妈妈说：这哪跟哪呀，我是让你学习苏杉为人处世的态度，又不是说找男朋友也找苏杉喜欢的。

小莉嘟着嘴，说：妈，你想多了，苏杉姐是伦哥哥们儿的老婆，他们熟悉很正常呀。我准备叫她下周末和我们一起去打 CS。

小莉的 QQ 头像在闪，是她的死党小美发过来的。

小美问：大美女，今天相亲的结果怎么样？

小莉说：你看看他的空间，我发给你呀。

小美看了王伦的空间，回过来说：哟，今天遇到了大才子哟，动心了吧。

小莉发了个表情，得意地笑，又说：还有更得意的呢！

什么更得意的？小美问。

小莉把自己和苏杉、王伦的合影发给小美，又把苏杉的签名发给小美。

小美叫起来，哇，你真的跟苏杉合影了，有没有帮我问她要签名呀？

小莉说，当然有了，怎么会忘了你呢。我们约好了下次一起去泽雅打 CS，你也过去吧，这样你也就可以跟苏杉姐合影了。

小美发了个胜利的手势，也很开心。

三十二

小莉加了苏杉的 QQ，又加了王伦的 QQ，吧唧吧唧一堆话。苏杉是个不喜欢聊 QQ 的人，一般是小莉发了七八句，苏杉也没回一句。小莉倒一点都不介意，总说，苏杉姐，你是作家，你忙，不用回我。晚上的时候，也会说，晚安，顺便送你朵花吧。收着，不用客气。

苏杉倒觉得小莉很有趣，虽然她回的比较少，心里也是开心的。

王伦倒跟小莉在QQ上聊得很热乎。他觉得小莉充满了活力，又很单纯，也很喜欢她。

小莉说：我们去看电影吧，《北京遇上西雅图》，听说是很好看的片子呢。

王伦说：好吧。

看到汤唯操着蹩脚的英语在机场跳single lady时，小莉“扑哧”一声笑了出来，险些把可乐喷了一地。她微微偏过头看到王伦也在开怀大笑，就趁机把一把爆米花塞进了他嘴里。王伦含糊不清地对她说，你可真是生命力旺盛，没歇停会儿的。

小莉笑得更开心了。

两人看着汤唯和海清吵架，笑得很开心。小莉还不停问王伦：你看他们逗吧，你看你看。

王伦无奈地说：我在看我在看。

当汤唯和吴秀波在帝国大厦楼顶牵手的时候，小莉也悄悄握住了王伦的手，再也没松开。

电影完毕，两个人手拉手出了电影院。小莉又说，时间还早，要不要去K歌？

王伦笑了，你还不累啊，这都10点了。

小莉说：累什么累，午夜场刚刚开始好不好。

两个人点了个小包厢，对唱《因为爱情》，小莉闭上了眼睛。

王伦只管唱。

小莉不高兴了，嘟起了嘴，嚷嚷着，女孩子闭上眼睛，你说男孩子要干什么。

王伦笑了，在她额头亲了一下。

周末的时候，小莉叫了小美，又拉上了苏杉，和王伦一帮人一起去泽雅打 CS。

小美也很喜欢苏杉，不过倒不像小莉那么疯，三个人一路上有说有笑。

泽雅的空气很清新，野花野草肆意绽放，春天的香味伴着风飘入心间。

领头的大海是个很帅的美术老师，和老板很熟悉，把事情安排得井井有条。

小莉和小美还见到了传说中的越南新娘，非常开心，一定要合照。

王伦负责替她们拍照，苏杉则站在一边，笑意盈盈。

王伦对苏杉说：你也过去啊，别站在一边跟个局外人似的。

苏杉摆摆手，不用了，她们俩闺蜜拍照我凑什么热闹。

小莉听了忙喊道：停，先别拍了！苏杉姐你不过来我们就不拍了。接着，又跑过去拉苏杉过来。

苏杉没办法，只得站到她们身边。

苏杉姐你倒是摆个动作啊！小莉自己在拗造型的时候还不忘替苏杉看着。

哦哦，好的。苏杉不经常拍照，笑得有点僵硬。

“一二三——茄子——”王伦一拍完，小莉和小美就拥了上去，嚷着要看看拍得怎么样了。

看完后，小莉就开始哈哈大笑，苏杉姐你怎么跟拍证件照一样啊！

苏杉看到她们这么开心，也跟着笑，不在乎自己被留了黑照。

王伦说：再重拍一张吧，苏杉笑得太僵硬了。说着动手要删掉这张照片。

苏杉连忙阻拦，别，留着逗大家乐也成啊，何况小莉她们拍得都挺美的，不是么？

王伦看了看照片，也笑了，好，听你的。

CS 野战开始。王伦给大家分组，苏杉和小莉都编进了王伦的组里，小美编进了大海的组里，两队人在山上打野战。

可是刚一开战，苏杉就身中五枪，挂了。只好在野花丛中观战。不久小美也挂了，这倒好，两个人脱了装备，在山上拍起照来。山上的风景确实很美，两个人一会儿躺在野花丛里，一会儿坐在小溪边，拍足了照片。

小美问：苏杉姐，你跟伦哥是怎么认识的啊？

苏杉说，王伦是我丈夫的挚友，又恰好和我一样是文青，就认识了。

小美说：那你觉得伦哥人怎么样啊？跟小莉合适吗？小莉那么好动的。

苏杉说：一个静一个动才好，夫妻应该要互补嘛。

小美笑了，苏杉姐，你已经把小莉当伦哥媳妇儿看了啊。

苏杉这才意识到自己说错了，刚刚那句话想不起来在哪里听过，觉得过于熟悉，就脱口而出了。

“咔嚓”一下，身后传来照相机的快门声。小美和苏杉转过头。

王伦站在她们身后。我刚刚牺牲了。王伦说。

小美嗔怪道：伦哥你刚刚偷拍我们。

王伦说：难得这样跟大自然接触，不帮你们留点纪念怎么行呢。回去后我就把照片传给你们。

苏杉说：这么快就牺牲了，这不是你的水平啊。

王伦说：今天刚下过雨，路有点滑就没掌握好，而且跟我之前常去的那个野战基地有点不同，一时没适应过来。

苏杉说：那你们队没了你这个骨干岂不是马上要阵亡了。

王伦说：不会的，队友们实力不比我差。

苏杉说：那你把拍的照片给我看看呗。

王伦说：快没电了，省着点电拍照吧，我保证回去就发给你。

苏杉说：好的。

小美说：那伦哥你跟我们讲讲你常去的那个野战基地呗，风景跟这儿一样好吗？

王伦摇摇头，说：风景倒没有这里这么好，那是在山上，不过很适合心情不好的时候去，那里的空气和环境都很适合排解情绪。

小美说：难道这里就不适合排解情绪了吗？这多美啊，美好的风景看久了，心情不就自然变好了嘛。

苏杉说：有的人是这样，但是有的人需要更萧条和肃杀的环境来以毒攻毒，一种是更偏向于治愈，而另一种，是更偏向于排解。因人而异。

小美意味深长地“哦”了一句，说：苏杉姐，你好懂伦哥啊，不过你们讲的什么我不是很懂，哈哈。

苏杉有些尴尬，及时噤了声。

王伦笑着说：我们都喜欢钻研这些，所以对于这些拗文字的东西比较有默契。

小美叹了口气，一脸心痛地看向玩得正嗨的小莉说：这就是有文化和没文化的差别啊。

大家都笑了。

小莉则时而在小山包后，时而在茅草丛中东奔西窜，击毙了好几个敌人，玩得特别开心。还不时朝场外阵亡的几个观众挤眉弄眼，逗得大家笑声连连。

天色有些暗了，大家才意犹未尽地回去。

大家都仔细检查下看东西拿齐了吗，别落下什么东西。大海走的时候喊道。

苏杉姐，你看看这是不是伦哥的相机。小美说。

苏杉看了一眼，说：是，我给他拿过去，你们先收拾着。

苏杉接过相机快步去追前面的王伦。突然间不慎触到了开机键，相机里回看照片的小图上赫然显示着苏杉的身影，苏杉停下了脚步。

她点开了照片，看到了一系列在溪边、山脚、草丛里拍的照片，照片上的自己笑得很开心，但只有她一个人。

她退了出来，关掉了相机，心情很复杂。

把相机交给王伦后，苏杉说：小莉说她玩得很开心。

王伦说：是啊，我们都很开心。

苏杉说：因为是你带她来玩的，所以很开心。

王伦笑着说：哦。

苏杉说：以后多带她去玩玩。

王伦说：好。

第二天，王伦正在音乐书吧里摆弄着盆栽，忽然看到小莉探头探脑地进来了。

王伦笑了，说：你怎么找到这儿来了。

小莉说：我来探探军情呀。谈恋爱不得知己知彼呀，看看伦哥工作的环境怎么样。

王伦笑了，好的，我带你参观呀。

王伦又介绍阿力和几个店员给小莉，带小莉上楼到自己的小房间。小莉看到房间里的床，一下子坐到上面去，叫着，工作地点居然还有床，看来小日子过得蛮滋润的嘛。

王伦笑着，有时有客人晚上坐到比较迟，回家不方便，就在这里住一晚。

小莉看到王伦墙上贴着的许多照片，跑过去一张一张地看，又说：伦哥，这些我在你空间也有看到哟，你给我讲讲它们的故事吧。

王伦点点头，一张张给她讲照片的故事。

一路移过来，小莉又注意到了王伦这里书架上有好几本《后宫》，旁边是一些杂志。她过去翻了一下，一下子翻到了苏杉的文章。

小莉翻了几本，说：你喜欢苏杉姐的文章。

王伦点点头，说：很早就喜欢了，你不会介意吧。

小莉说：介意什么，我也是苏杉姐的粉丝呀。她写的文章是好看，好美。

王伦笑笑，看看手机，说：时间不早了，我带你去吃饭吧。

小莉点点头。

路过街头的时候，看到一个街头艺人弹着吉他，在唱《北京北京》。小莉停下来，认真地听。歌声十分苍凉，小莉闭着眼睛，静静地听。末了，小莉跑过去，在他前面的吉他盒里放了 20 元。

王伦看在眼里，说：这首歌我也喜欢，想不到你听得比我还动情。

小莉笑笑，这首歌我很喜欢，以前我参加“超级女声”海选，唱的就是这首歌。

王伦说：你经历蛮丰富的嘛，还参加过“超级女声”海选。

小莉很自豪，那是，我还进入了500强呢。

两个人一路说说笑笑，时间倒过得很快。

王伦开始和小莉出双入对，却没提结婚的事儿。

小莉母亲有点着急，说：小莉，你也26了，这婚得赶紧结。

小莉说：伦哥都没提，我总不能那么急吧。再说，人好不好总得经过一段时间了解，过一段时间再说。

小莉母亲说：这个你还不懂的。男人如果真爱女人，就得跟她结婚。结婚好比买保险，谈恋爱分手了，一句“对不起”就可以了，到最后女的啥都没得到，白白浪费了光阴。结婚如果分开了，好歹还有房子车子可以分，男的总要付出代价。你现在老大不小了，得想到这些现实的东西。真谈恋爱谈过了30岁，恐怕只能嫁给二婚的了。

小莉笑了，妈，就一个字形容你，俗。

三十三

李华诊所被一帮人砸了，原来，前段时间有个八十多岁的老太太一直牙痛，李华给她开了一些止痛药。后来老太太死了，有个医生朋友说老太太死于止痛药过量。

李华家人叫来了警察，但死者家属人太多，外面围满了看热闹的人。李华叔叔让李华先躲躲，他去应付一下。李华刚到后面，家属叫着，医生逃跑了，医生逃跑了。

李华很生气，他觉得自己平白无故被冤枉，就想出去，但被家人死死按住。大家说出去肯定要被打，前段时间有个医生眼睛都被打残疾了，还是躲一躲好。

死者家属在李华诊所门口摆满了花圈，还不让关门。家属又到李华家里闹，在李华家门口也摆上了花圈。

李华妈妈哭着说：赔钱算了。

李华不服气，不关我们的事，凭什么我们赔呀？

第二天，死者家属在李华的诊所里设了灵堂，其中有个光头叫嚣最凶，他额角上一道刀疤，后腰上别着一把匕首，自称是死者的兄弟。他拿着一件孝衣，到处找李华。李华躲在楼顶，光头又拉着李华母亲，强迫她披麻戴孝。李华母亲叫着，你们不能这么不讲理呀，还有没有王法啦。结果光头一把把李华母亲推到了地上。

李华看不下去了，自己冲了出来，说：放开我妈。

光头说：谁叫你是孬种，我找的就是你。

光头一头撞过来，李华头一阵晕乎，站都站不住了。

李华叔叔打电话给警察，警察过来了，叫着，不许打人，不许打人，有话好好说，有话好好说。

社区主任也过来了，对李华说：这事不好办，你们自己赔点钱算了。

李华母亲说：我们赔，我们赔。

李华说：凭什么，不是我的责任，凭什么要我赔。

主任说：人家老人都没了，你还说什么。你想想呀，他们这样闹着，你还做不做生意呀。你要尸检报告，这也得多少时间。闹了半年，你啥指望都没了。听我的，这种事我见多了，早处理早好。

李华还要倔，被他叔叔叫进去了。

李华叔叔说：这年头，谁横谁有理。他们可以闹，咱们老实人，怎么闹得过他们呀。

李华摇摇头，可我也没有钱呀，让他们闹吧，我看他们闹几天。

李华叔叔出来对主任说：李华是真的没有钱，这可怎么办呢？

主任说：我去跟他们说说。

就这样，花圈被摆了五天，最后李华也顶不住了，同意赔偿。

最后协商的结果，是李华赔偿 18 万。

欣桐这几天眼皮直跳，总感觉有什么不好的事发生。

这时，苏杉的电话打了过来，告诉她李华诊所被砸的事。

欣桐一听就哭了，怎么会这样，怎么会这样，后来怎么样了？

苏杉说：还不知道呢，听说社区的人还在调解。

欣桐急忙打电话给李华，没有人接。欣桐打了好几次，电话才接通。

李华的情绪很低落，说话声音低低的。

欣桐问：现在情况好点了吗？

李华说：还好啦，反正人没死就是了。

欣桐说：遇上这么大事，你怎么都不跟我说一声。

李华说：说什么呀，没事把你扯进来干吗，我自己生死由命就是了。

欣桐说：别说丧气话。有什么我可以帮得上忙的吗？

李华说：不用了，谢谢。我自己想办法。没事电话挂了吧。

欣桐又打电话给李华母亲，李华母亲一接到欣桐的电话就流出了眼泪。

李华母亲说：李华命不好，当年那么好的媳妇没娶过来，现在还打着光棍。开了几年诊所，钱还没挣过来，又要赔那么多钱。这钱是要马上拿的，哪来的钱呢。

欣桐鼻子一酸，说：不是说早就相亲了吗？为什么反而现在不好好照顾自己了呢？就算自己顾不上，也得有个人来顾你啊。

李华母亲哽咽着说不上话。

欣桐说：需要多少钱呢？我把我卡里的都取出来你看够不够？

李华母亲不肯，说：你自己过得也不宽裕，现在李华有什么脸面拿你的钱，这样我们怎么好过。

欣桐哭着说：对不起，对不起。

李华母亲说：傻孩子，干吗要你说对不起呀？

欣桐决定帮李华。这些年她吃着清水工资，攒下的钱也不多。她只好拉下脸去找苏阳。

苏阳听欣桐提起李华的名字脸色已经不好看了，等欣桐把整件事说完，只冷冷地说：这么多年了你还是没有忘掉李华，情人到底是老的好呀。

欣桐忍住气，说：苏阳，你说，咱们结婚这么多年了，我问你要过钱没有？

苏阳说：要钱？你吃我的，住我的，自己又有工资。我可从来没问过你的工资，对不对。你还好意思问我要钱吗？

欣桐一听来了气，我吃你的？住你的？你说说，有几个老公是把自己的钱看得死死的，防自己老婆像防贼一样，不知道是不是要便宜别的女人。

苏阳恼怒了，你胡说什么。

两人大吵了一架，孩子在旁边一直哭。

欣桐利用周末坐车来到温城，找苏杉诉苦。

苏杉说：你这样做会让苏阳误会你是来找李华的。

欣桐冷笑，苏阳心里从来就没有在意过我。我晚自修那么迟回家，苏阳从来没有接过一次。当初大学的时候去实习，李华虽然人比较木讷，但是每次都会在放学的时候来接我的。现在孩子才几个月大，他却又成天在外搓麻将，家里的事什么都不管。

苏杉也不知怎么说。

欣桐流着眼泪，说：我真后悔当初一时冲动就嫁给了苏阳。我当时真的不知道李华说相亲是骗我的，要是我知道他后来不娶的话，我怎么也不会嫁的。

苏杉说：现在这些都不用再提了。徒增伤感。

欣桐说：苏杉，你能不能借点钱给我。

苏杉点点头，说：好姐妹，说什么借呀。不过你不用借了，还是我借给李华比较好，要不然会让你情况更糟的。

欣桐流着泪点点头，还是姐妹好呀，当初我妈还说嫁个老公有个依靠，有什么依靠呀。

欣桐要走的那天，恰好赶上了温城建市 60 周年。

苏杉开车送欣桐时，忽然听到广播里说瓯江上的烟火晚会要开始了，是建国以来最大的一次。

苏杉一看手机，离欣桐的车还有四个多小时，就说：我们从望江路过吧。

欣桐点点头。

到望江路的时候，烟火晚会已经开始了。封了道，车子开不过去。

欣桐说：这回要晚点了。

苏杉笑，晚点怕什么，有我这个免费司机呢，开也要把你开回去。

两个人下了车，手挽手走在江边。

的确是很盛大的烟火。红的、紫的、蓝的，花儿成排地缓缓绽放，转眼，灿烂的火束从瓯江中的轮船上喷薄而出，一会儿工夫，酒红色的球一只叠着一只，照红了整个夜空……

苏杉左手挽紧欣桐，右手指着天空的烟花兴奋地叫着，像个孩子。

欣桐这么多天里，第一次笑了。

烟花在头顶盛放又凋谢，好像生命里盛大的传奇，明媚的月光从天顶倾泻而下，融融的光芒虽然不耀眼却有一种奇特的深入人心的力量。

欣桐回忆起当年她们一起看过的一场烟火。那时我还在代课。她说。

苏杉说：我记得那天是七夕。那会儿，我和范斌、你和李华，对了，还有王伦，我们一起去看的。那天的烟火没有这么大，不过也很好看呢。

欣桐说：是呀，想不到一晃这么多年，只剩下了我们两个人。

回车上后，欣桐突然说：让范斌早点回来吧，这次……又是多久没见了呢？

苏杉默默地开着车，说：记不清了。

到了动车站。欣桐没有下车，她看着前方，轻轻开口：有句话我放在心里很久了。

苏杉看向欣桐。

欣桐鼓足了勇气，说：当初你为什么不选择王伦，他才是跟你最般配的。

苏杉没有说话。

欣桐说：我是一路看你们走过来的。快六年了，他一直守着你。

苏杉幽幽地说：他现在有小莉了。

欣桐说：这就是我觉得现在不得不说的原因。你让人家守了你六年就是个错误。现在却还要强行再拉个人进来，你觉得对王伦和小莉好吗？你愿意小莉变成我们现在的样子吗？

苏杉低下了头，让他忘了我，对他来说会是最好的选择吧。

过了许久，苏杉说：你还记得当年我们在许愿树下许的愿吗？我们一起许的那次。

欣桐说：愿得一心人，白首不相离？

苏杉点了点头，嗯。

欣桐说：呵，可是你看看我们生活的现状……

苏杉打断了她，说：车快开了，我送你进去吧。

欣桐长长地叹了口气，说：希望这不是你犯的第二次错误。

苏杉送欣桐进了动车站，说：今天很开心，我们看了那么好的一场烟火。照顾好自己。

等欣桐的身影消失在检票口，苏杉才收起强撑着的笑容。

是因为，都晚了啊。

三十四

李华来感谢苏杉借钱给他，他和苏杉聊了好久当医生的艰难。

以前谁会想到呢，现在医患关系这么差，当医生的做什么都会被病人和家属说三道四。李华叹了一口气。给他们开药开得重了说我是黑医，开得轻了一时半会儿好不了又说我是庸医。真的，做什么都不要做医生。现在的医生活得心惊胆战的，倒不如一条狗活得自在。

苏杉把热茶给他续上，说：别太看轻自己了，现在每行每业都很不容易呀，只是医生尤为辛苦罢了。

李华叹了口气，也不知道什么时候是个头呀。

苏杉说：别灰心，慢慢来，一切都会好起来的。

李华说：呵呵，我接下来打算改行了，想想别的门路。

苏杉说：嗯，如果真的条件允许的话，改行也不是不可以的。不过换个跟原来工作环境完全不一样的地方，再适应也有一定难度。如果有什么需要我帮忙的，你只管说。

李华说：谢谢，没想到最后，都是苏杉你在帮我。

苏杉沉默了一会儿，说：大家都在帮你，只不过因为我们本来没有这么熟，所以我帮了你一两回你就觉得特感激我，有些人一直在关心你，只是你看不到罢了。

李华没说话，默默地喝茶。

李华临走的时候，苏杉说：李华，你该找个女人了。家里有个女人，总会好一些。

李华苦笑了一下，我走了。

苏杉没有向李华提起欣桐来找过她的事。

李华刚走，苏杉就接到了王伦的电话，问李华的事解决没有，要不要他帮忙。

苏杉说：暂时告一段落了，就是李华现在心情不好，也不知要不要接着开诊所。要不你跟他谈谈，给他出出主意。

王伦说好。

王伦约李华到清河茶馆喝茶，苏杉和小莉也来了。

大家问李华近况，李华说：现在有点缓过来了。以后不打算自己开诊所了，联系了外地的一家镇医院，对方同意接收我，这样以后个人的风险会小一点。

王伦点点头，这样也好，先过渡一段时间。

苏杉说：等以后稳定下来，我给你介绍女朋友吧，30岁了，总该成个家。

王伦笑着说：苏杉都快成了媒婆了。

小莉说：那是因为苏杉姐太热心了啊，女朋友嘛，我也可以帮你介绍同学呀。

苏杉看着李华，说：我是说真的。

王伦也看着李华。身边多个人照应总好些，阿姨年纪大了，也需要多个人照顾。

李华摇了摇头，谢谢，再说吧。

李华有事走了，王伦和小莉、苏杉继续喝茶。

小莉说：李华好像还不止诊所被砸，应该还有别的伤心事。

王伦说：李华以前有个感情很深的女朋友，后来分手了，之后一直没有谈女朋友。

小莉说：这样呀，是那个女的不好吗？

苏杉摇摇头，不是的。他们人都很好，两个都是很看重家庭的人，又都是家里的独生子女，觉得不能离开自己的父母，家庭条件也不好。他们坚持了几年，当时是李华自己觉得自己条件不行，没希望了，让女方结婚的。

小莉说：这有什么，他们太老实了。要是我，就女方家住半年，男方家住半年嘛。

苏杉笑了，就你简单，那工作呢？也半年换一次？

小莉说：工作可以想办法嘛，又饿不死人。两个人感情深才是最重要的。

广播里放出了《稳稳的幸福》，苏杉笑了，小莉，你听这首歌，很多人不是你想的那样，他们想要稳稳的幸福，不希望不可预知的未来。他们都太脆弱，经不起折腾的。

小莉说：切，你看李华，最后还不是放不下，照样是悲剧。

苏杉低下了头，默默地喝着茶。

王伦也不说话了。

王伦送小莉和苏杉回家，车先开到了小莉家，然后又开往苏杉家。

苏杉说：你的顺序是不对的，应该是先送我的。

王伦笑笑，我知道你今晚还有些话没说出来。我们到河边走走吧。

车子停下来了，两个人沿着河慢慢地走着。

苏杉说：其实欣桐上次来找我的时候，哭得很伤心。借李华的钱，其实还有三万是欣桐的，我让她不要拿，她非要出，说这样自己心里会好受一些。

王伦叹了口气，都那么有感情，当初为什么非要分开？

苏杉靠在栏杆上，长长地叹了口气，现在说这些，又有什么用呢？

王伦说：我给你讲讲我家里的故事吧。

苏杉说：对呀，认识你这么多年了，都只见过你妈妈，只听说你爸爸到外面做生意去了，可是为什么从来不回家呢？

王伦沉默了一会儿，说：其实我爸爸没有在外面做生意，而是出家了。

出家？苏杉愣了一会儿，这个词在现在听来非常稀奇。

王伦说：我爸在和我妈结婚前，有个感情非常深的女朋友，但是我爷爷和奶奶坚决反对，因为女方来自离异家庭，父亲吸毒，家里又很穷，我爷爷奶奶认为娶这样的女人回来是家庭的耻辱。我爸和那个女人秘密恋爱了很多年，后来我奶奶派人当街把女方扒光了身体，说她勾引男人。女方后来就离开了温城。

我爸从此觉得很愧疚。我爸娶我妈的时候，是很不情愿的。

我爸一直对我妈是不冷不热的，后来生了我，也没有多少改变。我 12 岁那年，我爸以前的那个女朋友得了重病，回到了温城，我爸一直偷偷地去看她，被我妈发现了，我妈和我爸一直吵架，我奶奶又派人把那女的打了一顿，结果那女的不久就病死了。她死的那天，我爸像发了疯一样，抱着尸体不放手。那天我亲眼见了，连我妈都哭了。后来我爸连续很多天没回家，接着就出家了。

我妈后来一直说，如果婚姻有个期限，五年、十年都可以，让人们可以审视自己的婚姻问题，好的就自动延续，真有问题的就解约，不用受那么多异样的眼光，不用把这看作人生的污点，也不用老是争吵是谁辜负了谁，非要双方都受重伤才罢休。那至少，就给人多了纠错的机会，人间的悲剧，一定会少很多。

苏杉眼眶有点湿，那只是理想的说法罢了，在中国，有几个人可以做到呢。

三十五

小莉自从跟苏杉熟悉起来后，就老是拉苏杉出来逛街。原先苏杉不喜欢逛街的，可小莉左一句“苏杉姐”，又一句“苏杉姐”，那股亲热劲，弄得苏杉没有办法，也就被拉出来了。

逛的次数多了，苏杉发现小莉有一个特点，就是无论遇到什么乞丐，她都会给他们钱，虽然数目不多，但总是很热心，甚至有时候明明隔着 100 米路，也会特意跑过去给上几块钱。

苏杉有点奇怪，问：听说现在有很多职业乞丐，就是以乞讨为生。你这样施舍一点都不怕被骗吗？

小莉叹了口气，说：我知道呀。

苏杉说：那你还施舍。

小莉说：以前我也是像苏杉姐这么想的，心想有那么多骗子混在乞丐队伍里面，施舍可能会被利用了同情心。大一那年，我参加了我们学校的黄丝带，当时我们组织了一项活动，去看看乞丐们的真实生活。我连续三个月，每个周末都和乞丐们生活在一起，才知道社会上真的有那么多需要帮助的人。想想也是，稍微有点能耐的，谁肯践踏自尊来向人乞讨呢。

苏杉有点意外，说：你跟乞丐生活了三个月？

小莉有点自豪，是呀，那是一对母女，开始她们还不接受我，我反复说明了我只是想帮助她们，让我在边上待着就成，她们才让我跟她们住一起的。调查过程中，她们跟我渐渐熟悉了，后来，我还把她们介绍到我们学校做了清洁工呢。

小莉话锋一转，又说：而且我觉得现在我们社会上的观念不对，只爱锦上添花，范冰冰已经这么有钱，那些公司还巴巴地送上几个亿，而看到乞丐吃上一顿肯德基，就说自己刚才的一块钱是被骗的。这都是什么想法呀。

苏杉笑了，她发现自己也真的有点喜欢上小莉了。

八月的一天，她们路过“知心爱人”婚纱摄影店。

小莉对着橱窗里的婚纱看了好久，苏杉说要不你去试试吧。

小莉扯了扯嘴角，说：伦哥都还没说呢。

苏杉笑了，你去试一下有什么关系。

小莉说：好，我就看看自己有多漂亮，哈哈。

苏杉陪小莉进店，摄影师阿奇很热情，自己跑过来给小莉介绍，还让她一件件试装，一点都不嫌烦。

摄影师说：小莉身材真好，可以去做模特了，做你的先生，一定会很幸福。

小莉笑了，就冲你这句话，以后我拍婚纱照一定找你。

其实小莉穿婚纱真的挺漂亮的，苏杉在旁边看着，不知为什么，心里有点高兴，又有点酸。

晚饭的时候，小莉和苏杉叫上王伦一起吃饭。小莉叽叽喳喳地给王伦介绍婚纱，说得非常开心。

王伦只是笑，说：很好，很好。

苏杉说：小莉哪里只要你说很好呀，她这么说是有目的的啦。

小莉用期待的眼神看着王伦。

王伦埋头吃饭，连连说：今天的饭真好吃，这家店不错。

王伦又问：苏杉，你最近在写什么文章！

苏杉说：我在构思一篇长篇，可能会很长，叫《错爱》，可以把大纲先发给你看看。

小莉奇怪地问：为什么叫《错爱》呀！

苏杉说：你看了以后会明白的。这会儿我还没理好思路。打个简单的比方吧，你上次和王伦一起看了《北京遇上西雅图》，你觉得老钟和 Frank 哪个你更喜欢？

小莉说，当然是 Frank 啦。生活可以不用坐游艇、吃法餐，但要有人愿意为你每天早晨跑几条街去买豆浆油条，那才是真正的爱情呀。

苏杉笑了，可是你看，《蜗居》里面，小贝就是那个愿意为海藻买豆浆油条的人，但海藻却选择了宋思明。

小莉若有所悟，好像是这样的。

王伦笑了，说：其实苏杉的意思是，如果文佳佳先遇到每天早晨都为她跑几条街去买豆浆油条的 Frank，平淡的日复一日之后，突然遇到会带她去坐游艇、吃法餐的老钟，不停地收到包，那她的选择可能就不一样了。人生伴侣的出场顺序很重要。先遇到老钟是《北京遇上西雅图》，先遇上 Frank 就可能是《蜗居》。可是，人生的出场顺序是不能由人决定的。这就是《错爱》。

苏杉笑了。

小莉点点头，随即又展开了笑颜，苏杉姐的文章，总是好看的，我期待着。

苏杉回家写文章，外面的风很大，一直“呜呜”地响着，有种阴冷的感觉。

苏杉起身，把窗户关紧。

外面黑黑的，只有“呜呜”的风声和树叶的“哗哗”声。

苏杉忽然觉得很寂寞，她看着远方，想起欣桐，想起王伦，想起了很多事情。她忽然听到自己心底有个声音说：给范斌打电话。

电话通了。

是范斌的声音。

苏杉对范斌说：你在那边还好吗？

范斌说：我这边一切都好，油矿也开始开采了，公司业务也不错。就是一年多没见你了，有点内疚。我想通了，像我这样几年不回家的，如果你生了小孩，都得自己一个人养着，是太不公平。你应该有自己的幸福。

苏杉说：王伦有女朋友了，女朋友很开朗，两个人在一起，很亲密、很快乐，都要拍婚纱照了，就像当初的我们。

范斌说：王伦是该有个女人了。但不能像我这样，把老婆晾在家里。女人是用来疼的。

苏杉笑了，这会儿你说话怎么这么好听。

范斌说：其实，我也很想你。我这个冬天回去。

苏杉说：嗯，等你回来，我给你做饺子。

范斌笑了，我记得你的饺子做得最好吃了。那时候我在家里，每顿夜宵都是吃你做的饺子呢。

两个人聊了很久。

挂了电话，苏杉很开心，又觉得范斌今天的话有点怪。他好久没对自己这么温柔了。

三十六

小莉和小美去做美容，有一搭没一搭地说话。

小美问：最近进展怎么样？

小莉说：挺好的呀。上次跟苏杉姐去试了婚纱，感觉不错，想找个时间跟伦哥一起去拍一下。不过他还没答应。

小美说：呵呵，这么着急呀，都要拍婚纱了，那什么时候结婚呀？

小莉说：这个还没提上日程呢，我想问问苏杉姐的意思。

小美说：你别老是提苏杉姐，是你谈恋爱还是她谈恋爱呀？

小莉说：没有办法呀，谁叫他们两个关系好呢，苏杉姐说话比我管用。

小美想了会儿，说：有句话做姐妹的不知道该不该提醒你。

小莉说：其实我也猜得到你要说什么。

小美看着小莉，说：对呀，我也觉得你神经没有那么大条嘛，你不觉得王伦喜欢苏杉吗？难道你一点都不介意？

小莉沉默了一会儿，说：我们要逆向思维，你反过来想想，也许伦哥是喜欢苏杉姐，喜欢了这么多年都没有改变。这么痴情的男人，你说哪里去找。我相信，只要我能打动他的心，他也会这样对我的。

小美竖了个大拇指，说：明知山有虎，偏向虎山行，勇气可嘉。我可没有你这样的自信，做好姐妹的劝你一句，别赔了夫人又折兵呀。

小莉笑笑，说：你等着瞧好戏吧。

苏杉带王伦去看那天小莉看上的那几件婚纱，顺便叫上欣桐帮忙一起看看出出主意，欣桐是正好顺道来看苏杉的，在婚纱店里陪他们聊了会儿有事就先走了。

回去的路上碰到有辆献血车。苏杉是个献血积极分子，从大学开始差不多每年都献的，就跑过去献了血。

王伦笑了，想不到你平时都宅家里，居然这么热心公益献血。

苏杉笑了，你不一样，平时看你是个体育健将，还是个登山协会的头儿，却偏偏看见血就晕。你要敢献血，今天我就都听你的。

王伦顺口接道：这可是你说的，你要做我的女人，我就献血。

苏杉忽然心里抖了一下，看着王伦有点愣。

王伦意识到自己说得过了，赶紧说：我开玩笑的。其实你只要请我喝猪肝汤就可以了。我献血了呀。

王伦上了车，把手放在献血台上，闭上眼睛，手一个劲儿地抖。

医生压住王伦的手，可还是扎不了针，就说：看不出来一个大男人这么怕血，如果这么怕就不要献了嘛。

王伦想退缩，苏杉握紧了王伦的手，用坚定的眼神看着他。

王伦忽然觉得很安心，他的手舒缓了下来。医生一针扎下去，王伦只是看着苏杉，用口型说了三个字——猪肝汤。苏杉“扑哧”一声笑出了声，随即又把手握紧了点。

一阵微微的刺痛感过去，针拔出来了。

献完血后他们得了一个装有小礼品的布袋，里面放着一瓶核桃牛奶和一个公仔挂件，公仔是白白胖胖的娃娃模样，煞是可爱。王伦拿在手里反反复复看了会儿，就把它挂在了车上。

回去的路上，苏杉看着在眼前晃来晃去的白胖娃娃，打趣说：没看出来，你还有颗喜欢公仔的少女心。

王伦爽朗地笑道：其实我不是喜欢公仔。

开玩笑啦，你有没有少女情怀我怎么会不知道，毕竟都在一起这么久了。说完后苏杉发现自己用词有些暧昧，又慌忙补救说：不然我也太不够朋友了，对吧？

王伦说：其实，我有时候挺羡慕你们这些人民教师的。

嗯？怎么个说法？王伦的思维有些跳，苏杉没跟上。

可以天天跟一群天真无邪的孩子在一起，多好。王伦看向苏杉，狡黠一笑。我妈就希望我找对象找个教书的，说是在学校里工作的女孩再坏也坏不到哪儿去。

苏杉突然细想了下，就觉得脸有些发烫，强装镇定地说：当真那么喜欢孩子，你自己为什么不去当个教书先生？

王伦说：只是喜欢孩子就可以当老师啦？这入行门槛也太低了吧，况且，我不适合这种……被拘束着、被要求着过日子，我不喜欢规矩，但是到处又都是规矩，学校里也是。毕竟，无规矩不成方圆，所以我只能游离在体制外，自己过自己的。

苏杉说：是啊，我们每个人都有那么多不喜欢，但是相对应的，也有那么多不得不。

前面有个茶馆，王伦转头说：你不请我喝茶吗？

苏杉笑了，好吧，请你请你，管你喝个够。

开车的路上，居然下起了阵雨。

王伦把车停到茶馆旁边，说：这天气，说变就变。

苏杉点点头。

两人选了一间靠窗的包间，点了茶水。

王伦打开窗户，这么大的雨，幸亏我们运气好，要是早一点下，欣桐就不那么容易走了。

苏杉笑笑。

王伦回到座位，说：你上次打印给我的《错爱》我看了。

苏杉笑了，嗯，你说说意见吧，我想听。

王伦说：我觉得其他都挺好，就是结尾惨了点。你为什么要让男主角死在沙漠里呢？

苏杉说：这是我想了好久才想明白的，我以前也一直以为，人死了就是悲剧。到现在才有点明白，其实一个爱沙漠的人，死在沙漠里，对他而言何尝不是一种幸福？

王伦定定地看着苏杉，苏杉笑了一下，你最近有点不对劲呀，干吗老看我，以前你不这样呀。

王伦停了一下，说：那你觉得如果一个人爱另一个人，应不应该死在自己的爱里呢？

苏杉说：那要看情况了，看会不会伤害别的人，看符不符合道德，有很多因素的，就像我刚刚在车上跟你说过的，这社会上还存在着很多不得不。

王伦说：如果对方已经有家室了呢？

苏杉说：那最好不要了。这不符合道德。其实两个人就算有感情，也不一定要做夫妻，可以做朋友的。古今中外也有很多先例，比如……

王伦叹了口气，喝了口茶，打断了她说：我要结婚了。

苏杉一顿，然后点点头。我知道呀，我也很为你高兴呀。小莉是很不错的女孩。

王伦说：所以我觉得有些话再不说就没有时间说了。

王伦看着苏杉。苏杉避过王伦的眼神，说：有些话不该说还是不要说的好，放在心里好了。

王伦还是盯着苏杉，你真这样想的？

苏杉说：是的。小莉是个很好的女孩，从我把她介绍给你的那一天开始，我就发现了，只有她才能全心全意地体贴你照顾你，她才是你最好的选择，王伦，你不能总是在考虑别人，不停地为别人付出不求回报什么的，在这个社会上是说不过去的。小莉，她是真的爱你。而你的生活，就是缺了这么一个角色。

王伦叹了口气。站起来走到窗边，外面的雨还是很大，整个世界仿佛被雨笼罩住了。

不要辜负她。苏杉低声说。

不是别人。王伦自顾自说。

两个人答非所问。

王伦的声音很轻。从头到尾，没有别人。

雨下了好久，窗外的梧桐树叶时不时往下落。有一片随着飞溅的雨珠往窗台飞了过来，王伦伸手接过，把叶子放在手里。还是青绿的样子，带着夏的气息，叶面上的水凝结成珠，落了下来。王伦笑了一下，说：都说“梧桐叶上三更雨，叶叶声声是别离”，想不到现在没有别离，却是这样的一番秋意。

苏杉接过树叶，说：只有一片梧叶，不知多少秋声。还是盛夏，怎么感觉就像秋天了。

王伦拿起茶杯，苏杉说：我给你加点水吧，茶放凉了。

王伦说：是呀，或许我们的茶，真的放太久了。

这天晚上，小莉打开王伦的空间，发现王伦发了一条新的说说：此生最后悔的不是遇见你，而是没有早点遇见你。如若时光可以倒流，我愿倾尽所有跋山涉水，只为赶在他前面与你相见。

小莉记得好像在王伦的空间里看见过这条说说。她往回翻，在第 67 页看见了这条说说，那时五年前正月的事了。

她突然想到了什么，打开了苏杉的空间，一页页地翻，看到五年前的正月，正是苏杉结婚的时候。

小莉的心口猛地一顿，神色黯然。

三十七

晚上，苏杉看着王伦的空间，发了很长时间的呆。

回忆起早上献血的画面，她忽然之间感到有点害怕。

外面的风“呜呜”地刮着，虽然已经习惯了一个人的生活，可是每次听到这样的风声，她都会有一种很寂寞的感觉。

她觉得这个时刻她应该想着范斌的。可是她心里想的却是另外一个人。

内心有种声音，不可以，不可以。

苏杉拨通了范斌的电话，范斌那边声音有点嘈杂，好像有很多人在吵。

范斌问：苏杉，什么事？我这会儿正在工地上。

苏杉说：这次你能不能早点回来？

范斌问：出了什么事？我是准备年底回去的。

苏杉又说不出话来，停了一下，说：我很想你，就现在，特别想你。

范斌有点内疚，嗯，我今年过年一定回去的。

好像有机器轰鸣的声音，范斌说：不好意思，我待会儿打给你吧，现在很吵。

挂了电话，苏杉又拿起她和范斌的结婚纪念册，一张张地翻，却没有心思看下去。她又拿起自己的《后宫》，翻到萧观音与赵惟一一起谱曲的一章，忽然想起，这一章还是王伦给自己提建议加上去的。

那时，王伦说，萧观音贵为皇后，自己的男人却只知在外狩猎，她在宫内该是多么寂寞呀。一个爱到深处的男人，是不会抛下自己的爱人的。

记得当时，苏杉还笑，那你不一样，每周都登山，谁要是嫁给你，还不得独守空房。

王伦说：如果我真和心爱的女人在一起，我愿意不再登上任何一寸有山的土地，只愿陪她写写文章、看看书，做她的第一读者。

那一天，好像也是这样的夜晚，苏杉还有点感动。不过这次的感觉，为什么和上次完全不一样了呢？

苏杉觉得很害怕。

12点的时候，苏杉收到范斌的短信：睡了吗？

苏杉回了短信：还没呢。

手机铃声响起。是范斌的声音，略有点沙哑。

今天你怎么啦？范斌问。

苏杉说：范斌，你还记得我们是在什么地方认识的吗？

范斌说：记得呀，清远巷的大排档。好像有六年了吧。

苏杉说：嗯，我记得那时候我们用微信聊得很开心，一天到晚没事就聊，一天可以聊几个小时呢。

范斌说：嗯。

苏杉说：那时候你也陪我看电影，也陪我逛街，还带我登山，好像哪一天不在一起就很难受似的。

范斌说：嗯。

范斌听着苏杉絮絮叨叨地念叨，默默地听着。

可是我们现在可以几个月不打电话了。苏杉有点伤感。

范斌说：我这边是沙漠地区，经常手机没有信号的，我这回还是跑到服务站给你打的电话。打电话太不方便了。

苏杉有点苦涩地笑。是呀，为什么你每次都在沙漠里，十天有九天信号是不通的？你说这是为什么？

范斌有点抱歉，这是我的事业，你选择我的时候就该知道的。

我知道，是我的错。

泪沿着脸颊落了下来。

你这次可以回来吗？苏杉问。

我年底回来。范斌说，最近有个大合同，我走不开。

那电话挂了吧。苏杉挂了电话。

苏杉这一夜辗转反侧，想了很多。是呀，王伦是该结婚了，王伦结婚的时候，范斌一定会回来，那样夫妻就可以团聚了，大家都开心，不是挺好的。

可不知为什么，她却开心不起来。

第二天，小莉站在王伦的书吧门口，犹豫着要不要进去。

正巧苏杉放学路过，问她怎么了，都到门口了干吗不直接进去？

小莉支支吾吾的，也不知道该不该说、该怎么说。

苏杉见她一副心事重重的样子，便下了车，挽起她的手。走，我们先去吃个饭怎么样，什么事都等吃饱了再说。

小莉踌躇了一会儿就上了车。

苏杉带小莉去了清远巷的大排档，点了菜后，坐在小莉对面，一边帮小莉拆碗筷一边说：我和范斌就是在这里认识的。这家烤鲫鱼的确不错，范斌喜欢得不得了，你尝尝。

小莉“嗯嗯”地应着，始终有些魂不守舍的样子。

苏杉猜想她可能和王伦之间发生了什么，就说：王伦是不是欺负你了？我帮你去教训他。

小莉摇摇头，突然问：苏杉姐，你爱范斌哥吗？

苏杉一怔，随即笑道：当然啦，我当初在这儿碰到他的时候就认定他了，我们啊，是命中注定要在一起的。

小莉终于有点精神了，很感兴趣地问：那苏杉姐你跟我讲讲你们的故事呗。

这时老板的声音突然传了过来，哪桌点了两条烤鲫鱼？

小莉立刻转过头答道：老板这里这里，算了我过去拿就好了，苏杉姐你等等哈，马上回来。

苏杉笑着点点头，在小莉转身的瞬间仰起头深呼吸了一口气，把差点涌出眼眶的眼泪咽了回去。

三十八

晚上苏杉送小莉回家之后，往王伦的音乐书吧开去。路过一家新开张的精品屋时，苏杉瞥到橱窗里摆着一个音乐盒，上面站着两个精致的小人，是一对新人，新娘身上的婚纱颇像小莉看中的那套。

苏杉一个急刹车，将车停靠在路边后，就沿着来时的街道一路小跑去找那家店。

到了音乐书吧，苏杉抱着一个包装得平平整整的礼盒问阿力：王伦在店里吗？

阿力摇摇头，说：苏老师有什么要给他的先交给我好了。

苏杉说：好。她拿了张小纸条，在上面留了几行字：小莉最近看起来心情不好，把这个送给她，保证她喜欢。写完后苏杉总觉得该落个款什么的，想着想着扑哧一声笑了出来，她写上了“雷锋”两个字后，把纸条和礼盒一起交给了阿力。

阿力接过盒子的时候纸条从指缝间滑落，但他没有注意到。

王伦第二天到店里的时候，问柜台上那个礼盒的来处。店员们说是苏老师送的。

他拆开包装，是一个音乐盒，上面站着一对新人。

王伦盯着那个音乐盒看了很久，说：把它摆店里吧。眼神有些令人捉摸不清。

小莉昨天被苏杉说动了，今天鼓起勇气推开了书吧的店门走了进去。

小莉问店员：伦哥在吗？

一个店员说：老板早上来了一会儿就走了，好像有什么急事。

小莉应了声，哦。她拨了个电话给王伦，想问问他什么时候回来，可打了好几通都是没人接，心情又渐渐地蒙上了几分阴郁。

阿力刚好从楼上下来，就说：别急别急，早上老板来摆了这个东西后就急急忙忙出去了，可能是要置办什么喜事了，得把店里装饰下。

说完，店员们都笑了，说还真的有这个可能。

小莉向阿力示意的方向看去，就看到了那个新人音乐盒。新娘身上的那套礼服颇像她在“知心爱人”店中看中的那套。

小莉突然觉得心头一暖，原来他这么细心关注着她的喜好，从小到大，很少有男孩子能这样默默地关心自己，自己竟然还以为……小莉觉得自己错怪了王伦。她走近细看了下音乐盒，又抬头看了看干干净净的玻璃墙，突然觉得这个音乐盒摆在这里让自己看起来竟有几分像老板娘，她很享受这种感觉。

小莉打开手机想给王伦留个言感谢他这个惊喜，却突然又看到了王伦的那条说说，把她伤得最重的那条说说。于是，小莉思索了一番后，在王伦的空间里留言：即便时光没有让我们早点相遇，我也不会后悔，今天的日子，我依然可以奋不顾身爱上你，义无反顾嫁给你。对的人总会遇上，不在北京，就在西雅图。

王伦冲出店门后直接去了苏杉家。他把车停在门口，却没有下车。

王伦不知道该如何开口，自己的确是一时冲动就来了，可是，到底该怎么说？

他一直坐在车里，静静地看着苏杉开门、处理垃圾、回去拿早饭、锁上门、上车、去上班。身边的手机一直响，上面显示着小莉的名字。

小莉约王伦陪她逛街，王伦却说店里有事走不开。

晚上，小莉约王伦一起看电影，王伦却说加班，下次吧。

连着三天都是这样。小莉有不好的感觉。

小莉约了小美去黑森林酒吧，两人点了菜，又要了点酒。

小美说：怎么最近都没约王伦吗？找我一起吃饭。

小莉说：别提了，最近伦哥怪怪的，约他都不出来，电话没说几句就挂了。

小美说：你别说做姐妹的没提醒你呀，我帮你留意着呢。上次跟你聊过后，我细细地看了王伦和苏杉的空间，这两个人真的有问题，虽然苏杉的日志和说说少，但她的很多内容和王伦都是可以对得起来的。只不过王伦这个人比较直白，我们可以从他的日志看出他的心情罢了。他绝对对苏杉有意思。

小莉苦笑了一下，你还看出来什么？

小美说：就这样呀，王伦对苏杉绝对有意思。我还特别注意到他有条说说，好像是这样说来着，爱一个人，就要让她过得幸福，而不是让她只能接受自己给的幸福。类似的意思他说了三四遍。我翻了一下，从五六年前就有了，差不多一年就冒一条。你说这么多年来王伦有女朋友没有。他没有女朋友呀。那他爱一个人，爱的是谁？还不是自己给的幸福，这摆明那个女的不属于他嘛。你说这个人是谁？用脚趾头想也知道，也就只有苏杉和他走得最近嘛。

小莉笑了，那你觉得苏杉姐对伦哥呢？

小美说：那可不知道，看不出来。但苏杉和王伦走得近是事实吧。

小莉说：有一点你没想到吧。苏杉姐在结婚之前就跟伦哥认识了，两个人关系就挺好的。范斌这么多年也不在。我也知道伦哥一直都喜欢着苏杉姐了，我又不是傻子，可是……可是苏杉姐一直没有接受伦哥呀。

小美说：这能说明什么？

小莉说：这说明苏杉姐没有接受伦哥呀，这么多年都没有接受，应该就是比较可靠的了，而且她还千方百计想撮合我们，可能她也觉得伦哥这样吊着也是不对的。再者……

小莉突然靠近小美。你知道吗？其实我还是有所成就的，我觉得……我在伦哥心里已经开始有了一席之地了。

小美有点不解，还有几分好奇。怎么说？

小莉笑得意味深长。伦哥在店里已经开始布置了，柜台那边还特地放了个新人音乐盒，上面装饰什么的都是我之前说过喜欢的，他竟然都记在心里。他这个人啊，别看平时不怎么会说些甜言蜜语的，关键时候还是挺懂女人心思的，我猜他是想给我个惊喜。所以总之一句话，伦哥还是我的伦哥，我要慢慢地感动他。我不信我这么爱他，他的心不会转到我这边来。

小美说：瞧你开心的，这次是好事啊，那你刚刚还愁眉苦脸的？

小莉瘪了瘪嘴，虽这么说，但是他现在又不理我，也不知道是几个意思。你说我该怎么办，直接去问他？这也太掉面子了。

小美握住了她的手。你谈个恋爱也真够复杂的，先探探他口气再说吧。

小莉点点头。嗯，我也是这么想的。唉，我有时觉得自己要大气，只要大气，伦哥就肯定是我的。可有时，看到伦哥跟苏杉姐在一起，我又特别紧张。我到底还是没有修炼到家呀。

小美说：看吧，之前没有好好积累经验，现在一来就碰上了放大招的。

小莉说：我之前的样子你又不是不知道，跟个男孩子一样，还没心没肺的，怎么跟人要朋友。倒是现在，碰上了伦哥之后，我觉得自己像是在坐过山车，忽上忽下，起伏不定。你说我该怎么办呢?

小美想了会儿，凑过来说：我倒有个主意，苏杉不是想把王伦推给你吗？你就将计就计，傍着苏杉，让她去催王伦。

小莉有点怀疑，这我不是没考虑，但我又觉得有点不好。

小美说：试试看嘛，我觉得这招管用。苏杉亏欠王伦挺多的，我觉得她可能真心想给王伦找个爱他的人。

小莉点点头。

小莉来找苏杉，让苏杉陪她逛街。

两人又去婚纱店，小莉说：我找阿奇。

阿奇出来，说：是小莉呀，又过来试装，带老公没有?

小莉说：我还没老公呢。我就是来试试衣服。

阿奇说：好的。上次你试了两套，这次我给你试试另外两套吧。

阿奇给小莉挑了件紫色的婚纱，非常亮丽。苏杉说：真好看，这件最适合你。

小莉笑笑。

阿奇对苏杉说：其实我觉得这件，也蛮适合你的。你骨骼比较瘦，这件会比较配。

小莉笑了，说：要不苏杉姐也试一下吧。

苏杉摇摇头，我不用了。

阿奇说：什么要紧，试试看，我保准你穿起来有气质。

店里的服务员也来帮忙，给苏杉穿上了婚纱。

嗯，很好看。阿奇说，我先给你拍张照，免费的哟。

大家笑了。

试完了衣服，小莉说：阿奇，我给你打 99 分，我的婚纱照就定在你这里了。

阿奇说：那还真要多谢了，我保准把你和新郎拍成天作之合。

小莉说：先别太得意了，我男朋友还没答应呢。

阿奇笑了，这种事，从来都是新娘说了算，哪里轮得到新郎说话啦。

一阵嘻嘻哈哈过后，小莉从婚纱店出来，开玩笑地说：伦哥最近是不是有什么问题呀？怎么总是不见我？现在请他，比请皇上还难呢。

苏杉沉吟了一会儿。没事的，王伦是工作忙，过几天就好了。

小莉说：嗯，苏杉姐，我真的很想拍婚纱照了。

苏杉点点头，好，我这就去跟王伦说说。

苏杉打电话给王伦，约他一起出来吃饭。

王伦问：就我们两个？

苏杉笑着说：就我们两个成什么样子啊，现在不应该是还有小莉吗？

王伦突然就不说话了。

苏杉觉得有点心悸，就问：你是不是不喜欢小莉了？这么善良的姑娘你可不能说甩就甩啊，你要是敢伤害她，我真的会跟你没完的。

王伦淡淡地说：没有，她很好。

苏杉说：那就一起吃个饭吧，把该说的都说清楚些。

王伦说：好的，什么时候？在哪里？

苏杉说：今晚，湖光会馆。小莉可喜欢那里的菜了。

三个人坐在湖光会馆吃饭。

小莉依偎着王伦，说：伦哥，咱们什么时候把婚纱照拍了吧。

王伦有点尴尬，往后缩了缩，说：等我忙完了这几天再说吧。

苏杉坐在对面喝茶，说：王伦，人家女孩子都提出要求了，你大男人的怎么会扭扭捏捏的。我看天气预报，周末就是好天气，楠溪江风景不错，我问过摄影师了，要不就那几天吧。

王伦奇怪地看着苏杉，说：怎么媒婆比男主还要着急呀。

苏杉说：你们都不小了，是该早点办。

小莉连连说：就是就是，苏杉姐说得对。

王伦不再说话了。

晚上，苏杉接到王伦的电话，你很想我结婚吗？

苏杉躺在床上，“是”这一个字哽在喉咙口说不出来，许久都没说话。她只觉得，突然心里很堵。

王伦又重复了一遍，你真的，很想我结婚吗？

是。说出这个字的同时，苏杉的眼泪涌了出来。她迅速地挂掉了电话。

王伦沉默地听着电话里的忙音，自言自语道：好的，我懂了。

苏杉拿了瓶酒，坐到了阳台上。苏杉啊，你不是要把他推开了吗？那就彻底一点啊。

三十九

小莉母亲听到小莉要拍婚纱照，问：你真认定王伦了？

小莉点点头，当然了，你看我像随便谈恋爱的人吗？

小莉母亲叹了口气，妈知道你是真的喜欢王伦，希望他也是这么真心喜欢你就好了。

小莉说：妈，看你说的。伦哥当然会喜欢我的了。你以后看好了，女儿保准幸幸福福地生活给你看。

周末，小莉带上王伦一起去拍婚纱照。

阿奇早早就等在那里了。

小莉说，我不喜欢那种几乎是一个模子里刻出来的婚纱照，看上去根本就不像本人，我想让自己的婚纱照片定位为自然、清新、很真实的感觉。我也希望自己在拍婚纱照的时候能够享受沿途的风光，还有在定格美丽瞬间的时候能带给我一个快乐浪漫的婚纱之旅。

阿奇打了个响指，没问题，你先化妆吧。

化妆师名字也叫小莉，这倒让小莉很惊喜。她很仔细地给小莉挑衣服、化妆，又帮她换了不同颜色的指甲，两个人说说笑笑，很开心。

王伦就比较简单了，基本在旁边打游戏。

进影棚的时候，阿奇放得很开，不时开上几句玩笑，有时会说，好好哭，哭得像样点呀。小莉听到这句话就忍不住笑，然后阿奇随手一抓拍就拍好了，基本上都是一次性过，不用回头重拍。

他说：小莉，你自己想一些动作，随便什么，搞怪也行。

搞怪可是小莉的拿手绝活，王伦也被搞怪动作逗得笑了起来，配合得很好。

室内拍完了，大家就开车去楠溪江，正是瓯柑成熟的季节，路上看到成片的瓯柑林，小莉忍不住叫起来，停一下停一下。

车子停在了路边。

小莉拉上王伦，偷偷地跑到瓯柑林里，摘了几个。然后跑上车，说：大家分一个吧。

化妆师小莉说，这不好吧，我们还没给钱。

小莉头转一下，给钱，给谁呀，旁边好像没人呢。

王伦笑了，说：刚刚我在摘的地方放了十块钱，看主人家有没有好运了。你说这地方，怎么也没个人守着。

大家都笑了。

到江边的时候已经是中午了，阿奇早定了一家农家乐吃饭。地方虽然小，但是很干净。空气很清新，在这样的乡村里，吃着农家饭、家常菜，别有一番风味。米饭装在木桶里蒸着，香气扑面而来。

楠溪江的景很美，连片的芦花洁白轻盈，在风中恍如无数白头翁摇头而立，飞入不远处的片片红枫之中。牛在田野里悠闲地散步，农民唱着山歌，大姐们在河边用竹子敲打着洗衣服，看上去很悠闲惬意。只是路难走。汽车只能停到路边，其余的路都是步行。王伦当然没问题，小莉可有点惨，虽然大半时候穿平底鞋，但两手拖着婚纱总是累赘。何况拍照的相当长时间里还得换上高跟鞋，脚底下的高跟鞋一拧一拧的不听话。走得多了，不单两腿又酸又疼，连肩膀都有点疼了。

王伦看小莉走得累，就说：你上来吧，我背你。

小莉靠上去，王伦背得轻松，这可羡煞了旁边的人。附近还有一个拍婚纱照的女人见了，也让他老公背，才背了几步，老公就躺下了，说：不行啦，不行啦，要死人啦。

大家都笑翻了。

不知不觉到了黄昏，好不容易拍完婚纱照了，阿奇说：收工，大家上车。

小莉说：等一下，大家动动手，把河滩上的垃圾都收一下。

大家一看，还真是丢下了些垃圾，就拿了个袋子，把它们都收起来。

稍稍收拾了一下，阿奇说：好了，我们撤吧。

大家都准备走了，小莉说：不是啦，还没收拾干净呢，你看，那边还有。

化妆师小莉说：那些不是我们扔的呀。

小莉笑了，举手之劳嘛，反正我们车上还有袋子，大家一起帮帮忙，很快就好了。

王伦说：是呀，我们把那边也收拾一下，很快的。

好吧。阿奇虽然有些不情愿，可还是去收垃圾了，又叫着，大家快点呀，天快黑了。

两人的照片出来，阿奇打电话给小莉，说效果好极了，准备请他们做店里的模特，这个月底他们有去厦门的拍摄计划，可以免费再加拍一套。

小莉笑死了。特意约上小美和苏杉一起去厦门旅游，小美是一口答应，苏杉禁不住小莉的要求，也同意了。

四十

苏杉看到欣桐刚刚在微信里发了一张在医院的照片，忙打电话给欣桐，问怎么回事。

欣桐哑着嗓子说：我爸刚刚从急救室里出来，现在好些了。

苏杉问：是心脏病又发作了吗？

欣桐点点头，中午送过来的时候挺严重的，送到医院门口脸都乌青了，差点休克。幸亏一个下班的医生路过，医德好，实施了急救。要是他当时不急救的话，恐怕就救不回来了。

苏杉出了一口气，你接下来要好好照顾你爸了。

欣桐说：嗯，我会的。我这段时间都住在家里。

都住家里？苏杉倒有点不好的感觉了，是不是你和苏阳又出什么问题了？

欣桐说：也没什么问题，上次从你那儿回来后，我和小宝就一直住在我自己家里。这样有我妈照顾小宝，我也放心一点。

苏杉问：苏阳呢？

欣桐说：没怎么联系呢，应该还好吧，他有他自己的事情。这次我爸犯病了我也没跟他说。

苏杉说：干吗这样呢？苏阳是医生，有他搭把手总好一点。

欣桐“嗯”了一声，我知道了，需要的时候我会跟他说的。

小莉和王伦叫苏杉出来吃饭，苏杉跟王伦说起欣桐的事，王伦叹了口气。

小莉问：欣桐就是你上次说的李华的前女友吗？

苏杉点点头。

小莉一副担心的神色，她跟他老公也不好吗？

苏杉叹了口气算是默认。也不知接下来该怎么做好。

小莉摇摇头，我真是想不明白，跟李华呢说看不到未来就分开了，那边结婚了家里又闹来闹去，经营个家庭有这么难吗？

苏杉也叹了口气，清官难断家务事，我也说不好该怎么办了。

沉默了一会儿，王伦轻轻地说：你们还记得六耳猕猴的故事吗？

苏杉和小莉静静地看着王伦。

王伦喝了一口茶，说：孙悟空戴上了紧箍咒，保护唐僧去西天取经。但他的内心一直有一种为恶的邪念，时不时就会跳出来。后来，这个心魔渐渐成长，变成了六耳猕猴，也就是人们所说的假孙悟空，也装着要去西天取经。连菩萨都不能分辨。后来的故事你知道了。

小莉说，如来佛祖认出了假孙悟空，把他打死了。

王伦笑笑，其实这是人们善良的想法。真实的情况是，善良的孙悟空不忍心六耳猕猴被打死，就顶了六耳猕猴的罪，被如来打死了。善良会原谅恶念，恶念却不会怜悯善良，人最终无法战胜的，还是自己的心魔。

小莉听得有点愣，觉得这个故事有点颠覆她的世界观。

苏杉叹了口气，是呀，每个人都有自己的心魔，所以宁愿自己受罪，也不愿意放下。

小莉说：你们说得真玄乎呀。我怎么也没想明白，做人简单点不好吗？

王伦笑了，小莉，你简单，所以你快乐。但是简单，有几个可以做得到呢？

小莉歪着头想了想，不知道该怎么回答。

王伦转移了话题，我们还是谈谈去厦门的事吧，苏杉准备得怎么样了？

苏杉说：有什么好准备的，是你们去拍婚纱照，我只是随便去逛逛的。

小莉搂住苏杉的腰，苏杉姐，到时候我们也一起拍张照，怎么可以少得了你呢？

小莉打电话给小美聊一起去厦门的事。

小美在电话里对小莉说：你真要带上苏杉去拍婚纱照？之前是王伦不肯拍，让苏杉催下。现在王伦都拍了，还带苏杉干什么。这也太大度了吧，明知道自己老公喜欢人家还要带上人家去拍婚纱照？！

小莉说：苏杉姐和伦哥看起来像是真要断干净了的样子。我这算是帮伦哥完成一个心愿吧，在他的心完完全全转向我之前，就让他和苏杉姐再最后一次一起度个假。

小美撇撇嘴，没见过比你更傻的了，到时候他们旧情复燃想断断不了，可别说我没提醒过你。

小莉神色有些黯然，苏杉姐会有分寸的，我信她。

小美说：苏杉人是好，这我也知道，但好人不一定办好事。还有你自己也是，也算是善良过分了吧。

小莉说：有什么办法呢，我是真的爱伦哥。

小美叹了口气说：要是他有这么爱你就好了。

小莉沉默了一会儿，许久后才开口，有时候，我会突然觉得我对伦哥的感情就像伦哥对苏杉姐一样，我心疼他，也有很大一部分是在心疼我自己。你知道，我从小到大都大大咧咧的，一直都粗线条粗神经的，很少为谁掉过眼泪。但是每次一想到伦哥，我就特想哭。

小美说：我知道。

小莉说：我是真的心疼他。

小美说：我也知道。但是，谁来心疼你呀？

四十一

早上，“知心爱人”的接送车早早来到了王伦的店门口，王伦一行四人上了车。

这次是“知心爱人”十周年的一个庆祝活动，共有三对佳人幸运地入选免费拍摄的名单，另外还有五对新人是自费要去拍的。每对佳人都有接送车，算是很大型的活动。小莉事先和阿奇沟通过了，苏杉和小美搭顺风车，也加进了自费旅游的队伍。

其中的一对佳人已经五十多岁了，是为了纪念结婚30周年珍珠婚而特意来补拍婚纱照的。丈夫是一名教授，姓杨，大家都叫他“杨老”，看上去风度翩翩，说话嗓音很有磁性。他爱人以前是一名歌唱演员，如今退休了，姓赵，大家都叫“她赵姨”，相当雍容华贵。两个人说话都慢条斯理的，和大家都很谈得来。

车队一路上开开停停，倒也不觉得累。到了傍晚，车子开到了厦门思明区，大家入住了酒店。

阿奇说：大家今天累了，就好好休息，如果有愿意跟我去玩的，就一起去酒吧。

小莉一听就来劲，说：好呀，好呀。等会儿我们过去找你。

安排房间的时候，阿奇把王伦和小莉安排成了一间。

王伦说：我们还没有结婚，不太适合，有没有别的房间可以调换？

阿奇说：这个季节，房间都满了，过来的都是一对对的，这个——

小莉说：没事的，我们就一间好了。

大家洗漱完毕，小莉和王伦过来找苏杉和小美一起去酒吧。

苏杉摇摇头，我有点累了，先休息一下，你们过去吧。

小莉说：不要扫兴嘛，大家难得出来玩，一起去闹闹。

苏杉还是摇摇头，我有点晕车，想早点睡。

王伦说：别为难苏杉了，让她早点休息，我们过去玩吧。

小莉、小美和王伦三个人来找阿奇，已经有两对佳人在那边了，令人想不到的是，杨老和赵姨也在。

小莉笑了，想不到杨老和赵姨还这么有激情。

杨老笑了，人老了，更应该多享受享受生活，再窝在家里，一辈子就窝过去了。

大家都点头。

到了真爱酒吧，差不多是晚上 10 点了，不过这里还是鼓乐喧天，十分热闹。仔细一瞧，才发现正在进行的是闽南的民俗表演。

大家在下面喝酒，欣赏着民俗表演。

民俗表演中间，穿插着自由舞蹈时间。领舞的是一个身材姣好的女生，人很 High，舞蹈很有动感。小莉看了后跃跃欲试，就拉着王伦的胳膊想要一起去。王伦摆摆手，示意不想去。这时，阿奇自己先上去了，小莉见王伦没有动摇的意思，就只好拉了小美一起上去跳舞。

王伦就坐在舞池边上晃着手中的一杯威士忌发呆，也不知盯着哪里出神。

小莉在扭动的人群中间大胆地舞动着，还和阿奇来了段劲爆的贴身热舞，眼睛却时不时往王伦那边瞟。他的心根本就不在这里。小莉突然萎靡下来，低声对旁边的小美说话。

啊？你说什么，听不见！小美在舞池中玩嗨了，见小莉在跟她说话就把耳朵凑了过去。

小莉抬起头，笑着说：没事，我们待会儿把他们都拉上来跳嘛。

小美说：好啊。

到下一支舞曲的时候，小莉和阿奇下来，拉大家一起上去跳舞。王伦想退缩，被小莉一把拉起来。

其实小莉的舞跳得真不错，领舞的把小莉拉到中间，大家跳得都非常开心。

就这样跳跳舞、喝喝酒，一直到晚上 12 点才回酒店。

小莉酒喝得有点多，进了房间，就靠在了王伦身上。

王伦说：你看你，酒不能喝，就不要喝那么多嘛，来，先洗澡再睡觉。

小莉笑笑，我没事的，你就让我靠一会儿，我一会儿就好。

小莉抱着王伦，抱得紧紧的，在王伦耳边说：伦哥，我跟定你了，你不要抛下我呀。

王伦说：好好好，你跟着我，你跟着我，我不会抛下你的，快点去洗澡吧。

小莉笑了，好。

小莉去洗澡了，王伦拉开窗帘，风吹进来，人好像清醒了很多。

王伦靠在窗边，听着浴室里水流喷涌的声音，忽然想起了很多事。

小莉洗澡出来，说：伦哥，现在你去洗澡吧。

丝绸的睡衣轻轻贴在小莉的身上，让她姣好的身材一览无余。王伦觉得心中有一种触动。

王伦洗好了澡出来，看见小莉正坐在床上，眼睛看着他，似乎有一种渴望。

你——她轻轻张了口，空气里顿时弥漫了暧昧的气息。

王伦有些慌乱，说：你早点睡吧，我睡另一边好了。

小莉没想到会是这种情况，忽然之间似乎也有点无措，急急地说：没事的，我们睡一起也没事的。分两头睡感觉不好……毕竟也要是夫妻了啊。

王伦迟疑了下，木木地说：哦，那我们睡吧。

小莉躺下来，感觉王伦有点拘谨，她也有点拘谨起来了。

过了好一会儿没睡着，小莉说：伦哥，你睡着了吗？

王伦说：还没。第一回跟女孩子睡觉，还不习惯。

小莉笑了，我也是。那我们聊聊天吧。

王伦也笑了，说：你也是第一次和女孩子睡啊。

小莉被逗乐了，娇嗔地踢了下王伦，“咯咯”地笑了好一会儿。

又安静下来后，小莉问：伦哥，你以前谈过恋爱吗？

王伦说：嗯，大二的时候谈过，那时候我的室友告诉我有个女生喜欢我，让我别错过机会。当时玩心重，看大家都谈恋爱，我就去追那个女生了。结果感觉很别扭，那个女生好像只喜欢别人送她礼物，却连牵手都舍不得。我就纳闷，看不出一点她喜欢我的地方。所以谈了一个多月就分了。快毕业的时候，大家都说，当初杨莹那么喜欢你，你怎么不去追呀？我才想到我会错了意，原来大家当初讲的是杨莹，而不是那个女生。其实我跟杨莹真的蛮谈得来的，经常一起登山，可惜等意识到这点的时候，已经毕业了。

小莉说：还有吗？

王伦说：后来就没啦。说实在话，今天是我头次和女孩子睡一张床。

小莉笑了，那你和苏杉姐呢？

王伦愣了一下，苏杉——

小莉说：嗯，大家都看得出来你和苏杉姐关系最好。

王伦沉默了一会儿，似乎下定了决心，说：小莉，你是个好女孩，我不想骗你。我想，现在我说出来，应该还来得及。

小莉静静地听着。

王伦坐了起来，深吸了一口气，说：苏杉是我最好哥们儿的妻子。可是其实，在六年前，我就已经喜欢上苏杉了。我知道有这种感觉是不对的，虽然我从来没想过要跟她怎么样，但这种感情，却一直埋在我的心里，到现在也没有改变。苏杉是很想撮合我们，可我觉得，我不能骗你，要不然就是在伤害你呀。

小莉有点尴尬，又有点释然，沉默了一会儿，她说：伦哥，谢谢你对我那么坦诚。其实，你对苏杉姐的感情，我早就已经感觉到了。可我相信你，我也相信苏杉姐，你们都是有分寸的人。恰恰相反，我正是喜欢你这份痴情，我相信，只要我真心待你，总有一天，你的心会到我这边来的。爱一个人，就要包容，不是吗？

小莉的话让王伦有点意外，他看着小莉，半晌才说：这你都不介意吗？

小莉笑了一下，说：说实话，刚开始我发现你对苏杉姐感情的时候，我对自己说，一定要大度，大度才会把伦哥的心抢过来。可后来，我也发现我没那么大度，有时看着你对苏杉姐那么好，我心里也酸酸的呢。可我想，这，可能就是爱的代价吧。伦哥，我爱你。

王伦有些感动，说出了刚刚一番话，他忽然觉得自己轻松了很多。他说：小莉，谢谢你的理解。我也明白苏杉的苦心，也知道我跟她是没有可能的。你给我点时间，让我缓缓，我想，如果我真的接受你了，我一定会对你好的。

小莉握住了王伦的手，轻声呼唤了一声：伦哥。

王伦“嗯”了一声。

小莉说：你是我的第一个男朋友，我希望你是我唯一的男人，可以吗？

王伦有点感动，说：嗯，我们试试吧，希望我可以是那个真正对你负责的男人。

一番推心置腹的谈话，让两个人都轻松了很多。王伦又问：都光说我了，你以前有没有男朋友呀？

小莉笑了，我以前大大咧咧的，他们都说我是男孩子。所以好哥们儿倒有几个，男朋友却没有。这几年老妈老叫我相亲，说我再不淑女就嫁不出去了，我才下决心做些改变的。

王伦说：现在的你挺好的，真的。

放松了，两个人聊得就很开心了，聊着聊着，小莉靠在王伦的肩膀上睡着了。

四十二

第二天早上，王伦打开房间门，看到门口的地上摆放着一个保暖杯，杯上贴着一张小纸条——这是醒酒汤，别像五年前那样喝多了闹笑话，小莉看着呢。

没有署名。

“城在海上，海在城中”，厦门是一座风姿绰约的“海上花园”。岛、礁、岩、寺、花、木相互映衬，海水环绕，沙滩广阔，阳光和煦，空气清新，栖息着成千上万的白鹭，一年四季花木繁盛。

小莉和王伦正看着电视里的宣传片的时候，其他几对佳人都到齐了。阿奇点了下人数，打个响指，“let’s go！”

这次的目的地是环岛路金海滩。一路上，蓝天与大海交相辉映，沙滩与绿地连成一体，空气清新，阳光明媚，真的是很适合拍照的时节。

到了沙滩，阿奇带着一帮工作人员布置了花环、餐桌等道具，而造型师们也忙着帮新人化妆补妆，苏杉和小美也帮着布置场景。然后，阿奇指挥大家玩起了游戏，一对佳人拍的时候，其他的人在旁边撒花。大家以花环和餐桌为道具，载歌载舞。造型师们则忙着用反光板反光、遮光，上下左右、前前后后，整个团队在欢乐中协调配合，阿奇领着几个摄影师从不同角度去拍，气氛非常好。

拍完这段载歌载舞的欢乐之歌，阿奇又带着大家到礁石、木栈道等各个景点。王伦和小莉也完全入了戏，一会儿扮演幸福拥抱，一会儿做可爱的奔跑，一会儿鸳鸯戏水，玩得不亦乐乎，一点都不感觉累。

一阵浪打过来，小莉脚下的沙子一软，小莉顺势倒在了王伦怀里。阿奇说：这个镜头好，吻一下。王伦笑了一下，小莉就迎了上来。两人深情地吻在了一起。

小美在旁边鼓掌，转过头，却发现苏杉在走向木栈道。

小美跑过去，说：苏杉姐，你不看他们拍照了吗？

苏杉点点头，真的很羡慕他们这么恩爱的样子呢。栈道的风景不错，我想看看栈道尽头的风景。

小美说：是呀，看他们那么恩爱，我还吃醋了呢。我陪苏杉姐吧。

两个人沿着木栈道慢慢地走，远处不时有人驾着滑翔翼飞过，也有人踩着滑板冲浪。

小美说：苏杉姐的小说特别好看，我特别喜欢《后宫》中间那段，萧观音用琴声感化女真人的片段。

苏杉笑了，那一段呀，那是王伦提议的，我一开始还没想到把场景放到辽国呢。

小美说：是王伦哥提议的吗？我倒不知道王伦哥有这么好的文学素养呢。

苏杉说：呵呵，你别看王伦又开店又爱爬山的，他看的书可能比我还多呢，有段时间我们两个还比赛谁看书又快又精，王伦看完书总是比我快，分析起书中的内容也都比我精准呢。王伦天生聪明呀。

小美说：这我倒不知道，还真没看出来。

苏杉说：你可能只看他的外表，或者再加看他的空间，其实你如果和王伦多谈谈文学，你会发现他的知识有多渊博，放到古代，他就是个满腹经纶的才子啊。要是没有他，我的《后宫》还不知道在哪里呢。

小美若有所思，也就是说，你写《后宫》的时候，都是王伦在旁边提意见，他又是你的第一读者啦。

苏杉点点头，是呀，有段时间差不多每天在一起呢。

小美说：也就是说王伦哥跟你在一起的时间，比范斌哥还要多很多啦。

苏杉好像忽然意识到了什么，转过头看小美，说：也没有啦，我们就是挺好的朋友。王伦是范斌的铁哥们儿呀。因为我常跟着范斌，范斌又常和王伦混在一块儿我们才会常在一起的。

小美说：我看得出来，王伦哥对你很好。

苏杉说：只是朋友的关心罢了。

小美说：真羡慕你们，哪像小莉那个傻丫头啊，从小性子直，说话又快，所以真正知心的朋友差不多也只有我了，真是让人心疼得紧。

苏杉说：小莉那么善良开朗，今后一定会越来越好的。

小美点点头，说：她就是太善良了。

苏杉听得出小美话中有话。

我们回去吧，小莉那个傻丫头找不到我们会着急的。小美说。

你先去吧，我还想再坐坐。苏杉心里又开始有点乱。

这组婚纱照一直拍到傍晚，大家都很投入，也很辛苦。尤其是工作人员，拿着道具，几对新人之间来回跑，天气又热，到最后一个个累得都喘着大气。

随着阿奇最后一句“收工”，大家都欢呼了起来。总算结束了。

大家正准备回去，却看见小莉匆匆忙忙地跑去一家路边小店，跟小店阿姨说了一下，然后拼命招手，示意大家过去。

大家好奇地走过去，只见小店里已经把几张桌子并在一起，店员陆续摆出了红枣汤。原来刚刚拍照的时候，小莉趁着间隙，跟小店的阿姨订好了红枣汤，只等大家收工时去喝一碗。

小莉说：我百度了一下，这家店的红枣汤很有名的，大家一起尝尝。

大家很开心，纷纷称赞小莉细心。

赵姨笑着说：年轻人这么细心，王伦真是娶到了好老婆呀。

大家都笑了。

喝完了红枣汤，大家上了车，有说有笑回了宾馆。

回到宾馆，已经很迟了，小莉让王伦先洗澡，自己收拾一下琐碎。

王伦进去不到五分钟就出来了，说：换你了。

小莉洗了出来，说：真是有点累呀。

没有听到回应，她一看，王伦已经睡着了。

小莉靠过去抱住了王伦，将脸贴上他的胸膛，沉沉地睡去。

小莉睡的时候，脸上还带着笑。

四十三

婚纱照拍好，小莉和王伦的感情又深了一层。小莉每天都往王伦店里跑，有时也去王伦家里，一口一个“伯母”叫得十分亲热，王伦母亲也很喜欢她。

王伦虽然心里还是有个结，但自从厦门晚上推心置腹的谈心后，对小莉也不是很抗拒了。

有时他想，或许苏杉的安排，也是对的吧。

小莉母亲和王伦母亲碰面，商量起孩子结婚的事，都觉得国庆就是好日子，可以把婚事办了。

她们叫来了王伦和小莉，跟他们说起这件事。

小莉很开心，说：趁热打铁，直接把婚事办了也好。

大家看着王伦，王伦有点犹豫说：国庆会不会太急了点，这都九月了，不知有没有酒店，他们都要提前一年订的。我先问问看。

王伦母亲说：我觉得还是国庆好，日子喜庆，朋友也容易聚，酒席的事我来办。

王伦点点头，先问问看吧。你们也想想备选的日子，十月太赶，我怕酒店订不到。

小莉补上一句，酒店好酒店坏都没关系的，都是一家人了嘛。

小莉母亲说：女大不中留呀，这该是多么着急想搬出去住呀。干脆改口叫“妈”算了。

这一句一出，大家都笑了。

小莉的脸微微红了一点。其实她心里知道自己的话显得有点着急，不过她一向大大咧咧，被人说了倒也不往心里去，还真的顺水推船，朝王伦母亲叫了声“妈”。

王伦母亲忙说：好的好的，乖孩子。

倒是王伦略有些尴尬，不过看母亲这么开心，也只好默认了。

于是结婚的事情就这么定了下来。

苏杉和范斌父母一起吃饭。

范斌母亲问：范斌最近有打电话过来吗？

苏杉说：没有呀，他那边一年到头在沙漠里，手机经常打不通。不过上次他说自己年底回来。

范斌母亲说：是呀，我也好久没有接到他电话了，真有点想他了。唉，当初真不该让他学这个石油地质勘探的，家里条件那么好，偏要去沙漠，活受罪呀。

苏杉觉得婆婆这句话说得好，也难得她说出了自己的心里话。

苏杉说：是呀，我也好担心呀，当初去非洲我就是极力反对的。

范斌母亲叹了口气，看看范斌父亲。

范斌父亲说：也不用太担心了，范斌从小就喜欢去户外，每个人都有自己的梦想不是？一个人一生能够和自己的梦想在一起，该是多么不容易的事情啊。

范斌母亲说：现在想想，是有点苦了苏杉呀，一个人守那么大一间房子，如果当初有个孩子就好了。

苏杉低头吃饭，没说话，心里却是说不出的滋味。

还是有个孩子好。范斌母亲又喃喃着重复了一遍。

范斌父亲突然问：苏杉，我记得你说你有个朋友叫小莉的，是个挺干练的会计。我这边的财务小王的父亲前几天忽然住院了，月底要做账了，你能不能让她来顶几天？

苏杉说：好的，我现在问问看。

苏杉给小莉打了电话，简单说明了下情况，小莉表示没有问题。

苏杉说：小莉说可以的，我明天带她来你公司吧。

苏杉开车接小莉去范斌父亲的公司。小莉容光焕发，一副春风得意的样子。

苏杉笑着问：有什么好事吗？看你这么开心。

小莉脸上止不住的笑意，说：苏杉姐，昨天，两个妈妈商量我和伦哥的婚事。

苏杉奇怪地问：两个妈妈？

小莉说：是呀，昨天我管伯母叫“妈妈”了。她们说让我和伦哥在国庆办结婚酒。

苏杉的手微微颤了一下。

小莉说：可是伦哥却说国庆酒席不一定有，要先问问看。

苏杉说：是呀，现在酒店难订，是要先去问一下。

小莉说：我觉得吧，其实这也不算什么，酒店没有，摆家里也挺好的。伦哥家又不小。

苏杉说：也对，王伦有时就是太婆婆妈妈了。

小莉说：是呀，恋爱就是要敢爱敢恨，伦哥有时真是太婆婆妈妈了，想法特别多。

苏杉不知怎么回答，开了一会儿车，说：真羡慕你。

傍晚，下起了大雨，还打起了雷。苏杉忽然有点想打个电话给范斌。

电话通了。过了好久才有人接，有小孩的哭声。

苏杉说：喂。

是女人的声音，不好意思，孩子在哭呢，你稍等一下呀。

然后是女人安慰小孩的声音，不知什么语言，苏杉也听不懂。苏杉听着声音有点发愣。

过了一会儿，小孩哭声停了。那边说：对不起呀，刚刚孩子在哭。

苏杉说：你是莉娜？

那边是很生涩的汉语，说：是的，是的。是苏杉姐吗？斌哥开车去矿区了，还没回来，可能得几天。

苏杉说：他手机都放你这儿了？

莉娜说：哦，不是的，他手机落家里了。有什么事我可以转告他的。

苏杉说：没什么。

莉娜说：那他回来我让他给你回电话呀。

苏杉挂了电话。愣了一会儿，忽然之间把手机狠狠地砸到床上。

夜深了，苏杉靠在窗边，把脚放平，听窗外的雨声。

雨"窸窸窣窣"地下着，昏黄的灯光下，院子里的梧桐树落了一地的叶。风吹进来，瑟瑟的。

苏杉的耳边一会儿是小孩的哭声，一会儿是小莉的笑声。各种思绪在脑中交汇，纷乱得很。她有种很不安的感觉。

她想写点东西，起来拿了手提，却发现自己一个字也写不出来。

不知为什么，苏杉忽然觉得全身好冷，好害怕，她蜷缩在窗边，忍不住哭了起来。

雨打梧桐，原来就是这样的凄冷呀。

四十四

早上，王伦路过实验小学的时候想顺便去看看苏杉。

到了学校，遇到数学老师，才知道苏杉临时调了课。

王伦打电话给苏杉，打了三个电话，才听到苏杉有气无力的声音，喂——

王伦问：你今天怎么了？是不是身体不舒服？

苏杉说：没什么，可能是昨晚着凉了。

王伦说：看医生了吗？

苏杉说：没事的，我家里有药。

王伦说：不行，我去看看你。

王伦开车到苏杉家，先按了门铃，好一会儿没人开门，就自己开了门进去。

苏杉正从卧室慢慢地移到客厅，看见王伦进来了，就躺倒在沙发上。她的眼睛有点红，脸色发黄，嘴唇干裂。

王伦吓了一跳，过去摸摸苏杉的头，说：怎么这么烫？还说自己有药。我带你去看医生吧，这个样子要打盐水的啦。

苏杉苦笑了一下，看什么医生，反正生不生病也没人在意的，喝点感冒通自己就好了。

王伦一边扶苏杉起来，一边说：胡说，怎么没人在意，没人在意我跑过来干吗？别多想了，来，坐我车去医院吧。

王伦带着苏杉到了医院，医生量了一下体温，说：三十八度多呢，还是打盐水吧，先把体温降下来。

苏杉说：我能不能开点药，回家去吃？

医生说：倒也可以，不过打盐水好得快一点。

王伦说：医生，就打盐水吧，你别听她瞎说。

苏杉躺着打盐水，王伦给她买吃的。

王伦说：你呀，一点都不会照顾自己。发烧了就早点告诉我，我开车一会儿就到了。

苏杉定定地看着王伦，王伦好一会儿才意识到，说：怎么啦？我脸上画花了吗？

苏杉笑笑，没有，比画花好看。

王伦笑了。

这时王伦的手机响了，是小莉的电话。

王伦接了起来，小莉说：晚上一起吃饭，吃完饭我们去看电影吧。

王伦说：不行，苏杉生病了，我在陪她打盐水。

小莉有点意外，说：不会的呀，昨天她接我去她公公公司的时候还好好的呢？怎么说病了就病了，没事的吧。

王伦说：可能昨天晚上着凉了，快39度了呢。

小莉说：你把电话给苏杉姐，我问问看。

王伦把手机交给苏杉，小莉关切地问：苏杉姐，你怎么啦，严不严重呀，要不我去看你吧。

苏杉撑起精神，说：没事的啦，可能吹了点风，王伦小题大作啦。没事的，待会儿我就让王伦回去，你们忙自己的事好了。

小莉说：哦，真不要紧的呀。

苏杉点点头，“嗯”了一声。

手机回到王伦手上，小莉说：苏杉姐说没什么事，伦哥你过来吧，我想你呢。

王伦说：真不行呀，这次发烧比较严重，我先陪她打完盐水。

小莉好像有点生气，苏杉姐自己都说没事了，她那么大个人了，打盐水需要人陪吗？

苏杉在旁边摇手，示意王伦说话注意点儿。

王伦说：下次我陪你吧，好吧。这么说了，我挂了。

手机挂了，苏杉也有点意外，说：你不该跟小莉这么说，她会误会的，你去吧，我这边打完自己就可以回去了。

王伦摇摇头，不行，你身子弱，陪着你我会比较放心。

苏杉摇摇头，拗不过他。

王伦从头到尾就跑出去一趟，给苏杉买了点粥，捧在怀里暖着，带回来给苏杉，说：趁热吃。

苏杉只吃了几口就全吐了出来。不行，我有点晕，吃不下东西。

王伦看着干着急，不吃东西怎么行，你都多久没吃过东西了。

苏杉只是摇头，说不上话。

盐水打了一瓶，王伦给苏杉换上另一瓶。

苏杉缓过劲来，说：王伦，我真觉得你应该去陪小莉的，换作是我，我的男朋友陪另外一个女人打盐水而不来陪自己，我也会不开心的，不，我会恨死那个女人的。苏杉为劝服王伦加重了说话的语气。

王伦说：不会的，小莉不是那么小气的人。再说一开始她就知道我们的关系。

苏杉叹了口气，王伦，我认真跟你说，范斌常常不搭理我，我其实是很在意的。如果让我重新选择，我会选择一个可以和我在一起的人，不需要多么大的梦想和志向，就简简单单，睡觉时候有人抱，吃饭时候有人陪，生病时候可以搭把手，疼我、爱我，把我当成是最重要的人，这就可以了。所以我希望，你也能够这样对小莉。我自己没有得到的，我不想她也得不到。

王伦停下了正在削苹果的手，看着苏杉，过了许久才说：我知道了，你这瓶盐水快打完了，我送你到家门口就去找小莉。

王伦当着苏杉的面打电话给小莉说：你等一下，待会儿我去接你，晚上一起看电影吧。

小莉说：我在医院了呢，你说得那么严重，我也很担心呢。你们在哪个区呀？

王伦和苏杉都有点意外，王伦说：我们就在急诊这里呀，有很多张打盐水的椅子这里。

挂了手机，小莉也已经到了，她看到苏杉，跑过来问：怎么回事呀，苏杉姐，好端端的怎么就发烧了？

苏杉挂了两瓶盐水，精神略好了些，坐起来说：还好啦，我也正说王伦呢，没事把事情说得那么严重，害得你也跑一趟。我真没事的。

苏杉转过头对王伦说：快跟小莉道歉，以后不许把老婆晾一边了。

王伦对小莉说：对不起。

小莉本来是生着闷气来的。这会儿看着苏杉这么为自己说话，王伦又道了歉，气也就消了，说：没事没事，病人要紧，再说也不耽误我们看电影的时间。

苏杉笑了，对王伦说：你看你娶到了多好的媳妇呀，这么通情达理。

小莉听着苏杉嘴里一会儿一个“老婆”，一会儿一个“媳妇”，倒觉得很受用。她看着王伦，心想，要是这话是从伦哥嘴里叫出来，该多好呀。

四十五

看完电影的第二天，小莉约了小美到咖啡馆谈心。

小美说：怎么了，不去和男朋友粘在一起，倒想起约我来喝咖啡了？

你知道苏杉姐病了吗？她昨天在医院挂盐水。

小美听了有些担心，忙说：那我们该去看看她！

小莉说，前天还好好的，昨天就病了。也是，苏杉姐太瘦了，身体本来就不好……你不用担心……伦哥一直在她旁边陪着。

小美张口想说什么，又被小莉打断了。停，我知道你想说什么，小美，其实我今天叫你来，就是这件事，我……我想听听你的意见。

小美看着小莉，像在思索。这时服务员端来了两杯美式咖啡，小美拿起糖包，一边注视着小莉，一边把糖慢慢地倒进咖啡里。她觉得小莉的神色有些不对劲。

小美，你还记得吧，有一次我们两个逛完街，在黑森林酒吧，我问你怎么看苏杉姐和王伦的关系？

记得呀。我不是说你明知山有虎，偏向虎山行嘛……怎么样，现在是不是感到后悔了。我说过嘛，别把自己想得那么伟大，我们都是普通人，哪来那么宽广的胸襟，怎么受得了。小美说着皱起了眉头，不过小莉，你现在都要和王伦结婚了，你现在是要悔婚的意思吗？

不是悔婚啦！小莉说话的语气很严肃，我现在是真的有点担心！

小美安慰她说：你自己说要包容的，现在担心他们俩？小莉，既然王伦现在都和你在一起了，那他就是接受你了，你不要再胡思乱想了。

以前伦哥还没接受我，我当然要包容了，可是我们现在都要结婚了，他要再跟以前那样对苏杉姐……小莉摇摇头，接着说，我发现我还真接受不了。你不知道，昨天下午其实我很生气。

小美说：昨天下午什么事呀。

小莉说：昨天苏杉姐生病去打盐水，他一直守在旁边照顾她。我约他去看电影，他拖了又拖，好不容易才陪我去的。昨天我们在电影院的时候，虽然他表面上看起来很开心，但我感觉得出来，他那都是装出来的，他心里还是惦记着苏杉姐的病！

小美鼓捣着咖啡，也有点鄙夷的神色，想想你说的也有道理，他和苏杉这样，换了谁心里都会不舒服。

那我现在该怎么办呢？即便我嫁给了他，要是他的心不在我这里，叫我怎么开心呢？

小美说：那你爱王伦吗？要是他真的忘不了苏杉，你还愿意和他结婚吗？

我爱他，小莉说，以前我觉得，即便他想着苏杉，但是我相信结婚之后，我会让他看到我的好，他会慢慢忘记苏杉的……可是现在我有点动摇了，我看着他和苏杉姐现在的关系心里很不是滋味！我既做不到自己说的大度，又不能让伦哥和苏杉姐保持距离，这太难受了。

小美想了一下说：我以前就劝你不要挑战这么高难度的，那现在怎么办呢？

说着说着，两个人都静默了。

过了一会儿，小美说：要不你去找苏杉谈一谈吧，你们打开天窗说清楚，或许这样才能结束他们之间的暧昧，对你们都好。

我自己也这样想的，我想今天下午就去找她谈一谈。

两个人从咖啡馆出来，小美先回去了。小莉在路边拦了辆出租车，准备到苏杉家去。

一路上，小莉心里一直很忐忑。她反复琢磨着小美的话：打开天窗。真诚地把想法告诉她，没有什么尴尬的。

苏杉的病来得有点突然，头痛咳嗽发烧。她找人换班，恰好搭档的老师有事，也换不了班。她想到自己是班主任，六年级的学生面临着小升初的压力，让他们自修也不好，只好拖着病去上课。

方校长经过苏杉教室门口的时候，正巧听到苏杉的咳嗽声。他在旁边听了一下。苏杉试图压住咳嗽，可喉咙总是痒，止都止不住，咳得脸都红了。

苏杉让孩子们先自己看会儿书，她出去吃点药。

方校长说：苏杉，要不你请个假吧。这几天都在说流感，教育局刚刚开了会，要生病的孩子都回家去。做老师的也要当心，你还是好好看一下。

苏杉点点头。

苏杉回了家，躺在床上，还是止不住地咳嗽。

咳嗽略歇的时候，苏杉就坐起来，细细地扫视过每个房间。这座房子里的一切都是苏杉当初一点一点设计出来的，哪个位置适合做饭，哪个位置适合看书，哪个位置适合晒太阳，什么样的椅子适合写文章，什么样的躺椅适合晒太阳，她都想得好好的，设计得真是称心如意呀。

只是，这座房子，真的太大太大了。当初怎么就没想到，一个人，应该住一套小一点的房子呢。那样，回音也不会那么大、那么让人孤寂吧。

忽然，门铃响了。这个时候，会是谁呢？

苏杉打开门，看见王伦正提着一锅枸杞粥站在门外。

王伦看了看苏杉，面色还是苍白的。饿了吗？他说着晃了晃手里的粥。

苏杉没有说话，王伦进屋以后，她轻轻地掩上了门。其实那时她正巧饿了，在床上躺了一个下午，正准备点一份外卖来吃的。看着王伦送粥来，她心里很惊喜，但又觉得王伦太贴心，反而有些不安。

不一会儿，王伦进了厨房，从消毒柜里拿出一个碗、一个勺子。东西放在哪儿，他一找就能找到，就像这是自己的家一样。

病情稳定了一点吧？王伦把粥慢慢地盛出来。

苏杉忍住咳嗽，嗯，比昨天好多了。

我看你的样子还是很虚，要不再去医院挂瓶盐水？

不用了，我自己缓缓就会好的。他看着王伦小心翼翼地把粥端到她手上，那粥热气腾腾的，还冒着白烟，好像是刚出锅就马不停蹄地被送来了似的。

哪儿买的粥？苏杉说。

街上刚开了一家粥店，叫“汤司令”。我来看你，正想着给你带点什么吃的好，可巧就路过了这家店。

那粥的味道真的很好，甜而不腻，还混着枸杞淡淡的清香。苏杉很久都没有这么好的胃口了，她的每一个味蕾都像是兴奋起来了，连着喝了好几口。喝着喝着，身体也暖和过来了。

王伦看苏杉穿得很少，就说：要不你躺回床上去吧？我再给你盛一碗？

说着他又把碗从苏杉手里接过去，走到厨房。

苏杉看着他的背影说：你看看你，都快要和小莉结婚了，还老往我这儿跑……这段时间陪陪她比较好。

没事的，她也担心你的病。王伦说。

他又把一碗粥端过来，递到床头。

这回苏杉喝粥的时候，忽然猛地咳嗽起来，她捂着胸口，咳出了眼泪。

王伦急忙把她手里的碗接过来，放到了一边。苏杉还在咳着，王伦看到茶几上有面巾纸，就抽了几张递过去。

剧烈地咳了几声后，苏杉的身子都颤动了。王伦看着她的样子，不自觉地伸出手，想拍拍她的背。只是手刚伸出来，又缩了回去。苏杉又咳起来，他看了很心疼，这才把手搭她肩上，轻轻地拍起来。

苏杉缓过来，看见王伦坐在床头，就往里挪了挪，笑着把他的手从肩上拿下来。

为什么会在这个时候生这样的病呢？以前好像从来没有过呢。苏杉说。

病来如山倒，我看你要不还是住到医院里去吧，一个人在家也没人照顾你。

苏杉说：这几天我躺着，又想到了灵山上的小房子。我想那里比较清静，还想去那里修养一阵子，要不过几天，你来送我一下吧？

这怎么行，到了山上就更冷清了。

就是冷清才好，安安静静的，我的病就好了。

王伦说：那儿太冷，我怕你的身子受不住。

但是在这里，我的心已经受不住了。这里其实也冷清得很。苏杉把枕头翻了一下，身子更仰下去一些。在这里是一个人，在山上也是一个人，有什么分别呢？你还是过几天来帮帮我吧，替我把家里的一点东西搬到那儿去。

好，那我过几天来接你。到了山上，要是有什么事，要第一时间打给我。

王伦忽然看见茶几上有一张碟子，就问她：你在听什么歌？

田馥甄的《魔鬼中的天使》。

王伦把碟子拿起来，放进一边的CD机，播放了起来。

歌词起来了：把太细的神经割掉，会不会比较睡得着？我的心有座灰色的监牢，关着一票黑色念头在吼叫；把太硬的脾气抽掉，会不会比较被明了……

王伦静静地聆听着，思索着这首歌表达的是什么样的感情。

苏杉仿佛看出了他在想什么，说：这首歌写的是一个女生深陷爱情中，明知爱已不在却又无法狠下决心放手的纠结。知道吗？在这首歌里，田馥甄一人分饰天使、魔鬼、男人三个角色，工作人员夸她适合参加万圣节的变装趴。她在MV里穿着一身黑色的衣裳，化妆师还帮她画了蓝色、红色的眼泪……

说着说着，她的眼睛里忽然掉下泪来。

王伦看着苏杉，沉默着突然也有些酸涩，不觉红了眼眶。他忽然靠过去，轻轻搂住了她。

苏杉……你为什么要这样？

在被王伦的肩膀箍住的一刹那，苏杉感觉自己瘦弱的骨架像散了似的，酥软了。她恍惚了片刻，伸出一只手把他狠狠推开！

别这样。苏杉说。

苏杉，我……王伦看着她，渐渐低下了头。我最近很乱。

苏杉愣了，说不出话。

连我自己也想不清楚……我一直想忘了你，可是我克制不住我自己……我觉得自己像在犯罪，上了瘾似的犯罪……

苏杉第一次听到王伦这样颤抖着声音说话，他的脸抽搐着，像个手足无措的孩子。

你走吧。苏杉说，以后不要再来找我。

你说什么？

你以后，还是别再来找我了。

这声音一字字铿锵有力，王伦的心一下子凉了。

苏杉……

这时，小莉的出租车到了苏杉楼下。她怔怔地坐在车里，看着门口停着的那辆熟悉的车，和半掩着的门。

进，还是不进。

师傅，走吧。小莉转过头不再去看，流着泪对的士司机说道。

老师傅从后视镜里望了一眼小莉，边倒车边说：小姑娘有什么想不开的啊？干吗来了又不进去？里面是谁啊？

小莉有气无力地靠着车窗，半晌，才说：我爱的人，和他爱的女人。

老师傅惊讶地"唉"了一声后，欲言又止。沉默了许久后，他叹着气，打开了收音机，某个电台正在放田馥甄的《魔鬼中的天使》。

把太细的神经割掉，会不会比较睡得着？我的心有座灰色的监牢，关着一票黑色念头在吼叫；把太硬的脾气抽掉，会不会比较被明了……

哎，年轻人，我也没有立场让你冲进去捉奸什么的。在等红灯的时候，老师傅突然苦笑道，我自己也是这样的一个罪人，当初跟不喜欢的人结了婚，就赌气去跑的士，长年累月地不回家，天天开着出租车在心上人楼下等着，就只为了见她一面。直到自己家那位出事了，才发现这么些年妻子为我付出了多少，才发现自己做得有多错，但是有什么用呢？晚了，晚了……唉，小姑娘你干什么？！这里是大马路啊……

小莉跳下了车，一路狂奔，哭得上气接不上下气。

小莉没有按门铃，径直推开苏杉家的门，走了进去。意料中，听到了苏杉和王伦的声音从楼上隐隐传来。

她曲曲折折地摸索到了苏杉的房间，站在门口，泣不成声。

王伦——她没有勇气推门，隔着薄薄的一扇门，向里面的人嘶吼。

小莉。苏杉和王伦都被吓了一跳。

王伦赶紧过去拉开了门，迎面就是狠狠的一耳光。

响亮的一声，在空荡荡的房子里回荡。

小莉看向王伦身后，苏杉也正红着眼，躺在床上，枯槁的脸上满是泪水，床头的粥煲还氤氲着白汽。

你，那么爱她？小莉颤抖着声音，一字一顿地说。

苏杉忙说：小莉，你别误会，王伦就是来看看我的病。

小莉打断她，苏杉姐你别说话。

苏杉突然咳了几声，接下来想说的话硬生生卡在了喉咙里。

王伦的手紧紧地攥成拳头，没有回头。

我问你话啊！小莉用力推了王伦一下，自己都踉跄了一步，险些摔倒。

王伦扶住小莉，用同样颤抖的声音说，不会了，再也不会了。

小莉的情绪终于失控了，在王伦怀里痛哭出声。

王伦拍着她的背。再也，不会了。

你保证？保证你们会保持距离？怀里传来小莉闷闷的哭声。

嗯。王伦说。

苏杉缓缓拉起了被子，背过身躺着，强忍着咳嗽说：快带小莉回去吧。

许久过后，清脆的掩门声在背后响起。

苏杉开始剧烈地咳嗽，咳出了泪。

四十六

苏杉开始整夜整夜地失眠，整夜整夜地做噩梦。

她梦到范斌回来了，带着她去爬山，就他们俩。爬着爬着下起了大雨，他们走的小道太偏僻就没找到回去的路，这雨来得太急太猛，四下没有任何落脚点，范斌紧紧拉着她往前跑，像是有什么东西在追赶他们，他的手冰凉冰凉的。

苏杉被雨水打得睁不开眼，断断续续地说：我跑不动了，我们休息会儿吧。

范斌像是没听到，几乎是拖着苏杉奔跑，亡命囚徒似的。

范斌，够了！苏杉吼道，却甩不开他的手，便用力去掰，争执间苏杉突然脚下一滑，整个人向山下掉去。

苏杉——紧紧拉着她的手始终没松开。苏杉抓紧我，别松手！

苏杉哆哆嗦嗦地向下望去，只看见黑黢黢一片。

苏杉别往下看！别怕，我在这儿！

她大口喘着气，雨水如注地灌进她嘴里，拍打在她身上疼得厉害，让她无法完整地喊出“救命”两个字。她颤抖着仰起头，顺着紧握着她的那只手向上望去，雷雨交加间，她看到的竟是王伦的脸。

苏杉被自己的尖叫声惊醒，浑身冷汗。她起来倒了杯水，披了件外套走到阳台。

不能再这样下去了。她喃喃自语。

苏杉看了看表，凌晨三点半。

傍晚的时候，苏杉接到了欣桐的电话。

欣桐说：我在温城大学里进修呢，你过来陪陪我吧。

苏杉有点欣喜，最近她过得浑浑噩噩的，正想找个人说说话，来排解下抑郁。于是连忙说：你过来陪我才对呢。我这几天生病都躺着，哪里能过去找你？

欣桐说：什么病？严重吗？

苏杉说：也不知算不算很严重，就是头痛咳嗽、发烧，好像也不是很严重，却总是好不了，好几天了。

欣桐说：这几天都在说流感呢，你自己注意一点呀。我下了课就去找你呀。

苏杉说：好的好的，你快来吧。正盼着你呢。

到了晚上，欣桐来到苏杉家。一看苏杉的脸，惊讶地说：你脸怎么这么黄？怎么又不好好照顾自己了？

苏杉想了想，说：照顾什么，又不是很严重的病。就是被咳嗽给害惨了。今天还好一点。

欣桐把包放下，说：你妈都没来看你吗？

苏杉说：看过了。她自己也有哮喘，这点小事就不用麻烦她了。

欣桐说：那你婆婆呢？

苏杉苦笑一下，婆婆？我还没跟她说呢，我们平时不常联系的。

欣桐扫视了一下房间，叹了口气，这么大房子，是不适合一个人住。你有没有考虑过把你爸妈接过来住？

苏杉苦笑了一下，是呀，当初我唯独没有考虑到的就是，这么大的房子原来都是给我一个人住的，我一直以为这是一个家，原来它只是一套房子。至于我爸妈……毕竟，这还是公婆家的房子，把他们接过来不合适，而且他们也不会同意的。

欣桐问：那范斌呢？他都没回来吗？

苏杉说：本来说好过年回来，这会儿可能会提前了。王伦要结婚了，请他做伴郎，他同意了。

欣桐看了一下苏杉，王伦要结婚了？

苏杉说：你看我干吗？王伦结婚很正常呀。

欣桐叹了口气，是正常。我记得王伦有三十了。

苏杉说：对呀，我小学都从一年级带到六年级了，王伦可不得有三十了。先别说了，你吃了没有，我给你下碗面吧。

欣桐说：下什么面啊，你坐着吧，我来给你做饭。看你这落魄的样子，看来家里没个男人是不行呀。这会儿就让我当一回你的男人吧。

欣桐做饭的工夫，苏杉问：那你呢？跟苏阳和好了吗？

欣桐说：嗯，还好吧。上次我爸住了院，后来苏阳知道了，连着几天都过来看。我爸出院后，因为我要住我妈家，后来苏阳也过来住了几天，也方便照顾我爸，算是关系好一点了。

苏杉笑了，你看，一日夫妻百日恩，多难的事儿，多给点时间，都是可以缓过劲来的。

欣桐叹了口气，但愿如此吧。我也不想多折腾了。

欣桐就暂时留下来照顾苏杉。

有阳光的下午，两个人就靠在阳台的雕花围栏上，捧着两杯热茶絮叨着。

看，那辆公交。苏杉说。

欣桐朝苏杉示意的方向望过去，那辆黄绿的公交徐徐开动，不时隐到梧桐树荫下，若隐若现，在视线里渐渐变小，最终没入了一个拐弯口。我们当初总是搭那辆的，售票员都混熟了。欣桐想起来什么似的，有些小小的激动。我还记得有一次我们没带够车票钱，她就让我们下次带来。

苏杉说：是啊，我也记得，那个售票员人很好。你知道吗？后来我特地去搭了一次那班车，从起点上车，一直坐到终点。就是从那里，一直穿过那边的街道，然后朝那个方向……苏杉用手指着远处的马路，在空气中比画着。

欣桐笑了。坐了这么久的车，我都不知道它的起点在哪里，终点又在哪里。欣桐说着低下了头。就像现在，我已经记不清楚我当初是怎么跟他开始的，以后又会怎么样，但，又能怎么样呢？

苏杉说：随遇而安吧，就这样，也挺好的。

欣桐说：看看我们现在，有什么好的，也不知道你这点乐观是从哪个牙缝里挤出来的。

苏杉沉默了一会儿，说：那班公交不再是原来那个售票员了。

欣桐一愣，那个阿姨怎么了吗?

苏杉说：我不知道，也没问。问了又能怎么样呢？你说是吧?

欣桐轻轻撞了苏杉的肩膀，笑着说：反将我一军，你挺厉害啊。

苏杉也笑了。

欣桐在温城待了五天，临行前，欣桐叫上王伦去她们原来的母校看看。

温城专科的风景还是没有大变，南北大道夹道的梧桐树长得依然茂盛，体育场边上的青竹依然挺拔，有几杈还俯下身来，想用它清凉凉的叶片撩拨在它前边伸展开去的径地。

王伦和苏杉相见的时候，看上去淡淡的，两人都刻意保持着隐隐约约的距离。欣桐察觉到了，但一想到王伦也是快要结婚的人了，似乎明白了个大概，就没有再过问。

再往里走，就看到古松了。

王伦轻轻开口，像是怕惊扰了这棵古树。这棵古松多奇怪呀。中间裂开了，这样斜着，居然也可以长得这么茂盛。

欣桐定定地看着古松。

苏杉叹了口气，我知道你在想什么。

欣桐说：是呀，我记得那时我跟你说过的。我回丽城前一天，李华就是在这里说，这棵古松，据说遭过雷劈，于是从中间裂开，但它没有倒下，依旧长得葱绿。他说，但愿我们的爱能像这古松那么顽强就好了。

苏杉说：哪里有什么爱会像它那么顽强呀。

王伦一怔，转头看着苏杉。

苏杉摆摆手，不说这些伤感的了，我们拍张照吧，算是回母校的纪念。

欣桐说：对啊，是该留个纪念什么的。来，王伦，帮我们拍张照吧。

苏杉和欣桐挽着手臂，露出一个笑脸。

苏杉也没有再去音乐书吧了，以前放学后总是会路过书吧，去坐上那么一会儿。现在苏杉会特意绕远路，能尽量避开书吧则避开。

苏杉不想再去招惹些无端也无果的纠缠，就连路过也不想，她现在甚至已经没有多少勇气和力气去直视那家店面了。

店员们发现最近王伦来店里的次数变多了，常常是拿一壶茶坐在靠玻璃窗的地方，一坐就是一整天，有时看着外面发呆，有时翻翻书。店里有什么要紧事，经常要叫好几声他才回过神来。

李锐来音乐书吧借书的时候，王伦刚好在书架边放书。

李锐之前几次来书吧都没找到王伦，这次看到他一阵惊喜，兴冲冲地跑过去喊了一声：王老师好。

王伦问：是不是又拿了什么奖，这么高兴？

李锐在书包里翻了半天，把自己最近刚写的文章掏出来给王伦看，说：王老师你帮我改改这篇作文吧，最近苏老师身体不太好，我担心她累着就没敢拿去给她看。

王伦站在原地，想了许久，才伸手去接。

李锐问：王老师最近怎么都没到学校去看看呀？

王伦一愣，说：以后，就不用叫“王老师”了，我……本就不是你们的老师，就叫“王叔叔”吧。

李锐是个敏感的孩子，感觉到了王伦语气里若有若无的抵触。哦……王叔叔。他的神色有些失望。

王伦走过来摸了摸他的头，最近太忙，就没空去看你们了。你要看什么书只管过来问叔叔借，苏老师没空帮你改作文，就过来找我。

李锐看着他说：嗯嗯，谢谢王叔叔……那……那你不问问苏老师的情况吗？以前我来这儿的时候你总要问苏老师最近怎么样的。

王伦没说话，把还回来的书摆好，看着书架，像在对自己说，又像在对李锐说。就这样吧，挺好的。

李锐想了想，还是忍不住说：苏老师病了这么久都没好，越来越消瘦，都这样了还这么拼，我们都不知道该拿她怎么办才好，王老……王叔叔您劝劝她吧。

王伦的身子颤了一下。

李锐见王伦没说话，失落地瘪瘪嘴，拿起刚借的书说：那王叔叔我先走了哦。

王伦僵硬地转过头，看着李锐走出店门，张了张口，最后还是没喊住他。

四十七

实验小学举行期中考试，六年级学生慕辰因为作弊被监考老师李梅抓到，李梅在他试卷上写了个“0”，没收了试卷。

慕辰叫着，你凭什么收我的试卷？我又没有作弊。

李梅说：作没作弊我眼睛看得清楚，你当我是瞎子吗？

慕辰尝试夺回试卷，李梅说：要试卷，叫你爸妈过来说清楚再拿。

苏杉是巡视员，看到了，赶紧叫慕辰出来。

苏杉说：有事情向政教处反映，不要在这里影响考试。

慕辰盯着苏杉，又转向李梅，瞪了会儿，气冲冲地走了。

下一场监考的时候，楼下忽然传来尖叫声，死人啦，死人啦。

一帮人急忙跑出去看，有个人眼尖，叫着，是慕辰，慕辰死啦，慕辰死啦。

苏杉和李梅赶紧跑下去，只见慕辰的头歪在花坛边，满地的鲜血，人还在抽搐着。

苏杉叫着，赶紧救人呀。

已经有男教师冲过去扶起了慕辰，这边又有人打电话给120。

一团慌乱。

叶校长急匆匆赶来，慕辰的家长也收到了讯息，急忙赶来。

慕辰的血流了一地，慕辰妈妈抱着慕辰，叫着，阿辰，阿辰，你醒醒呀。

慕辰爸爸叫着，救护车呢？怎么还没到？

有老师说：已经打了，马上就要到了。

外面的路很堵，好不容易救护车到了，大家赶紧把慕辰抬上车，可是，在车上的时候，医生就摇了摇头，说：瞳孔已经散开了，人已经不行了，准备后事吧。

慕辰妈妈绝望地叫着，医生，你再试试，到医院再试试！

医生说：不行了，准备后事吧。

哭声抢地。

这边学校里，慕辰的亲戚朋友已经聚集，在学校大吵大闹，是谁逼死了孩子，是谁逼死了孩子。

忽然有人叫起来，刚刚一个孩子说了，是一个叫李梅的老师逼死孩子的，找她说话。

李梅和苏杉在一起，她在三楼已经吓得直打哆嗦了。眼看着一群人冲上来，苏杉说：你快点跑，我在这儿顶一下。

家属冲上来，李梅赶紧往上跑。苏杉站出来，说：大家有话好好说，有话好好说，我们已经报警了，等警察来调查。

有人大叫，李梅往楼上跑了。

苏杉伸出手拦，一个光头男直接推倒了苏杉，叫着，我们找凶手。大家涌上去，苏杉被忙乱的人流踩了两脚，痛得呻吟起来。

这边，一群人已经冲上了楼，两边把李梅堵死了。众人叫着，杀人偿命，杀人偿命。

忽然之间，李梅从楼上跳了下来。

苏杉刚刚挣扎着爬起来，李梅的身子从苏杉的眼前经过，掉到地上，发出“砰”的一声。

苏杉“啊——”的一声尖叫出来，惊恐把她整个人都攥住了，她整个瘫倒在栏杆边。

这边，警察赶到，看到李梅的身体还在抽搐，赶紧打电话叫医生。那边有警察叫着，杀人的别走。

那些亲戚朋友赶紧四下逃跑，有些还是被警察堵住了。

实验小学乱成一团。

早已经有人跑到王伦那里，说：实验小学出事了，苏杉被人打了。

王伦一听，来不及多想就冲了出去，一路快跑冲到了学校。学校里人很多、很乱，俨然灾难现场的模样。王伦叫着，苏杉，苏杉。

有个人说：苏老师在三楼。

王伦急忙冲上三楼，看见苏杉缩在角落里，头发也乱了，衣服上还有被踩的脚印，浑身直打哆嗦。王伦赶紧冲过去，抱住苏杉。苏杉抱紧了王伦，这才大声哭出来，王伦——

王伦拍着苏杉的背，说：没事的，没事的。别怕，有我呢，我在这儿。

苏杉像是抓住了救命稻草，大哭着。

王伦说：我背你，先回家。

苏杉慌乱地点点头。

苏杉一直在抽泣。王伦背着苏杉，到了一楼，准备出校门的时候，警察说：你不能带她走，她是人证。

王伦说：她受了惊吓，这会儿还不能问出什么。我店就在门口，待会儿你们忙完这边的事，到我店里叫我们就是了。

警察看看一团糟的场面，说：好吧，待会儿需要你们作证的时候叫你们。

四十八

王伦给苏杉烧了点姜茶，说：发发汗，会好一点。

苏杉情绪已经平稳了一点，她点点头，握紧了茶杯，喝了一口。

王伦说：你先在我这里睡一下，好好放松。

说着，王伦要往外走。

苏杉说：王伦……

王伦停下了脚步。

苏杉似是想到了什么，欲语还休。没事……你忙去吧。

王伦静静地看着苏杉，觉得很心疼。我也没什么事，就在这儿陪你一会儿吧，就一会儿，你睡着我就走。

苏杉觉得他这是在自欺欺人，却又不得不软下心来。好，就一会儿，我待会儿就走。

王伦说：去哪？家还是学校？

苏杉没有回答，她知道王伦是想再送她一程。待会儿你就去忙吧，走出这里后，就别找我了。

王伦沉默了一会儿，说：好。

苏杉迷迷糊糊地睡着了。

王伦一直在旁边守着，握着她的手没松开过。

小莉下了班，来王伦的音乐书吧。店里的服务员都在讨论实验小学的跳楼事件。

小莉问：我也听说了，后来怎么样了？

一个服务员说：不知道呀，听说小孩死了，老师还在抢救。

另一个说：这下实验小学可闹翻天了，我在这里待了七年，还是头一回看到实验小学出这么大的事儿。

小莉说：哦，伦哥呢，他在哪里？

几个服务员相互看了一眼，好像不知道该怎么说。

小莉有点奇怪，怎么啦？

员工阿力说：小莉，你先坐一下，我打个电话问问老板在不在。

他打了王伦的手机，手机关机。

他说：要不小莉，你先坐着，我去找找老板。

小莉说：不用了，老板在不在店里，你们怎么会不知道？我上去看看。

几个员工面面相觑。

小莉上了楼，王伦的休息室门关着。小莉想去推门，忽然想到什么，又下了楼。

阿力，实验小学出了那么大的事儿，苏杉姐呢……小莉话还没问完，看到一个穿警察制服的人推门而入。

进来的警察问：苏老师在吗？我们是来调查取证的。

阿力说：哦，我去问问老板呀。

他上了楼，敲门，喊着，老板，警察来找苏老师取证。

门没开，他又喊了几遍。

过了好一会儿，王伦来开了门，下了楼，对警察说：苏杉受了惊吓，能不能就在上面问一下好了？

警察说：好的，我们就做个笔录，不一定要去警局的。

王伦带着警察上了楼，没有注意到在旁边的小莉。

警察进了房间，苏杉已经坐起来了，警察刚进去，她就急着问：李梅怎么样了？她怎么样了？

警察说：还在抢救中。我们是来问问题的。

小莉站在楼下，有点愣。好像上去也不是，走也不是。

一个女服务员给她倒了杯水，说：小莉，你别多想。老板和苏老师就是非常好的朋友，刚刚苏老师受了惊吓，老板可能是在上面陪她。

小莉笑了一下，脸有点僵。说：嗯，我知道的。我不会多想的，换谁，学校里出这么大的事，都会有情绪波动的。我先走了。

小莉到小美家，忽然哭了起来。

小美说：怎么啦？怎么啦？

小莉抽泣着，我不知道自己算是未婚妻，还是第三者。

小美拍拍小莉的背，傻孩子，出什么事了？

小莉说：刚刚我在伦哥的店里，听他们说起实验小学的事，我问他们伦哥在哪里，他们的眼神好奇怪。伦哥明明就在楼上，他们却不说。后来警察来调查，我才知道苏杉姐也在伦哥楼上，伦哥跟他们说话的时候，根本就没注意到我。我觉得自己在那里纯粹是个多余的人。上次在苏杉姐家里，他们向我保证了要保持距离的……

小美说：先喝茶，先喝茶，这事我们原先就说过很多次的，总有个过程。不过苏杉在王伦楼上也是很正常的事，或许没有你想的那么复杂。

小莉说：我知道他们之间没什么事。可是我还是很害怕，刚才我都没敢敲门进去。

小美说：这是你自己选择的。你现在想清楚还来得及，你说怎么办？

小莉说：我不知道，我不知道，要是苏杉姐不在就好了。

苏杉叫来母亲，王伦送苏杉母女回家。一路上，苏杉母亲不停念叨着，好好的学校，怎么会出这样的事呀。

苏杉想起李梅从她眼前落下的样子，就止不住地落泪。

回了家，苏杉就躺下了。可能是受惊过度的原因，当天晚上就发起烧来。

实验小学紧急放假，大家约苏杉一起去看李梅。苏杉母亲看苏杉躺在床上虚弱的样子，本来想回了的。苏杉自己却不肯，一定要看到李梅才安心。

王伦过来看苏杉，听到苏杉要去看李梅，就说：我载你去吧。

苏杉点点头，到房间里换衣服的时候，手机却响了。苏杉一看，是小美的，她没多想，就接了起来。

小美在电话那头说：苏杉姐，今天你还好吧。

苏杉有点奇怪，小美一向很少给她电话的。她说：还可以。

小美听出苏杉的声音有点沙哑，轻飘飘的，就说：哦，你身体不好，好好休息吧。我过几天再打给你。

苏杉虽然虚弱，还是比较敏感的，说：怎么了，你有事直说，不碍事。

小美缓了一下，说：也没事，就是小莉昨天来我家哭了一个晚上，我左思右想，觉得还是给你打个电话好一些。

苏杉猜到了什么，说：嗯，我知道的，小美，谢谢你提醒我。

挂了电话，苏杉又在同事微信群里喊，谁可以来带她。马上就有个叫华梅的同事说她们几个人已经在路上了，可以经过她家。

苏杉开了门，说：王伦，我跟几个女同事约好了，她们过来一起带我过去，谢谢你了。你先回去吧，我没事了。

王伦看着苏杉，还是有点不放心，说：真的没事了吗？

苏杉点点头，没事了。你回去吧，快结婚了，这段时间应该有很多东西要准备的，多陪陪小莉。

王伦点点头。

同事的车到门口了，苏杉母亲陪着苏杉一起下去。苏杉进了同事的车，跟王伦挥手，说：回去吧，谢谢你来看我。

关了车门，苏杉一下子软倒在车里。华梅忙说：苏杉你身体这么不好吗？要不你在家休息，不用去了。

苏杉摇摇头，没事的，我想看看李梅。

车子到了医院，医生说李梅现在没有生命危险了，但还是很虚弱，大家看看就可以了，不要多说话。

大家点点头。进了李梅的病房，看到李梅身上绑着绷带，脸上戴着氧气罩，苏杉又不由地落下泪来。

四十九

实验小学的事闹了半个月，才算渐渐平息了。最后学校象征性地给了慕辰家两万块抚恤金，李梅出了院，在家休养了半年。

王伦订好了结婚日期，打电话给范斌，邀请他回来当伴郎。

范斌也想家了。他以前也外出，但从来没有像这一次那么长。他一口应承了下来。

飞机到机场的时候，范斌母亲和苏杉一起去了机场接。苏杉原以为范斌这会儿会很消瘦，想不到从机场里出来的，是一个比以前胖了好多的男人。

范斌的气色很好，人也精神多了。苏杉接过行李，说：怎么回事呀，我还以为你成了非洲难民呢？怎么比以前还精神很多。

范斌母亲也说奇怪，怎么身体比以前还壮了。

范斌笑了，那边生活简单，就是干活，啥都不用想。停了一会儿，他说：莉娜也照顾得好。

苏杉推着行李的脚步停了一下，莉娜——

范斌略有点尴尬，说：是我的女秘书，那边酋长的妹妹。

苏杉没有多问，范斌母亲说：有人照顾就好，身体好我就什么都放心了。

上了车，范斌母亲连着问非洲那边的情况，范斌侃侃而谈，说得很开心。

苏杉开着车，静静地听着。

回了家，范斌全家都到齐了，给范斌接风。虽然只是家庭聚餐，但在范家，大家都忙，能够全家聚齐，也算很隆重了。

考虑到范斌旅途劳顿，吃完了饭，范斌母亲就让苏杉和范斌先回去。

回了家，苏杉说：你先洗个澡吧，把衣服脱下来，我帮你洗洗，还带着非洲草原的气息呢。

范斌笑了，其实那边多半是沙漠，要是草原就好了。我还不是太累，你也开了一天的车了，先洗澡好了，衣服我来洗。

苏杉摇摇头，没事，跟我客气干什么呀。

范斌笑了，他把行李安置好，脱了衣服，先去洗澡了。

洗完澡，范斌出来，苏杉和他聊起非洲的事。范斌说起了非洲大漠的风光，说起了马里的风俗习惯，说起了公司的经营状况，总体而言，都比较如意。

范斌还说到了他的搭档，特拉奥雷，他说特拉奥雷可有趣啦，特别喜欢骑骆驼一个人在沙漠里跑，有时沙尘暴来了也不管，只有他的小老婆可以叫住他。

苏杉问：小老婆？

范斌笑了，是呀，马里实行伊斯兰教法，一夫四妻。特拉奥雷是当地酋长，以身作则，只娶了四个老婆。当地还有些人，都有六七个老婆。

苏杉说：你很羡慕是吗？

范斌挠挠头说：也没有啦。

苏杉正色说：你还记得我们正式恋爱前我说的话吗？

范斌问：哪句。

苏杉说：愿得一心人，白首不相离。

范斌的眼神闪了一下。

苏杉说：我不管你那边有没有什么特殊的原因，但如果你有了别的女人，一定要告诉我。我不会哭哭啼啼打打闹闹，但我也绝不会原谅。

范斌张张口，似乎想说什么，却终于没有说。

两人沉默了一会儿。

在范斌来之前，苏杉原本是想问问莉娜的情况，不知为什么，她没有问。范斌也没有说。

过了一会儿，范斌到阳台独自抽了会儿烟。回来的时候，他看到桌上有一本苏杉的《后宫》，拿过来翻了翻，说：你那么喜欢写文章，如今终于修成正果了。可惜我在非洲，也没出上什么力。

苏杉笑了，写文章的事，别人也帮不上什么忙呀。

范斌笑笑，是呀，这种事，也像高山流水一样，要有机缘，才有知音。

范斌又问了一些苏杉别后的情况。

这天晚上，苏杉来例假，范斌知道了，对苏杉也很温柔。没有别的话。

苏杉原以为，隔了这么久，夫妻重聚，她应该会很激动。想不到结果却是这么客客气气地交流，她隐隐地感觉有什么地方不对劲，却又说不上来。

真是“相敬如宾”呀！

第二天，范斌就陪王伦去试衣，准备各种琐碎的事情了。一帮兄弟聚会，倒是很开心，闲谈了很多别后的事情。

只是当范斌问起新娘子的事情时，王伦却似乎兴致不高，转个话题又说起登山的往事了。

范斌开玩笑说：是不是还没过够单身的日子呀。

王伦说：没有啦。可能是觉得太快，还没做好准备吧。

范斌说：有时候就是靠感觉的，我跟苏杉从认识到结婚，也就一年不到的时间。

王伦显出很怅惘的样子，感叹说：是呀，为什么都那么快呢。

范斌似乎想到了什么，说：是呀，日子过得好快，可不转眼就六年过去了。现在苏杉小学一届学生都带到头了。

王伦笑笑，说：当时你和苏杉是两情相悦，我这边可是真的还没做好准备。

范斌问：怎么啦，小莉不好吗？

王伦摇摇头，小莉是很好，我是说，我可能心理上还没做好准备。

旁边的大海说：等你都做好准备，黄花菜也凉了。什么事情哪有都做好准备的呀。

范斌说：是呀，其实我结婚那会儿，也不能说都做好准备了。

王伦看着范斌。范斌苦笑了一下。

晚上，范斌和苏杉聊起白天的谈话，忽然对苏杉说：你真的希望王伦结婚吗?

苏杉以为范斌觉察到了什么，有点紧张，问：怎么啦?

范斌停了一会儿，说：没什么。

王伦因为前段时间实验小学的事，没有太顾得上自己的婚礼。有几次小莉叫他，他都没时间陪她。眼看着婚礼就要到了，小莉有点儿坐立不安。

好在王伦母亲非常喜欢小莉。整个婚事的流程安排，基本上是王伦母亲在操持。

小莉从小过着假小子的生活，对女孩子家喜欢的玩意儿认识得比较晚，但也想圆一个公主梦。所以她希望婚礼现场可以布置得梦幻些，什么蕾丝、蝴蝶结和小皇冠，一样不落最好。

王伦母亲带着小莉找了婚庆公司，百般嘱咐要给小莉一个满意的婚礼。

小莉看到未来的婆婆对自己那么好，心情也稍稍开心了一点。

小美说：还是爱情最能改变人，一向大大咧咧的小莉，现在倒是越来越像个小女人。

小莉笑了。

王伦和小莉举行了很盛大的婚礼。

苏杉坐在下面，正好在王伦正前方。

交换戒指的时候，王伦眼睛红了，握着小莉的手，戒指却怎么套都套不上去。

下面微微起了骚动。

苏杉偷偷换了位置，坐到了角落。

伦哥。小莉轻轻唤了声，另一只手覆上王伦微微颤抖的手。

王伦深吸了一口气，终于为小莉戴上了戒指。

新娘新郎下来敬酒的时候，有人起哄，想不到一直没怎么耍朋友的王伦竟是个情种，结个婚新娘还没哭新郎倒是先哭了。

范斌说：王伦一直就是个专情的人啊。

大家见范斌帮王伦说话，就又开起了范斌的玩笑。当初范斌结婚的时候王伦可够哥们儿的啊，把婚礼弄得热热闹闹的，现在看范斌怎么做咯。

范斌笑了，你们要看什么尽管说，我亲自上去演给你们看。

大家又都笑成了一片。

王伦一桌一桌走下来，每一桌的人都仔仔细细看过，却没有发现苏杉。

婚礼后，小莉对小美说：他替我戴戒指的那一刻我是真的怕，怕他就这么抛下我跑了。

小美握紧了小莉的手，既然都已经结婚了，就不要想这么多了，以后你们就好好过日子。

小美是伴娘，台下的人她看得一清二楚。她看到苏杉当时就坐在王伦前面，那时的苏杉竟也红了眼。

五十

王伦婚礼上，苏杉提前走了，连范斌都没通知一下，徒步走了出去。

夜风很凉，尤其是中间要经过一段新建的高楼群，穿堂而过的风“呼呼”地响，吹乱了她的头发。

苏杉抬头看看周围的高楼大厦，似乎忽然间发现，原来六年间，温城不知不觉间竟多出了很多建筑。

苏杉苦笑了一下，她在文中勾勒了很多世界，唯独忘了，原来自己生活的小城，竟也发生了这么多的变化。

苏杉走到江心公园，靠在江边，吹风。一片枯黄的树叶悄无声息地滑落在肩头，她伸手接过，细看叶子的脉络，忽然觉得眼睛有点涩。

婚礼上，范斌表现得很活跃，场面也很热闹。八点多，客人们基本都散场了，只剩下最后一桌朋友桌，几个老驴友还不肯放过王伦，也被范斌一一挡了回来。

小美一直在注意苏杉，她看到苏杉走了出去。过了很久，她趁着婚礼间隙出去透透气的时候，发现苏杉的车还停在外面，苏杉也没有回来。她隐隐觉得今晚的苏杉会有事。

等到朋友桌终于要散场的时候，小美对范斌说：今天你这个伴郎可真是尽职呀。

范斌笑，你这个伴娘也不错。

小美说：跟你说正经的，苏杉姐出去了一个多小时，我看着她走出去的，车子也没开。你去找找她吧。

范斌“哦”了一声，打了个电话给苏杉，电话通了，《魔鬼中的天使》唱了很久，苏杉却没接。

范斌说：我出去找找，这边交给你了。

小美说：放心去吧，这边也散场了。

范斌想着苏杉没有开车，应该走不远，就把酒店附近的地方都找了一下，没有找到，就又打了电话，电话还是没人接听。这回范斌真有点着急起来，他想了一下，苏杉娘家离这里不是很远，会不会走回家了。就打电话给丈母娘。苏杉母亲接起了电话。

范斌问：姆妈，苏杉有回家吗？

苏杉母亲有点奇怪，说：今天不是王伦的结婚酒吗？苏杉不是应该跟你在一起吗？有什么事吗？

范斌说：哦，没事的，我是伴郎，事多一点，可能苏杉先回去了。我再给她打个电话。

挂了电话，苏杉母亲觉得有点奇怪，就打电话给苏杉。歌声唱了会儿，苏杉接了起来。

苏杉母亲问：杉杉，你去哪儿了，范斌打电话找你。

电话那头，苏杉“哦”了一声，说：我出来了一下，没事的，姆妈。我待会儿给阿斌打个电话。

苏杉母亲说：好的，别让阿斌到处找，出去说一声。还有，你这个铃声不好听，听着感觉晦气，换首歌吧。

苏杉“哦”了一声。

这边电话刚挂，范斌的电话又打过来了。苏杉接了起来，范斌的语气有点着急，问：苏杉，你去哪里了？我怎么都找不到你。

苏杉说：我没事的，在江心公园吹风呢。

范斌说：哦，那我开车去接你呀。你的车还在酒店呢。

苏杉说：你不喝酒了吗？不要开车了。酒后不驾车。

范斌说：好的，我叫个代驾过去，你等下我。

范斌叫了个代驾。江心公园虽然走着比较远，车子倒是一会儿就到了。

范斌进了公园，却没有看到苏杉。他到处找苏杉，很着急。

其实范斌一进公园，苏杉就看到了。她看着范斌东找找，西找找，不知为什么，却没有出声。

奇怪的是，苏杉发现自己竟然没有想象中的感动。

直到范斌又打了两个电话，苏杉才走出来，叫了声，阿斌，我在这里。

范斌看到苏杉的时候，苏杉已经吹了好久的风，头发有点散开了，在夜灯的映照下，显得格外憔悴，一点不像刚吃完结婚酒的样子。

范斌看着苏杉的眼。苏杉转移了视线，说：干吗这么看我呀。

范斌叹了口气，说：你刚刚哭过了。

苏杉说：没有呀，怎么会呢？可能是被风吹的吧。

范斌"嗯"了一声，说：我们回家吧。这里风大，吹这么久，该感冒了。

范斌非洲的公司业务忙，王伦婚礼过后三天，范斌又要走了。范斌跟苏杉说的时候，苏杉却没有怎么留他，范斌意味深长地看了一眼苏杉。

范斌又去了非洲。也是苏杉送的。

这次范斌在家待了七天，苏杉和范斌没有吵过一次架，一直客客气气的，真应了“相敬如宾”的古语。

送走范斌后，苏杉直接回了家。几天来压抑的情绪，好像一下子放开了。

这回剩下苏杉一个人了。忽然之间她觉得很寂寞、很难受。有种突如其来的情绪袭扰了她，让她难以自拔。

电灯又坏了。以往这个时候，她都会叫王伦来修的。可这会儿不行，她不想叫、不敢叫。

她一遍又一遍地听《魔鬼中的天使》，忽然感到极度的难受。

她第一次喝了酒，喝得烂醉，喝的时候，喃喃地念着王伦的名字。

第二天苏杉没有去上班。值日老师打她电话她不接，就打到了王伦手机上。

听完值日老师反映的情况，王伦心里一紧。我马上联系下她看看，有消息我就通知你。挂完电话，王伦就去通话记录里面找苏杉的号码，他知道苏杉从不旷课的。

翻了整整两页，王伦都没有见到“苏杉”两个字。

王伦这才想起来，他们已经好久没有联系过了。

找到苏杉号码后却没打通，打家里电话又没人接，王伦有些紧张，准备去苏杉家看看。

发动了车子后，耳畔突然响起一句“走出去后，就别找我了”，像一声春雷兀地把他给惊醒了。王伦手中的动作停下了。苏杉说这句话时的场景历历在目。

去，不去。

王伦快崩溃了，发泄般用力捶了下方向盘，车子受伤了似的一个劲儿响。他抬头，突然瞥见了挂在车里的那只公仔，白胖的娃娃，笑眯眯的样子既纯真又温暖。

他想起了第一次献血的时候，苏杉站在身边，不停地鼓励和安慰他。具体说了什么王伦记不起来了，但他仍旧清晰地记得苏杉掌心的温度，和她掌心传来的力量，清清楚楚，似乎现在指尖还尚存着她的温暖。

王伦猛地一转方向盘，车子向苏杉家驶去。

王伦赶到时，发现苏杉躺在地上，一地的狼藉。

王伦帮苏杉清理房间，又把苏杉扶上床。苏杉忽然开始尖叫，王伦紧紧抱住了她。苏杉，苏杉，别怕，我在这儿。

苏杉在王伦怀里渐渐安静下来。

王伦抱着她，红了眼。

苏杉在睡梦中念念有词。不要离开我，不要离开我。

苏杉醒来，一股浓重的负罪感袭上她的心头。

她有些神经质地对王伦说：你快走，以后不要再来了。说完把头埋进了被子里。

王伦看着她，看了好久。说：我知道了。

走到门口的时候，王伦说：我不在，你要好好照顾自己。

随着楼下传来清晰的阖门声，苏杉咬着被子绷得笔直的身体终于有些放松了，她渐渐地哭出了声。

苏杉在床上躺了很久，呆呆地望着空荡荡的天花板，直到天黑。

最后拨了欣桐的电话。

欣桐默默听完苏杉的倾诉，过了好久，她说：其实王伦喜欢你，很早我就知道了。只是那个时候你已经是范斌的女朋友了，我们都没再提起。

苏杉没有说话，强忍着要夺眶而出的泪水。

欣桐接着说：当初范斌说，其实苏杉跟王伦挺配的，你还记得吗？你们确实是挺配的。你结婚的时候，王伦说他觉得《那些年，我们一起追的女孩》里面最美的画面就是柯景腾看着沈佳宜结婚的时候，你还记得吗？他说因为那时候的沈佳宜很幸福、很美，跟那时候的你一样。

苏杉的眼泪终于砸在了电话上。

电话那端的欣桐接着说：后来他喝醉了，你让我送他回家，那一路上，我知道，他喊的都是你的名字。

苏杉哭了好久。

五十一

小莉早早规划好了蜜月的行程，王伦却不是很热心，只是说，店里的事多，先缓几天再去。

小莉看着王伦郁郁寡欢的样子，心里有点不满，嘴上却说，好的，都听伦哥的，来日方长，我们有的是时间。

苏杉放学回家，发现王伦正站在书吧门口，脸消瘦了许多，有点不忍心。她朝王伦笑了一下。

王伦走过来，说：这几天你过得还好吗？

苏杉点点头，还好吧。

王伦说：我们去喝杯茶吧。

苏杉说：不了，我还有事。她转念一想，又说：你别多想，我是真的有事。

王伦说：嗯，好的，那下次吧。

苏杉刚想走，转身又说：你对小莉好点。她是真的爱你。

王伦说：我知道她对我好，我会努力的。

苏杉开车要走，想想又给王伦发了个短信：我们还是朋友，对吧？

等了一会儿，没有回信。苏杉开动了车子。

车快到家的时候，苏杉的手机响起了提示音。

对。是王伦的短信。

苏杉和王伦的关系慢慢地有些恢复了，朋友在的时候，还是会像以前那样开心，只是两个人会刻意地保持一定的距离，也不会像以前那样经常聚会了。

苏杉写文章询问王伦的意见，也更多是通过QQ的方式。两个人一来一往，每句话都把握着分寸。

蜜月一推再推，小莉催了几次，王伦一直敷衍着。小莉只好缠着婆婆去说，她说：姆妈，你看，伦哥一直忙，这蜜月都快过去了。

王伦母亲也对王伦这么敷衍有点不满，趁小莉不在的时候，她偷偷训斥王伦，你怎么啦，怎么不去度蜜月。

王伦说：这几天店里的事有点多。

王伦母亲说：什么店里的事多，我帮你去打理，现在你最重要的任务，就是陪老婆去度蜜月。

王伦说：不用了妈，我忙完了这几天就过去。

王伦母亲说：你这句话都说了好几天了。事情是忙不完的，老婆是用来疼的，不是用来晾在一边的。什么都别说了，明天就陪小莉去度蜜月，这么好的孩子，不能让她委屈了。

王伦说：哦。

王伦陪小莉收拾度蜜月的行李。小莉看着王伦敷衍的样子，有点不忍，说：伦哥，你不开心吗？如果不开心我们就不要去了。

王伦有点歉意，说：小莉，对不起，我觉得我还没有做好结婚的心理准备。

小莉心里凉了一下，她勉强露出一个笑容，说：伦哥，我知道的，可能是我有点着急了。对不起呀。

王伦笑了一下，说：怎么是你说对不起呢，这回是我做得不好，应该是我道歉。没事的，明天我陪你去度蜜月，出去散散心也是好的。

小莉露出了灿烂的笑容，说：对呀对呀，度个蜜月，说不定就准备好了。

两个人去三亚度了一周的蜜月。三亚的风光不错，回来的时候，王伦整个人看起来精神状态好了很多，至少，看起来很开心的样子。

偶尔王伦会在QQ空间里发图片，苏杉都有关注。有时也会在下面留言祝福。

看着王伦和小莉甜蜜的照片，苏杉很欣慰，又莫名地有点难受。

王伦度完蜜月回来，登山协会又多次组织登山，来叫苏杉，都被苏杉拒绝了。

这回，登山协会又组织去张叶山。小莉听说山上有座庙很灵，她知道苏杉很信佛，就又跑过来叫苏杉。

苏杉摇摇头，你知道我不喜欢登山的。

小莉说：苏杉姐，这次可不一样，听说山上有座庙很灵的。再说，我想你陪我去。

苏杉说：为什么啊？

小莉脸上微微泛红，说：我和伦哥都不小了，我想问问我们什么时候才有孩子，我希望你能陪着我。小莉挽着苏杉的胳膊，一脸恳求地看着苏杉。

苏杉笑了，好吧。

张叶山的风景很美，小莉一会儿爬到崖壁去摘杜鹃花，一会儿跳到溪涧的石头上拍照，玩得很开心。

就连苏杉，也觉得很欢喜，很久没有出来畅快地呼吸过了，恰巧她又特别喜欢粉色和白色的杜鹃花。

小莉问苏杉觉得什么颜色的杜鹃好看，苏杉说粉色和白色。

小莉就把自己摘的花里面粉色和白色的全挑出来了，捆成一把送给了苏杉。

苏杉受宠若惊，忙说谢谢小莉。

大家一路都玩得很开心。

只是王伦好像情绪不是很高，他兴趣索然地跟着队，全然没有他以前带队的风采。

爬到半路的时候，忽然下起了暴雨。大家虽带了雨伞，但还是没有防备到那么大的雨。离目的地张叶寺还很远，山上手机又没信号。大家不由得抱怨起组织活动的人，事先没做好充分的准备。

这时一直不太说话的王伦忽然说：我知道前面不远有一条岔道，拐进去有一座寺庙。大家暂时先跟着我。

大家跟着王伦，不多久，就看到一座石头砌成的老房子。

大家正打算继续往前走，却发现王伦拐进了老房子。他使劲敲了敲门。

门开了，里面出来一个老农，一脸沧桑，看到了王伦，好像愣了一下。

他说：你怎么来了？

王伦说：大家要躲雨，先进去吧。

老农忙安排大家进来躲雨，给大家打来热水洗脸，又倒热水给大家喝。

小莉问：王伦，你说的寺庙呢？

这就是寺庙。老农说，贫僧法号净空。

大家都有点惊讶。

苏杉却若有所悟。她刚刚就注意到了，这里虽然根本不像其他寺庙有佛像，却有一个小小的香炉，旁边的小房间里好像也有一张香案。

净空师父说：大家都累了，这雨一时半会也停不了，先休息一下吧。

王伦说：嗯，我们大家自己烧饭吃吧。

大家烧着饭，都说，幸亏王伦对这边熟悉，要不然还不得被困在半路了。

王伦却有点神色黯然。

吃完了饭，雨还在下，净空师父给大家理出一小间房，说：地方太小了，你们先将就着在这里休息吧。

登山协会领头的大海说：师父，你不用忙了，这一块地方够我们休息了，我们有帐篷和睡袋的。

大家忙于露营。苏杉却注意到王伦跟净空师父进了另一个房间。

过了半天，净空师父把苏杉和小莉叫进小房间，他拿出一串珠子，递给小莉，说：初次见面，没什么东西，就把这个留作纪念吧。

小莉有点奇怪，师父，你不用客气的，我们就是路过，用了你的餐具，睡了你的地方，就很感激了。

王伦说：小莉，你拿着吧。

小莉有点奇怪地接过了珠子。

净空师父又拿出一个本子给苏杉，听说你文章写得很好，这个本子是我这些年写的一些很琐碎的东西，就留给你做纪念吧。

苏杉想到了什么，接过本子，说：谢谢阿伯。

净空师父笑了，对苏杉说：看开一些，有些事情就随缘吧。

苏杉点点头。

大家都在前屋忙前忙后的时候，苏杉一个人走到了后院，闭上眼睛站在屋檐下听雨。

院落里的地面起伏不平，坑坑洼洼地溢满了雨水和草屑，雨落下的声音很清澈，跌入水洼的声音，却有些浑浊。

苏杉再次睁开眼时，看到王伦不知什么时候站在了自己身边。

两人都缄默不言。

半晌，王伦开口道：那个册子可以给我看一下吗？

苏杉说：好。

王伦翻了几页，然后兀地扯下了册子后面的一页空纸。

苏杉不明所以地看着他。

王伦把泛黄的纸张折成了一艘小舟，用两根干草摆在舟上，然后放在了细浪不断的水洼中。

王伦说：只是可惜，现在没有月色。

苏杉似乎明白了什么，看着王伦难得有这么孩子气的举动，不免觉得有些好笑，说：没想到你还记得，也算是圆我最后一点念想吧……但月色下泛舟是朦胧与梦幻的美感，现在，也未免太凄苦了。

王伦站起来，说：是啊，同样是泛舟，同样是两个孤独而相互吸引的人，在月色下就是美满，在风雨里就是悲情。

苏杉敛起了嘴边的一点笑意，沉默了。

王伦接着说：我们所有人，终究敌不过外界环境的凄风苦雨。

两人又沉默着站了一会儿。直到背后响起小莉的声音，伦哥……

也不知道她是从什么时候开始站在那里的。

小莉脸上的笑容有点勉强，那个灶灭了，我们试了几次都没生起来，大家都等着你过来搭把手呢，这儿你比较熟。

王伦说：好，我这就来。

苏杉站在原地，听着王伦和小莉的脚步声渐渐走远。

水洼的纸舟被雨水砸得浮浮沉沉，逐渐湿透，终究倾覆在了一片浑浊之中。

五十二

苏杉回家之后，细细地翻看净空师父的册子，里面都是一些很琐碎的记录，还有净空师父的忏悔。那些沉痛的忏悔，字字句句打动了苏杉的心。

苏杉猜得没错，净空师父就是王伦的父亲，一个因为悔恨出家的男人。

苏杉想起了王伦给她讲的故事，眼前都是净空师父沧桑的脸。她突然又想起王伦的话，如果婚姻有个期限，五年、十年都可以，让人们可以审视自己的婚姻问题，好的就自动延续，真的有问题的就解约，不用受那么多异样的眼光，不用把这看作人生的污点，也不用老是争吵是谁辜负了谁，非要双方都受重伤才罢休。那至少，就给人多了纠错的机会，人间的悲剧，一定会少很多。

这一夜，苏杉想了很多。

实验小学全校放假。苏杉回了家，苏杉母亲和范斌母亲都过来看望。

苏杉母亲在厨房忙活着，说苏杉辛苦了一个学期，要做些她喜欢的菜来给她补补。

范斌母亲连忙说：我刚刚去菜场买了猪后腿的大骨过来，苏杉太瘦了，得多吃些肉，体质才会好。

苏杉突然觉得挺温暖的，以前总是不明白为什么老人都喜欢热闹，现在自己独守一栋空房久了，发现偶尔热闹一下，也挺好的。

菜都上了饭桌，摆满了整张桌子，腾腾地冒着热气。

苏杉有些心疼地说：太多了，都吃不完了。

苏杉母亲说：傻闺女你心疼个什么劲儿，你只管吃，今天把这些菜都吃完。

范斌母亲趁机说：当初就说让你辞了这份工作，在家好好待着，就不说让别人伺候着你了，总不用去伺候别人家的小孩了吧，现在看你把自己给累的。

苏杉说：妈，假如我真的把工作给辞了，那我现在岂不是既没有丈夫在身边又没工作了吗？整天困在这房子里也不知道干吗。

范斌母亲皱了下眉头，加重了语气说：我是说，当初要个孩子多好。

苏杉说：我挺喜欢现在的工作的，辛苦是辛苦，但是哪有工作不辛苦的呀。

范斌母亲刚想再说什么，就被一阵开门声给打断了。

是谁？怎么有房子的钥匙？难道是阿斌回来了？范斌母亲念叨着准备起身去看看。

王伦走了进来，手里拿着一个本子，没有料到苏杉母亲和范斌母亲都在，便慌张地问了声好。上次我们爬山的时候苏杉把这个本子落我车上了，我就给她送过来了。

苏杉母亲招呼道：既然来了就坐下来一起吃吧，正好今天做了一桌的菜呢。范斌母亲也说让王伦留下来吃饭。

王伦连忙摆摆手，不了伯母，我来送个本子就走，我还有点事。

苏杉母亲很是热情，走过去说：什么事吃了饭再去也来得及，之前就老听苏杉说你总是帮她，伯母也没有什么好招待你的，就留下来吃个饭吧。

王伦一边推辞一边开门，说：伯母我是真的有急事，不然我肯定留下来吃。

门一开，外面站着个人，是小莉母亲。

原来在小莉回了娘家后，小莉母亲就一个劲儿问她过得怎么样、王伦对她好不好、两个人有没有闹矛盾什么的，小莉支支吾吾地答不上来，就说还行。

毕竟是自己带大的孩子，小莉母亲一下就明白不对劲儿了。在母亲的追问下，小莉把所有委屈都倒了出来，开始哭诉王伦对自己并不好，现在才觉得当初是自己有点一厢情愿。

小莉母亲是个暴脾气，马上追问，怎么是你一厢情愿了，王伦不喜欢你干吗娶你呀，是不是因为那个苏杉。

小莉点点头，其实伦哥喜欢苏杉，我一直就知道。我以为结了婚他就会回心转意的，想不到他们现在还藕断丝连。

小莉母亲很生气，说：我当初就说过他们之间可能有问题，你偏偏不听，非要自己贴上去。这个苏杉也真是的，我还以为她是个作家，知书达礼，想不到她居然骗我们，明明自己跟王伦不清不楚，还拿我们垫背。

小莉母亲越想越生气，就想去苏杉家兴师问罪。小莉本来就是想跟自己母亲诉诉苦，想不到母亲居然要冲过去兴师问罪，急忙拦住说：姆妈，其实苏杉姐也挺好的啦，伦哥也没有骗我，我婚前就知道这件事的。

小莉母亲更生气了，骂道：你是个傻子呀，婚前就知道，还自己送上门。你怎么不早点跟我说，不行，你不能太善良了。这件事你不好意思去苏杉家说，我替你说，我怎么也要给我女儿讨个公道。

小莉说：这样不好吧。

小莉母亲说：放心，你不用出面，我去说，苏杉要是有脸有皮的话，一定会跟王伦断了的。

小莉想想也是，就默许了。

小莉母亲进了门就大声骂着，苏杉，你就是个骗子，不要脸，你自己和王伦不清不白的，为什么要把我们小莉骗进来？

苏杉母亲和范斌母亲都很震惊。

苏杉母亲反应过来，赶紧去拉她。小莉她妈，你也是五十多岁的人了，说话要讲证据，我们苏杉可是好闺女，怎么可能会有这种事？

范斌母亲也说：小莉她妈，你一定是误会了。苏杉是我们家的媳妇，王伦是范斌最好的朋友，他跟苏杉走得近是很正常的。

小莉母亲盯着苏杉，你自己说，你是不是一开始就在欺骗小莉？

苏杉低下了头，伯母，您真的想错了，我真的没有欺骗小莉。您误会了。

小莉母亲依旧不依不饶，那你和王伦呢？

苏杉一咬牙，说：没有的事儿。

小莉母亲转过头对王伦说：王伦，那你接下来要怎么对待小莉？你自己说。

王伦沉默了一会儿，说：我对不起小莉，我接受小莉的决定。

范斌母亲突然想到什么，就问苏杉：苏杉，王伦怎么会有这房子的钥匙？

这一句简直是火上浇油，小莉母亲的火气又蹭蹭蹭地冒了上来。

说：你们俩倒是说说啊，这到底怎么回事儿？

苏杉说：王伦经常过来帮忙修修灯泡什么的，我又经常在学校，为了方便就把钥匙给他了。

小莉母亲眉毛一挑，就这样？

苏杉低下了头，不再说话。

苏杉母亲忙说：这里面肯定有误会，肯定有误会。苏杉，你倒是说话呀。

小莉母亲盯着苏杉看了半天。还有什么好说的，她自己都做贼心虚了。

范斌母亲说：苏杉，你说句话吧，这会儿人都在，总得说清楚。

苏杉说：真不是伯母想象的那样，我没有欺骗任何人。

王伦说：是的，苏杉没有欺骗小莉，都是我的错。

小莉母亲又惊又气，王伦你——

老人家一口气没上来险些晕厥，王伦赶紧伸出手去扶，被她一把甩开。

王伦你给我想清楚了，要是你敢对不起我们家闺女，我……我要你不得好死！小莉母亲甩下一句狠话后气冲冲地走了。

苏杉追了上去想拉住小莉母亲，伯母，你别生气，我和王伦真的是什么事都没有，你先别急。

苏杉终究还是没拉住小莉母亲。她急急忙忙转回来对王伦说：王伦你快去追啊，好好劝劝你岳母。

王伦“嗯”了一声就赶上去了。

范斌母亲显然被这场闹剧刺激到了，摇了摇头，也气冲冲地走了。

苏杉上前几步，突然觉得心中一空，失了兴致。该解释的都解释了，还能说些什么，还能怎么办呢。苏杉停下了脚步，立在原地。

苏杉母亲站在苏杉后面，叹了口气，抹了抹眼角的泪花，转身去收拾桌子了。

苏杉走到桌子边上。

一顿饭刚刚还吃得好好的，怎么就变成这样了呢？苏杉母亲一边抹着桌子，一边说。

苏杉说：妈，我来吧。

苏杉母亲没理她，把碗筷一个个收拾好。

苏杉静静地站在一边，看着又变得空荡荡的饭桌，突然说：妈，你信我吗？现在如果连你都不信我了，那我身边就真的没有人了。

苏杉母亲的动作停了一下，然后又继续忙碌起来。妈妈怎么会不信你？你说，我听着。

苏杉说：妈，我和王伦，以前没什么，以后，也不会有什么。

五十三

王伦跟小莉母亲承诺，以后一定会对小莉百般呵护。小莉母亲这才罢休。

小莉母亲问：那你跟苏杉到底是怎么回事？

王伦想到苏杉成为众矢之的的窘迫模样，心里一紧。我和苏杉之间不会有什么的。我答应过小莉的，我以后一定会对小莉好。

小莉母亲说：我们小莉本身就是没什么心眼儿的孩子，你绝不能辜负我闺女。

王伦说：都怪我没把握好分寸，我和苏杉一直都是无话不谈的朋友。我以后会和苏杉保持距离的。

小莉母亲说：成，这可是你说的。

王伦回家的时候，小莉已经从娘家回来了。

王伦和小莉在饭桌上吃饭，各怀心事，一言不发。

王伦母亲见王伦的脸色不太对，也不知道发生了什么，就问王伦是不是工作上出现了什么不顺心的事儿。

小莉也凑过去问：伦哥怎么了？发生什么事儿了吗？

王伦觉得今天的事有点蹊跷，心里其实很怀疑是不是小莉背后搞鬼，却又不便说什么，勉强扯了下嘴角，说没什么。

小莉又问：是店里出什么事了吗？你跟我说说呗，没准我能帮上什么忙。

王伦说了句："真的没什么"，就埋头吃饭。

小莉也接不下去了，有些委屈地看着王伦，然后也开始默默吃饭。

王伦母亲张了张口，一副欲言又止的样子。最后她小心地说：阿伦你有什么事不想跟妈说没关系，跟小莉说说也行啊，夫妻两人之间就要相互扶持，有什么不能讲的。

王伦没说话。

小莉忙说：算了妈，伦哥可能就是累了。

王伦母亲看向王伦，店里这么忙啊，那让小莉过去帮帮忙吧。你们俩明明都在一个地儿，怎么就整得跟天天出差似的聚少离多。话说，阿伦你店里以前也没见这么忙啊。

王伦敷衍地"嗯"了一声。

王伦母亲又接着说：那这样下去，你们打算什么时候要孩子呢？

王伦的筷子停在了半空中。

小莉赶紧说：妈，我们在努力。

王伦母亲想了想说：要不然……你们两个去看看医生吧，结婚半年多了，为什么还没动静呢？

王伦放下了筷子，妈——

小莉拉了下王伦，然后对王伦母亲说：好的，妈，我们去看看。

因为白天的事情王伦本身已经够烦心了，这会儿不免更加郁闷，就匆匆吃完饭，说了句“我先休息了”就回房了。

王伦母亲看着儿子的异样举动，问：小莉，你们是吵架了吗？这孩子今晚怎么跟吃了火药一样。

小莉心里有些涩。没有的事儿，妈你别担心，伦哥他就是有点累了。

晚上睡觉的时候，小莉说：伦哥，要不我们明天去医院检查一下吧，半年多了，我还没有孩子，我也觉得应该去医院看看。

王伦闷闷地点头。

小莉在网上挂了号，说：是明天早上九点的号。

王伦点点头。

第二天早上，小莉坐在副驾驶座上，转头看着王伦，而王伦在专心地开着车。两个人从早上起来开始就几乎没有说过一句话，例行公事一样洗漱穿衣，然后开车去医院。

小莉突然说：伦哥，他们经常跟我说你很喜欢小孩子。

王伦说：嗯。

小莉说：伦哥，我想给你生一个女孩。

王伦总算脸色缓和了许多，为什么呢？

小莉说：我希望，我不在的时候，我们的女儿可以替我照顾你。

王伦说：在你心里，我就这么缺女人照顾啊？

小莉点点头，我也不知道为什么，虽然伦哥你生命力这么强，但就是觉得你身边一定要有一个女人，可以照顾你，而且一定要够细致够温暖。

王伦终于笑了。

小莉接着说：不然，就打不开你的心。

到了，王伦说。似乎没听到最后一句话。

小莉下了车，隔着车身对王伦说：我把名字都想好了，就叫“白露”怎么样？

王伦说：好。

做了一系列检查后，王伦和小莉坐在门诊外的长椅上等结果。

小莉看起来有点紧张。

王伦安慰她说：不会有事的，我妈就是大惊小怪，我身边很多人都是结婚好几年后才有孩子，所以这种事是急不来的，别想太多。

小莉说：我本来也这么觉得，过来检查一下也就是为了让妈放心，现在反倒不安起来了。伦哥，你说，要是检查出来真的有什么……那该怎么办呀？

王伦握着她的手，轻声说：不会的，你不都说了吗？我们会有一个女儿，名字叫“白露”。

子宫内膜异位。医生说。

什……什么意思呀？小莉的手上不自觉出了汗。

就是卵巢周围粘连住了，使成熟卵不能被摄入输卵管，影响到了受精卵的运行。医生看着小莉，慢慢地说。简单地说，也就是不孕症。

小莉慌了，看向王伦。王伦也有点紧张，盯着医生问：可以治好吗？

医生说：可以试试看，不过治好的几率不大。

王伦愣住了。

小莉靠在王伦肩上哭了。

王伦拍拍小莉的背，没事的没事的，能试试就说明有希望。他的声音有些沙哑。我们慢慢来，不急不急。

五十四

小升初开始了，一连串的考试，苏杉看着自己辛苦六年培养的孩子，一个个上了心仪的学校，也十分开心。

尤其让苏杉欣慰的是，李锐还因为文学特长被市里最好的初中提前录取了。苏杉想起最初李锐在班里哭着要妈妈的样子，想起王伦给李锐讲故事的场景，感慨万千。

小升初终于结束了，苏杉也生了一场病，索性请了长假，住到灵山上，开始静下心来写文章了。自从上次小莉母亲来闹过之后，苏杉觉得对人生挺失望的。从小到大，她对自己的期望都是做一个好人，想不到到最后会这样被人骂。她原本就是一个内敛的人，这会儿更不想有任何是是非非。她经常关着手机，谁也不联系，也不外出，小说的进度明显加快了。

一开始，苏杉母亲还很担心，隔三岔五来看她。后来看她一个人在家里很安生，只是很专注地写文章，渐渐地就来得少了。

整个天地仿佛突然间安静了下来。

《错爱》出版了，社会反响很好，出版社连着再版了三次，有个导演找到苏杉，说希望苏杉把它改编成剧本。

苏杉很开心。她想打电话给王伦，拨了号码却又放下了手机。

苏杉全身心地投入进了剧本的改编中，很快也完稿了。

改编的过程中出现了一点小插曲，导演的妻子也想在剧本上署名，就把剧本又改了几处，署上了自己的名字。苏杉原本想提出抗议，可又觉得为这件事花太多精力不值得，看看内容没有大的改动，自己的名字也排在前面，就不计较了。

新的学期，方校长觉得苏杉在文学方面做得不错，就让她做了专职的文学社老师，专门负责刊出校报校刊，教教孩子怎么创作文学。苏杉觉得这倒挺适合她的特长的，倒也喜欢。

暑假，《错爱》在几个电视台同时播出，在这个小县城引起了小小的轰动。

苏杉现在是个出名的老师了。市里的宣传部长亲自来找她，让她当地方的形象大使，她谢绝了，这样抛头露面不是她的风格。教育局破格把她评为市师德楷模。

教师节，市里举行了市先进教育工作者颁奖大会，苏杉披上了红飘带。

小时候，苏杉从未想过长大要当一名人民教师，更没想过能在教师这一行做出些什么成绩来，但误打误撞的，现在竟然也算是个人物了。她想，其实，也挺好的。

苏杉家里为苏杉庆功，苏杉妈妈烧了一桌好菜，说：苏杉从小就写文章，什么都写，那时候还担心她会误了学业，现在想来，当初支持她的爱好，是个明智的决定。

苏杉笑了，突然觉得，这辈子这么多无疾而终的梦想，到头来，能让父母开心，或许才是最安心的成就。

苏杉妈妈突然问：这么大的喜事，告诉范斌了吗？

苏杉一愣，说：我忘了，不过他不怎么关心我写文章的事，说不说没差别。

苏杉妈妈觉察到了一丝异样，说：好像有很久没听到你提起范斌了，他怎么样了，打个电话给他吧。

苏杉低头吃饭，说：算了，他忙。

苏杉受邀参加一个作协的活动，在北京待了一段时间。

马里发生了战乱。范斌的公司就办在马里，范斌父母和苏杉手机都联系不上范斌，就委托当地的大使馆调查。

大使馆迟迟没有消息，范斌母亲坐立不安。

苏杉也看到了新闻，虽然以前心里对范斌有怨念，但真的发生这么大的事，她还是忍不住立刻启程回了温城，紧接着每天都到范斌母亲家问情况。两个原先有矛盾的婆媳，因为担忧着共同的人，关系缓和了很多。

几天后，范斌从科特迪瓦打来电话，原来，他和公司的人开车穿越了沙漠。还好，人员没有什么损失。

范斌说自己过几天回来。苏杉和他通电话，他说这几天让苏杉担心了，很对不起。

听到范斌要回来，不知为什么，苏杉有种不安的预感。

范斌从科特迪瓦回来。苏杉和公公婆婆急急忙忙去机场迎接范斌。范斌出来了，但他不是一个人来的，他还带了一个马里女人和一个孩子。

苏杉早有预感，但看到这一幕时，她还是有点错愕。

范斌有点尴尬，他叫了声爸爸，妈妈，又叫了声苏杉，然后转身对身边的女人说：莉娜，这是我爸爸妈妈，这是苏杉，你可以叫她姐姐。

莉娜叫了声：爸爸好，妈妈好，姐姐好。

听着莉娜的声音，苏杉觉得头有点晕，几乎站不住。

范斌想对苏杉说什么。但苏杉转身上了车，把车门关上了。范斌母亲想拉都拉不住。

定了定神，苏杉发动了车子，一直沿公路开，把车子开到了河边，才猛地刹住车。

苏杉脑子有点乱，似乎想哭，却发现自己并没有眼泪，反而有种石头落地的感觉。她的心里空落落的。

苏杉忽然想到，原来自己的心，早就不在范斌这里了。

范斌母亲看着范斌，又看看他身边的女人和孩子，心里早就明白了什么。其实之前，她从和范斌的电话中，早就隐隐约约猜到了什么。

她叹了口气，把手伸向了孩子。范斌说：令旗，叫奶奶。

令旗怯生生地不敢叫。

范斌母亲去抱过孩子，说：先回家吧。转过头，她对范斌说：苏杉这段时间也很牵挂你，你去向她好好解释解释，别让她太难过了。

范斌请苏杉喝茶，苏杉说：喝什么茶，来自己家不就可以了。

范斌进了家门，鞋都没脱就忙着解释：在马里那边，他和特拉奥雷合作找矿。特拉奥雷很喜欢他，就把自己的妹妹嫁给了他。那边是一夫多妻的，特拉奥雷一点不介意他在中国已经有了妻子。本来他一直是拒绝的，但时间久了，他的生活也需要人照顾，就和莉娜住到了一起。结果就成现在这样了。

苏杉静静地听着，好像在听别人的故事一样。

苏杉好久不说话，范斌觉得很愧疚，连连道歉。说：现在都听你的，你怎么说，我就怎么做。

苏杉沉默了很久，才说：其实我早有预感了。或许是我的性格本身有缺陷吧，一直在自欺欺人。只是你应该早点跟我说一声。

范斌一怔，自知理亏，想说些什么却又不知道该说什么，这样的场景他是万万没料到的。

苏杉将范斌面前没怎么动过的茶杯拿开，换了个杯子，提起茶壶，缓缓替范斌把茶满上。那杯茶凉了，就不要再喝了。

范斌盯着茶杯中的水，没有直视苏杉的眼睛，说：那……你最近怎么样？还好吗？

苏杉点了一下头，动了动嘴唇，想像朋友一样告诉他，和他聊聊，自己出版了一本书，还评上了职称，但又突然觉得没必要，想告诉他，自己和王伦之间发生了很多很多，但又突然觉得，何苦呢？苏杉觉得，他们两个人像是多年未见的远亲，说不清道不明的生疏。

范斌说：其实上次来给王伦做伴郎的时候，我就想跟你说的。

王伦其实一直喜欢你，我早就知道的。但不知为什么，我没有说。是我的错。

苏杉说：你没有错。

她给自己续上了茶，说：这件事的开始，谁都没有错。

范斌低声说：不应该是这样的。

苏杉又是好久不说话。

范斌说：当初，我想追你，就让王伦帮我出谋划策，然后他就告诉我，你喜欢看什么书、喜欢听什么话、喜欢做什么事、喜欢什么颜色的花，如数家珍。那时候，我就觉察到了一点，所以我才急着向你求婚。因为我怕，我怕晚一步，你就会爱上他。

苏杉看到茶杯里兀地滴进了一滴水，在桌面上溅起一片小小的水渍。

走的时候，苏杉对范斌说：我想了很久，确实也怨过你，但是后来换个角度思考，如果我是你，或许我也会这么选择，我在外也许也会需要个人照顾，如果我是丈夫，兴许也不会对妻子说那些话。每个人都有难处，不是么？

范斌说不出话，只是觉得有些意外。

所以，我原谅你，苏杉说，但我不会因为原谅，再跟你继续这么下去了，否则，我不会原谅我自己的。

苏杉约范斌去办离婚手续。范斌说好的。

倒也没有什么困难，两个人本来就多年没在一起了。双方经济都完全独立，也没什么说不清的经济纠葛。

范斌想把城里的大房子给苏杉，他说：财产的事由你决定吧，我没有意见。

苏杉说：也没什么好分的呀，原来是谁的，就是谁的吧。这套房子是你爸给你的，我不要。我也累了，就想住到灵山上去。对了，记得灵山的那房子吧，当初我们还说要一起去隐居呢。

范斌看着苏杉牵强的笑容，面露难色，说：那里太冷清了，你一个女人，太危险了。

苏杉说：危险什么，我也已经住很久了，我喜欢那里的清静，我想一个人静一静。

办完离婚手续出来的时候，范斌说：我送你回去吧。

苏杉说：不用，就沿着河边走一走吧。

两个人沿着河一直走，一直走到时代影城楼下。

苏杉抬起头，看着时代影城，说：你还记得吗？就是在这里，你请我看的第一场电影。

范斌点点头，记得，《在一起》，一晃七年了。

苏杉说：你还记得我当时说的话吗？

范斌低头说，你说要爱就爱一辈子，你不喜欢哭哭啼啼玩分手的游戏。“愿得一心人，白首不相离。”

苏杉笑了，当时我以为，分手一定会撕心裂肺、痛不欲生，想不到现在，我们可以这么平静地对待它。

范斌看着苏杉。

苏杉说：我一直以为，一旦爱了，就是一辈子。你爱的人，就算不在身边，你也会永远记得他的音容笑貌，记得他的味道。我没有想到的是，在不知不觉间，就已经模糊了他的样子，忘记了他的味道了。原来爱，是真的经不起时空考验的。

范斌不说话。

苏杉继续说：我一直以为，爱一个人，就要爱他的一切，包括他的缺点和不足。我会爱他，不管他多久不回来，不管他多大男子主义，不管他在外面会不会有别的女人。渐渐的我以为我真的包容了。到现在我才明白，原来我不是包容了，而是我已经不再爱他了。

范斌忽然之间落下了泪，低声说：对不起，对不起……

这倒有点出乎苏杉的意料，在她印象中，范斌是从来不流眼泪的。

搬家的时候，是范斌开车送的苏杉。

也没太多的东西，苏杉不喜欢购物，又爱干净，旧的东西能扔的都扔了。

苏杉细细地扫描过自己的房间，看有没有落下什么东西。她忽然想起王伦。关于这房子的记忆，好像王伦比范斌还多些。靠沙发的桌子边，王伦曾经在那里给她讲了很久的萧观音的故事。榻榻米的小房间，王伦曾在那里陪她一起吃火锅。飘窗的窗帘上次坏了，是王伦给她换上的新的。

范斌一直在旁边，静静地看着苏杉。苏杉的视线转到范斌的身上，不知为什么，她反而觉得自己还亏欠了他似的。

苏杉歉意地笑笑，说：走吧。

坐在车上，苏杉想起了很多。

她想起自己和范斌到灵山采风，感慨于灵山的山水，许愿老了以后在这里隐居。她想起他们一起选了房子的地址，把地买了下来，搭了一座小房子，闲暇时来小住。

没想到，后来她和他离了婚。

她不要城里的大房子，却单单选了这里。

她真的隐居了，只是现在，既不老，也不是两个人。

范斌把苏杉的几个箱子一一搬进了小屋里，已经是晚上了。

范斌的手机响了，是莉娜打来的，说做好了晚饭等他回去。

范斌说：你先吃吧。

苏杉说：去吧，别让莉娜等急了。

范斌摇摇头，把箱子位置摆好。

出门的时候，范斌说：我走了，夜里风大，注意关窗。有事打我电话。

看着范斌远去的背影，苏杉流下了泪。

五十五

一年多来，王伦陪着小莉看了好多地方，试了很多种方法，却都没有效果。

王伦母亲也知道了小莉的病，带着她去抓了很多中药的偏方，一样没有成效。

久而久之，王伦也绝望了。

这天，小莉吃了药，做了一个噩梦，梦见王伦把她抛下，一个人走了。她惊叫着醒来，想叫王伦，却发现王伦不见了。

她怎么喊，房间里都没有声音。打王伦的手机，又是关机。

她有点生气，也有点彷徨，更多的是害怕。从跟王伦相恋，到结婚，一直到现在，她每天都惴惴不安，总是担心他会抛下她走了，今天一觉醒来，仿佛噩梦成真了。

小莉打电话想问婆婆，按键的时候手指都在抖，接通后王伦母亲说没看到王伦。小莉不敢告诉她自己自己的噩梦，只好编了个理由搪塞过去，说王伦手机落家里了，怕他错过什么重要电话。

挂了电话后，小莉找了几个地方都没有找到王伦，最后蹲在王伦的音乐书吧门口失声痛哭。她几乎失去了做母亲的资格，她不能再失去丈夫。

阿力看到了，急忙出来扶小莉进去坐，问她怎么了。小莉哭得上气不接下气，断断续续地说找不到王伦了，怎么也联系不上他。

阿力想了想，说：要不去苏老师那里看看？

仿佛当头棒喝，小莉怔住了，用力捏着咖啡杯。过了许久，她站了起来，对阿力说：如果待会儿看到伦哥让他打个电话给我。

走的时候，小莉回头看了一眼还摆在玻璃窗前的音乐盒，上面站着的两个小人反射着暗淡的光。

一路上，小莉都在百般挣扎，硬着头皮到了苏杉灵山的家，她心里又开始打退堂鼓。

正好苏杉出门倒垃圾，看到了失魂落魄的小莉。

小莉？怎么了？怎么穿这么少就出来了？快进来。苏杉把小莉拉进了屋，给她倒了杯热茶。

小莉哽咽着问：伦哥是不是在这里？

苏杉一愣，摇了摇头，说：我已经很久没有见到王伦了。

小莉咬着唇没再说话。

苏杉看着小莉神色恍惚的样子，问：到底怎么啦？

小莉忽然一下子靠在苏杉肩上哭出来，苏杉姐，我不能生了！

苏杉显然没想到会这样，一时间不知作何反应。

小莉哭着说：我知道伦哥很难受的，我找不到他，我不知道他去哪了。

苏杉有点吃惊，拍拍小莉的背说：没事的，没事的，都会好的，我们再分头去找找。等把他找到我们再想想办法好吗？总是会有办法的。

苏杉找了王伦常去的几个地方，都没有找到他。

苏杉走进王伦的音乐书吧，问他们有没有看到王伦。

店员说小莉也来找过，但是王伦今天都没来过店里。

是发生什么事儿了吗？店员问。

苏杉摆摆手向外面走去，突然看到了玻璃窗前的音乐盒，停下了脚步，盯着看了一会儿。

天渐渐黑了，开始的时候，小莉隔几分钟就打一个电话过来问苏杉找到王伦了吗，得到的答案都是否定，次数多了之后，来电的频率也小了。

苏杉又回到了灵山上面，她猜想那里的环境比较适合让人排解情绪，或许王伦会去那里。但是在上面喊了好久都始终只有风和回音。

苏杉一间一间房间地找，她不记得自己有没有给过王伦这房子的钥匙，但就是抱着一丝侥幸的心态，希望能把他从这灵山上翻出来。

夜幕逐渐笼罩在四周有些凄冷的山壁和树木，苏杉觉得如果王伦再不出现，她会去丽江找他。

苏杉站了起来，看着四无人烟的草坪，突然想起了什么。

在泽雅的时候，王伦说过他常去一个野战基地，也是这样在山上，也是这样带有几分萧条，他说，心情不好的时候经常会去那里。

苏杉马上拿起电话打给在泽雅认识的王伦的那几个队友，问他们知不知道王伦常去的野战基地在哪里。得到了一个地址后，苏杉马上发动了车子。

她开车到了山上。

远远地，苏杉看到王伦一个人躺在草坪上，身边是一瓶酒。

苏杉跑过去，王伦，你待这儿干吗？小莉都急疯了。

王伦喝醉了，睁开迷蒙的眼睛，叫着，你怎么跑过来了？让我一个人静一静。你走开。

苏杉去扶王伦，王伦，你别这样。

王伦甩开苏杉，直嚷着，走开。

苏杉说：你以前不这样的，现在怎么变成这样了？

推搡间，王伦忍不住一把推开苏杉，吼道：你知道吗？小莉的不孕症是治不好的，我没有孩子了。我他妈什么都没有啦。你知道吗？

苏杉险些跌倒，好不容易站稳后，她看着王伦，沉默着，王伦也看着她，红着眼。

山谷上静悄悄的，只剩风刮过的声音。

王伦猛地用尽全身力气把酒瓶摔了出去，瘫坐在了地上，然后，第一次，在苏杉面前痛哭。为什么，为什么所有我爱的都要离我而去？！凭什么，凭什么只要是我爱的我就得放弃？！

苏杉在他身边坐了下来，不再说话，静静地陪着他。

苏杉想起了王伦和李锐坐在夕阳下的画面，美得让人睁不开眼；

还有王伦第一次到教室里帮自己管理那一群孩子时，他在那群孩子中间玩得多开心；还有王伦第一次献血后，拿着那个赠送的白胖娃娃的公仔，高兴得像个孩子；还有王伦的店里每次来了孩子，他都会给他们送点小礼品什么的；她还想起了王伦每次看到学步的孩子都会忍不住多看两眼，眼神里尽是化不开的温柔……

一幅幅画面像回放电影一样，在苏杉脑海中闪过。

半晌，苏杉说：王伦，你要坚强，配合小莉，好好治病。你会有孩子的。如果是上天注定，我给你生一个。

最后一句话让王伦愣了一下，什么？

苏杉说：如果是上天注定，我给你生一个孩子。

王伦张着嘴以为自己听错了。

我想了很久了。苏杉说，给自己心爱的人生一个孩子，是最幸福的事。我以前跟范斌最大的错误就是不生孩子。我不能嫁给你，但，我想……如果小莉真不能生的话，我可以生一个我们的孩子。

王伦舌头有点打结，那……那小莉怎么办？

苏杉静静地说：小莉是无辜的。你应该也记得我当年发过的誓言："愿得一心人，白首不想离"。我从来没有想过要跟范斌离婚，没有想过要介入另一个家庭的生活。现在范斌有了别人的孩子，我没有办法，不得不跟他分开。所以我不希望小莉也遭遇我这样的下场。

王伦静静地听着。

苏杉说：所以，王伦，你一定要好好配合小莉，陪她看好病，你们会有自己的孩子，要相信自己。

王伦有点结巴，说：可你……最后那句……

苏杉说：我是说，如果是上天注定，那是最后的选择。你那么喜欢孩子，我不会让你没有孩子的。即使真到了那时候，也不要伤害小莉，要对她好。等我怀了孩子，我就会离开这里，自己去生孩子。过两年我再回来，那时候，我就让孩子认你做干爸、小莉做干妈。我想，小莉肯定会同意的。

王伦盯着苏杉看了很久，说：为什么，为什么你要这样委屈自己？

苏杉苦笑了一下，当初是我把小莉介绍给你的。我怎么可以伤害她，她是那么善良的孩子。而你，王伦，这世上我最对不起的人，就是你王伦。

王伦的眼眶红了，借着酒劲也提高了声调，你总是这样，你这个傻瓜！你最对不起的人是你自己，知道吗？你每次都是退让，就不会为自己考虑下吗？

苏杉突然抱住了他，搂着他的脖子不让他看到自己的眼泪。苏杉在王伦耳边说：我伤害了你这么多，我怎么可以让你再一无所有。我怎么忍心。

王伦醉得不清，路上吐了几次，迷迷糊糊地抓着苏杉的胳膊，一直说那今晚就陪我一晚，不要离开我。

苏杉没有转过头看他，她怕他看到自己发红的眼眶，她怕两个人再心软下去，就连保护小莉这条底线都要沦陷了。

开到了小莉楼下，苏杉掏出手机准备打给小莉，却被王伦一把打掉了。

苏杉没有立刻去捡，只是说：王伦，你清醒点了吗？

王伦靠在座椅上，讲话还是口齿不清，苏杉听不清他到底在讲什么。

你再怎么胡闹，也不能让小莉担心啊，她今天刚受了这么大的打击，你这样她会受不了的。苏杉知道自己现在是在对牛弹琴，但还是抱着一丝希望，觉得王伦能把她的话听进去。

王伦闭着眼，还在喃喃着些什么。苏杉转过头，看到他眼角两道明显的泪痕，一直蜿蜒到了鬓发。

苏杉心里说不出地难受。

苏杉的眼泪落在了握着方向盘的手上。她一转方向盘，向自己家开去。

苏杉安顿王伦睡下，给小莉打了电话，说：王伦在我这里，你过来吧。

小莉匆匆忙忙赶到苏杉家，王伦已经睡下了，脸上还带着泪痕。

小莉坐在床边看了会儿，苏杉说：我们出来吧。

小莉跟着苏杉出来，苏杉给小莉泡了杯热茶。

苏杉说：没事的，王伦太喜欢孩子了，今天可能有点情绪，感觉没希望了，过两天就会好的。

小莉说：苏杉姐，太谢谢你了。我真不知道该怎么办。

苏杉说：不急，现在科技这么发达，不孕症是很小的病，你和王伦好好去看看，给他生一个就没事了。

小莉低下了头，我们也试了很多方法，可总是不见效。

苏杉安慰说：永远不要放弃希望，你们结婚不是才两年吗？只要努力，孩子会有的。

小莉点点头，说：苏杉姐，谢谢你。

王伦醒过来了，看到小莉坐在旁边，一脸的倦容，脸上还有点泪痕。

王伦轻轻叫了声，小莉。

小莉抬起头，说：伦哥你醒了。

王伦问：你怎么在这里？

小莉说：苏杉姐把我叫来陪你的。你也真是的，喝醉了酒，到别人家里撒酒疯。

王伦坐起来看了看，问：苏杉呢？

小莉说：睡沙发去了。你呀，苏杉姐山上就这么小一间屋子，你还把她卧室霸占了。

王伦挠挠头，说：哦，那我们回去吧。

两人到了卧室，苏杉睡得不深，一有声音就醒了。

小莉说：苏杉姐，麻烦你了，伦哥醒了，我们先走了，你快回卧室睡觉吧。

苏杉坐了起来，笑了一下，说：王伦，别放弃希望，好好努力。

王伦勉强笑了一下，说：好。

五十六

王伦走了，苏杉却有点难受起来。

苏杉打开收音机，电台在放田馥甄的《魔鬼中的天使》。苏杉最初听到这首歌的时候，是在王伦和小莉拍婚纱照的时候。

那天夜半，窗外下着小雨。苏杉赤脚坐在落地窗前，风把微雨吹进来，钻进衣领，有丝丝的寒意。不知为什么，苏杉一点都不想关窗，就这样，静静地靠着飘窗，打开了收音机。那时，田馥甄的歌声悠悠响起了。当听到第一句“把太细的神经割掉，会不会比较睡得着”时，苏杉触动了一下，就像现在一样。

那段时间，苏杉常常睡不着。虽然早已经习惯了一个人生活，但毕竟以前王伦会常常过来看她，两个人聊会儿天，有时苏杉写文章，王伦就玩他的手机，彼此不说话，感觉也挺好，就像苏杉和范斌刚开始谈恋爱那会儿，苏杉在写文章，范斌在翻书、看短信。但那段时间王伦和小莉的关系在升温，婚纱照在拍，结婚的事也开始谈了，店里的事务又忙，苏杉又特地嘱咐王伦少打电话。王伦来得也真少了，有时一星期也没一个电话。她就真的成了一个人，就像现在一样。

那时苏杉就意识到这一切都是自己主导的，她希望王伦有一个好的归宿，她也很高兴自己介绍了个真正爱王伦的人。可是，不知为什么，苏杉觉得很难受，就像现在一样。

把太细的神经割掉，会不会比较睡得着。我的心有座灰色的监牢，关着一票黑色念头在吼叫……

第二天，苏杉接到王伦的电话。

王伦说：对不起，昨天我喝多了。

苏杉笑笑，知道，没事的，别放在心上。

电话里是一阵沉默。

过了会儿，王伦问：苏杉，昨天你说的是真的吗？

苏杉说：好好对待小莉，我说过的话都算数。

放下电话，苏杉来到院子里，樟树的叶子飘落下来，苏杉伸手接住一片。枯黄中还带着点青绿，还有很多斑驳的黑点，边上缺了三块。

苏杉想起了很多往事，大学学长追她时写的情书，范斌带她去看的《在一起》，和王伦一起构思的萧观音……一幕幕画面，就像电影一样，在眼前闪过。

苏杉看着残缺的樟叶，不觉落下泪来。

欣桐收到苏杉短信的时候已经是几个月后了。

欣桐，原谅我没有及时告诉你，我只是没想好怎么跟你开口说。

我跟范斌离婚了，搬到了灵山上，现在已经稍微安定下来了。

范斌跟马里当地的一个女人结婚了，他们有了自己的孩子，不过这样也好，他母亲总算圆了抱孙子的梦了。

我还安好，勿念。

苏杉

欣桐看了短信后就匆匆赶往灵山。

远远地，她看到苏杉在打理花圃。阳光下，她的脸却比以前红润了许多。

走近了，欣桐轻轻唤了声：苏杉。

苏杉抬头，用手挡在额上遮去几分阳光，这才看清了来人。欣桐？你怎么来了也不说声。

欣桐跑过去，抱住了苏杉。你才是，发生这么大的事竟然也没有跟我商量下。

苏杉笑笑没说话，手轻轻附上了欣桐的背。

欣桐说：看你现在这个样子，知道我有多心疼吗？有什么事可以来找我啊，怎么就自顾自搬到山上来了？

苏杉说：这事儿我是考虑了很久才下决心的。来，进屋来，我们坐下再聊。

苏杉沏了壶热茶，两人在靠窗的小木桌边坐下。

欣桐说：王伦……他有来看过你吗？

苏杉摇了摇头，说：这里就是王伦设计的呢。她看了看这桌子，又抬头看了看窗户，每一处都是王伦亲手帮着打理的，每一褶都像是他手上的纹路。他一直在看着我吧。

欣桐叹了口气，欲言又止。

苏杉说：有时候我在想，这世上要是真的有两个时空可以在同一处并存，那该多好，当初的他，在陪着我，现在的他，在陪着自己的家庭。

欣桐说：其实……苏杉，他应该过得并不好。前段时间李华跟我说，王伦找他喝酒，喝醉了，哭了。

苏杉眼里闪过几分令人看不懂的颜色，犹豫许久后说：他们之间的感情还是得靠他们自己，我不能再去帮什么了，毕竟每次都是被我越搅越浑，我还是不要出现的好。

欣桐点了点头，也是，王伦他自己应该会掌握分寸的。

苏杉不再说话，静静地喝着茶。

欣桐突然说：苏杉，你……真甘心这么把自己的家庭和幸福拱手让人了？范斌他怎么能……唉，他简直不是人！

苏杉一脸释然地笑了，说：感情不在了怨谁呢，这事儿啊，本身也没有谁对谁错的。

苏杉为欣桐把茶沏上。我以为，爱真的能包容一切、能原谅一切。哪知是因为不再爱了，才包容了一切、原谅了一切。不是因为爱。

灵山上的风灌进窗棂，有些冷。

苏杉站起来，靠在窗沿上。欣桐，其实这样也挺好的，大家都把自己看清楚了。

那你当真要隐居在这儿了？凄风苦雨的，怎么受得住？欣桐走到苏杉身后，几分担忧。

苏杉像是没有听到她的话。过了许久，才幽幽地说了一句话，像是说给欣桐，又像是说给自己听。

其实，一句“我爱你”，倒真的不如在一起。

后记

很多年前，我在报纸上看到一则新闻，还配了一张图，说的是一个小伙子在献血车前向一个女孩子求婚。原来呀，小伙子以前很晕血，女孩子就说，你要是去献血，我就答应嫁给你。

于是就有了这则新闻。

看到这则新闻的时候，我忽然觉得特别浪漫。回家后就构思了一个故事的结尾，是这样写的：

苏杉带完了毕业班，想给自己放个长假。她到了海城，看到一辆献血车，就跑过去献血。忽然看到王伦穿得很正式，也在里面。

王伦充满歉意地笑笑，说：好久没有联系了。

嗯，好久没有联系了。你怎么来献血了？不晕血了？苏杉说。

王伦说：我昨天做了个梦，梦见在我献血的时候，我心爱的人会出现。我会对她说，如果可以，我们一起去领结婚证。看来上天真的很眷顾我。

苏杉说：好的。

王伦献血的时候，手还是抖。苏杉忽然抱住王伦，给了他一个长吻。王伦一时云里雾里，长吻完了，血也献完了。

大家一起站起来给王伦和苏杉鼓掌。苏杉说：到明年，我们还来献血，献完了就去领结婚证。王伦高兴得连连点头。

王伦和苏杉长吻献血的事被报社通讯员拍下了，上了《海城都市报》的头版。王伦很开心，买下了报摊上所有的《海城都市报》，留作纪念。

苏杉搬到了海城，成了一个专职作家。她现在要跟王伦一直在一起了。

一句“我爱你”，不如在一起。

这就是我的小说《在一起》的缘起。

我由这个结局往前倒推，开始写故事梗概，然后写简编版，慢慢充实，前后写了五年，大的修改有五次，小的修改就记不住了。也先后给淑清、冰茹、协克等十几个朋友看过，也放我 QQ 空间连载过，其间很多人都给了我修改意见，冰茹和协克还有比较多的修改。这次出版的时候，我又修改了很多，算是第六版。

可以说，这是一部既凝聚着我的心血，也受益于很多朋友帮助的作品了。

我非常喜欢我笔下的主人公苏杉和王伦，我的故事最初设定就是最后他们两个在一起的。在小说创作的前几个版本中，我一直也是以苏杉和王伦在一起作为结尾。可是，当我把小说拿给淑清看的时候，她说，苏杉这个人好“作”。

我不能准确理解淑清的意思，我想她的意思大概是说苏杉做作，有点假。我就在想，为什么我设定的苏杉明明是非常善良的一个人，在别人看来却是做作呢？我就开始反思，后来我在网上陆续看到了类似的评论。

我忽然想，当作家笔下的人物有了自己的性格之后，她的命运就不是由作者所决定的了。性格决定命运，我要让苏杉她们按照自己的性格去走完她们的路。

于是，我在每次面临选择的时候，都让苏杉和王伦根据自己的性格去选择。结果发现，善良的人，总是会选择她们看来对别人更好的方向，而事实上，这样的选择越到最后，越会表现出悲剧的特质。

我冥冥之中感到，原来人世间真的有一只无形的大手，它会推着你朝原先你所不愿意的方向去走。

人，真的无法改变宿命。

所以到了最后，苏杉和王伦就没有在一起了。

人世间真的有很多事，是身不由己。

我一直相信“文学来源于生活而高于生活”，所以我的创作，尽量遵循了现实主义的原则。我的小说发生的绝大部分事件，都是我在生活中取材的，这些故事都发生在我身边，或者是我听到过的新闻。所以我相信，很多读者，都会在自己身边的所见所闻里，见到类似的影子。

也希望我的小说，能够让大家对社会、对人性有更多的反思，可以多一份包容、多一份爱。